该书获得以下项目资助：

一、首批校级立项资助课程思政示范课程项目，项目号：101—0819000301；

二、校级课程教学改革立项资助项目——依托《文学与人生》课程完善大学生人文素养"四二四"教学模式实践探索，项目号：161—JGZ202009；

三、教材建设：文学与人生——人生的诗意与远方，项目号：409—JC202105；

四、校级线下一流课程：文学与人生，项目号：161—XYLKC202022。

诗与远方

——文学与人生十讲

蒋德均　罗红◎编著

四川民族出版社

图书在版编目（CIP）数据

诗与远方：文学与人生十讲 / 蒋德均，罗红编著
. -- 成都：四川民族出版社，2022.7（2024.2重印）
ISBN 978-7-5733-0729-3

Ⅰ．①诗… Ⅱ．①蒋… ②罗… Ⅲ．①文学研究
Ⅳ．①I0

中国版本图书馆 CIP 数据核字（2022）第 136039 号

SHIYUYUANFANG：WENXUEYURENSHENGSHIJIANG

诗与远方：文学与人生十讲
蒋德均　罗　红　编著

出 版 人	泽仁扎西
责任编辑	央　金
责任印制	谢孟豪
出版发行	四川民族出版社
地　　址	四川省成都市青羊区敬业路108号
邮　　编	610091
照　　排	四川悟阅文化传播有限公司
印　　刷	三河市嵩川印刷有限公司
成品尺寸	170mm×240mm
印　　张	15.5
字　　数	250千
版　　次	2022年7月第1版
印　　次	2024年2月第2次印刷
书　　号	ISBN 978-7-5733-0729-3
定　　价	58.00元

目录

CONTENTS

绪论：人，如何诗意地栖居

本章提示：

一、知识教学目标：了解人们对人生价值的主要观点。

二、能力教学目标：理解人生的意义并做出评价。

三、素质教学目标：涵养健康、科学的人生价值观。

关于人，如何诗意地栖居这个话题，我们将围绕德国诗人、浪漫主义文学先驱、存在主义哲学家荷尔德林的名作《人，诗意地栖居》展开。在诗中，诗人写道：

当生命充满艰辛，/人或许会仰天倾诉：我就欲如此这般？/诚然。只要良善纯真尚与心灵同在，/人就会不再忧怨地用神性度测自身。/神莫测而不可知？神如苍天彰明昭著？/我宁愿相信后者。神本人的尺规。/劬劳功烈，然而诗意地，/人栖居在大地上。/我是否可以这般斗胆放言，/那满缀星辰的夜影，/要比称为神明影像的人/更为明澈洁纯？/大地之上可有尺规？/绝无！

同样的诗意与愿望荷尔德林在《远景》中也有歌唱："当人的栖居生活通向远方，在那里，在那遥远的地方，葡萄闪闪发光。那也是夏日空旷的田野，森林显现，带着幽深的形象。自然充满着时光的形象，自然栖留，而时光飞速滑行。这一切都来自完美。于是，高空的光芒照耀人类，如同树旁花朵锦绣。"其实，最先表达人类应当诗意地栖居的是法国一位伟大的天才数学家、物理学家布莱兹·帕斯卡尔。他曾说："人应该诗意地活在这片土地上，这是人类的一种追求。"

人，倘若欲诗意地栖居在这个大地上，我们就得去了解"诗意"的内涵与外延。这是一个含义泛化的词语。一般而言，诗意指的是诗思、诗情，或者指诗的内容和意境，而诗的意境就是那种能够给人以美感或者强烈的抒情意味的艺术境界。在西方，诗意不仅具有韵味，它更具有一种神性和超越性。正如另一位存在主义哲学大师海德格尔所言："对诗人来说，至高无上与神圣本是同一种东西，即澄明。她是万乐之源，因此又是'极乐'"。在我看来，"诗意"与一切美好有关，与人类对美的追求、对善的坚守与对真的认知有关，它内含一种人生态度、价值判断和价值取向。

在诗人心里，诗意地栖居应该是一种美好地与自然和谐相处的生存状态。仰望星空，凝视明月，泛波五湖，踏遍青山，这就是一种诗意或者说拥有享有诗意。当然，人与自然相近相亲，不必一定要居于宁静的山野、优雅的园林，只要有一颗热爱、亲近自然的心灵，你就一定可以诗意栖居于这个大地上。人来自于自然，那么，人心天然应该与自然相近、相通、相融。如中国古代哲学所揭示的"天人感应""天人合一"的境界。

同样，栖居当然不是仅指居住，其实它的内涵也很丰富，其核心应是生活，既包含物质生活，更指向精神生活甚至灵魂生活。欣赏自然，亲近自然就是生活的重要部分。背上行囊，越数重山，趟千条河，行万里路，游自然景，溪泉处自有水声，树荫里自有鸟鸣，水穷处更有云起……你会发现，河山大好，美景无边。你可乘一叶轻舟泛于长江，坐一只羊皮筏行于黄河，你可登泰山而小天下，也可携明月而游太空……你便成了李白，你便成了杜甫，你便是郦道元，你便是徐霞客。登上泰山，整个世界就在你的脚下；流连西湖，瑶池仙境就在你眼前，你可以忘情九寨沟，神往天国……此时，祖国河山就是画，就是诗，就是一曲曲优美的浅吟低唱，一首首壮美的大吕黄钟。你在不经意间，走过了秦汉唐宋直至明清，这就是美，这就是诗意啊！

也许，我们工作太忙，不能徜徉于名山大川，行吟于江河湖海，但我们可以在居住的高楼上，远望群山逶迤、斜晖脉脉、孤帆远影、水涌天际。或者可以怀着喜悦的心情，去凝视一朵花的开放，一棵树的新绿，去感受明月清风的温柔。再为自己的心灵放个假，在自己居住的小区，看蚂蚁搬家；在林荫匝地的小道上，听鸟鸣蝉噪；在阳光明媚或淫雨霏霏的天空下，张望远方；我们还可以将植物的种子植于碗里，静静地等待它发芽生长……这也是一种诗意！这就是一种诗意的栖居！

诗意是什么？即是以超脱世俗的心融入自然和社会，欣赏自然与人间的雅趣，此时心也空灵，梦也空灵，诗意不知不觉驻于我们的心中，这便是诗意地栖居着。所以，我们说，诗意是一种心态与心境，一种生活方式或一种生活态度与状态，一种生活观念。

诗意地栖居就是能够去感悟人间美好的情感。美好的情感是超越了人世的清纯童话，是小我世界的高贵性灵，是大我世界的无私奉献，是人生境界的不断追寻。它是慈母手中的线，是游子身上的衣，是对知识的探寻与客观真理的坚守，是对社会公平的渴望与正义的守望，是春天里的清风细语，是夏日里浅浅的清潭，是秋风里怒放的菊韵，是冬雪中傲霜的寒梅。世界上任何强力都无法摧垮的是人间真情，可以摧垮世界上任何事物的也是人间真情。所以，它既最阳刚，也最婉约，它最决绝，也最深情。情感的伟力在于以柔克刚、绵延悠长。

在人情里除了浓浓天伦亲情之外，还应珍惜和体悟热烈的爱情和真挚的友情。只有能够珍惜与珍视情感的人，诗意才从心灵深处汩汩地漫溢出来。即使是神话传说中的人物，只要你感动于他们的对爱情的坚贞，为主人公的人生际遇感叹唏嘘，你的心就诗意着了。能理解牛郎之于织女，白素贞之于许仙，柳梦梅之于杜丽娘，阿诗玛之于阿黑哥。能听懂《华山畿》的深情吟唱，能感知《雨霖铃》的无语凝咽，能体悟汪伦送李白，王维送元二，王勃送杜少府，李白送孟浩然，杜甫送李白等等的深厚情谊，进而产生强大的共鸣，你的内心便是诗意而深沉的！

在这个世界里，还有一种更为博大襟怀，那就是博爱，人类之爱。它是人类全善至美的灵魂，如果能理解它，并从心底里去感受到它的崇高与美丽、宽广与深厚，那么，我们就可以进入无我之境、超我之境。比如史怀泽这位思想家、音乐家、哲学家、医学家、慈善家，他对生命心怀敬畏，对世界充满博爱。他在传染病肆虐、种族争斗严酷、条件十分恶劣的非洲大陆行医治病，一待就是五十年。如果没有一种至高无上的博爱与悲悯情怀，没有一种坚定的信仰，谁又能够坚持得住啊！当我们读着他的书，想着他的事，内心里肯定有一种拯救世界、造福人类的激情，这种冲动就叫"懂得"和"感动"。如果你能在人生途中，给陌生人的微笑一个积极的回应，对友情帮助回复一句真诚的感谢，对儿童的天真烂漫满怀欣赏……这样的情怀，亦是诗意的情怀。今天，作为接受过高等教育的人们，我们应该具有习近平主席倡导的"人类命运共同体"的情怀和国际视野，关心关注人类社会所面临的共同问题！比如反恐，比如抗癌，比如种族歧视，比如抗疫，比如环境保护，比如战争，比如贫困等。

文学艺术是人类超越了现实世界的美好向往与思想结晶。能够走进这样的世界，是上天给予的福泽，是缪斯的垂青。18世纪英国哲学家大卫·休谟曾说："最能改善人的气质的莫过对各种诗歌美、绘画美、音乐美的研究，她使人产生一种怡人的忧郁感，这种情感最能与他人为善，与他人为友。"诗意地活着，也就是要让我们的生活更加艺术化、诗意化、审美化。遍读天下诗书，尽赏人间美画，聆听经典名曲，便是走向诗意人生的最佳途径。从先秦文章中我们学会了哲理智慧，从汉赋里学会了张扬恣肆，从唐诗中学会了激情飞扬，从宋词中学会了温婉缠绵，从元曲中我们又学会了一唱三叹，在明清小说里我们感知到博大精深。这是灵魂与灵魂的完美交融，古人与今人同喜同悲，历史与现实的时空交错，思想与思想的深刻碰撞。当我们站在达·芬奇的《蒙娜丽莎》画像前，当我们站在罗立中的《父亲》油画前，默默地流着泪，感动着、幸福着、沉思着，我们读懂了画家的情怀，我们自然陶醉了。当我们在夜深人静的时候，打开电脑，音箱里飘然而来的是《云门夜雨》那略显忧郁的箫声，《春江花月夜》缠绵的琵琶弦响，《高山流水》高雅的古琴韵语，这样的时刻，一刻千金，一梦千年……这就是诗意，这就是诗意地生活！

人，怎样诗意地栖居在大地上？

读懂了自然的真，经历了人间的善，体味了艺术的美。这样的人生就是诗意的人生，这样的生活就是诗意的生活。呵，诗意从何处寻？我国现代美学大师宗白华先生告诉我们：诗和自然就是美的化身，一是艺术的美，一是自然的美。"……从细雨下／点碎落花声／从微风里／飘来流水音／从蓝空天末／摇摇欲坠的孤星。"[①]

然而，倘若诗意地栖居仅仅至于此，仍然是远远不够的，或者说与海德格尔的构想尚有一段距离。海德格尔在倡导"诗意的栖居"这一命题时，其中的诗意所具有的内涵已经不是普通意义上的生活或文学或艺术之诗意了，而是一种具有哲学意味或形而上意味的诗意。在海德格尔看来，除了文学艺术审美意义上的诗意之外，更包括了人的主观能动的构建和创造，而这种创造与构建一定是自由自在而审美的，与诗意密不可分的。这是人得以实现人生自我价值与自我存在的重要途径，有审美的人生才是诗意的人生。这样的人生才是人类应当追求的理想和完美的生活状态。在日益工业化、技术化、空心化的今天，审美的人生境界尤为迫切和需要，这是一种可与圣人境界相当的人生追求，是人以一种积极乐观、诗意妙觉的态度去应物、处事、待己的高妙化境。对于审美的人生态度和境界，有学者认为庄子的逍遥游即倡导审美的人生态度和境界。事实上，庄子所倡导的"逍遥自在""齐物我、齐万物"的"物我两忘"以及等齐生死的境地并非完全等于审美的人生境地，而是远高于审美人生境地的一种类似于佛教的"无喜无悲无苦无乐""应无所住而生其心"的禅境之地。

海德格尔认为，只有语言才使人成为人的存在。因为"存在在思想中形成语言。语言是存在的家，人以语言之家为家。"[②]语言即家园。这是海德格尔的一个重要命题，也是他的一大贡献。在语言里，隐藏着一个民族的文化密码和基因。所以，海德格尔认为，人要重返诗意的栖居，就需拯救语言。所谓拯救语言，即是重新摆正人与语言的主从关系。人不要自居为语言的创造者，人只能顺从于语言，聆听它的要求与召唤。显然，海德格尔表达了对日益技术化的语言现实的担忧。他所说的诗化语言，就是指人应聆听语

① 宗白华著，《流云小诗》，合肥，安徽教育出版社，2006年版。

② 海德格尔著，孙周兴译，《关于人道主义的通讯》，《路标》，北京，商务印书馆，2007年版。

言的要求而服从于它。这一使命又落在了诗人身上。"诗人越是诗意化，他的诗便越能自由地，也即是更乐意向言外之意打开户牖，他便越能果敢地将诗留与恭立的'倾听'去体味，他的诗便越能超脱出那可由人研讨其正确或错误的命题陈述。"①由此，显示出诗意创造的重要，显示出诗人的存在价值，显示出文学艺术的意义。

在一个贫乏的时代里，诗人如何作为？

人总是要为自己寻找一个精神家园的，这是人类与其他物类的本质区别之一。生而为人就应当不断追问人之为人的意义以及人应当具有精神和灵魂的终极关怀。海德格尔给出的精神家园和终极关怀不是宗教的而是哲学的，并且是诗化的哲学，是一种高层次的审美人生哲学。他认为，只有作为一种审美现象，人生和世界才显得合情合理。

在一个贫乏的时代里，诗人如何作为？荷尔德林如是提问。海德格尔深沉地引述了荷尔德林的这一追问。在这个"上帝缺席""诸神消退"而且哲学贫困、世风日下、人文精神坠落、审美品位贫乏而人欲横流、技术至上的时代，人们一味地追求感官享乐和虚荣满足，将人性的勤奋、竞争和创造引入了歧途。勤奋努力变成了机械似的劳作或极端自私的个人主义奋斗，竞争变为恶性的厚黑学似的不择手段的设套，创造变为不顾社会效益和人性底线的标新立异或哗众取宠。长此以往将导致各种社会危机频发、导致人际关系紧张、世风日下、人心不古、人文精神衰败……人类将变得连与自身同类都不能和睦相处，更谈不上与自然保持可持续性的和谐共生发展。物欲的膨胀导致人类对自然进行恶性掠夺和无序扩展，最终导致自相残杀的战争、严重的生态破坏和环境污染……这样，进一步加剧了人类的精神领域中情感因素的焦虑与紧张，特别是加剧了一些具有非理性特征的心灵因素如直觉、妙悟、禅悟、玄览、冥想、灵性等被排斥、压抑和弱化甚至扼杀的程度。而这些非理性、超理性的因素，对人类来说可能是更为重要和根本的必需。在传统社会中，那种注重情感交流、心灵沟通，注重和睦融洽、互帮互助的人际

---

① 海德格尔著，孙周兴译，《关于人道主义的通讯》，《路标》，北京，商务印书馆，2007 年版。

关系氛围，在当今社会正逐渐被立竿见影的、实用的、工具效用性的、彼此算计利害得失的人际交往氛围所取代。当今人们的交往已逐渐变成了完全按照是否互利互惠、有无功效实惠或于我是否有利的原则来进行。并且这种交往大多数必须以当场兑现的方式才行，欠情的交往方式都不大行得通，熟人之间是这样，朋友之间，甚至家庭成员之间都是这样。人们在交往中已很少有重情重义的成分，维系其间的仅仅是一种效用和利益、利害因素。人与人之间已变得感情淡薄，心灵隔阂。加之当前社会竞争的日益激烈，人类社会的商业化功利性、实效性日愈加强，商业文化导向加大刺激、撩拨人类本性中低层次的感官享乐和肤浅的虚荣满足，这使得当前社会突现出一个重要的现象：人们在温饱满足以后，精神反而日愈失落、无依，心灵也无家可归，内心日愈苦恼、紧张、空虚和不安，甚至消极厌世的现象反而较之农耕文明时代大大加剧了。温饱解决以后，如何关注人类精神和心灵的问题就变得十分突出和重要了。因此人类究竟应当寻求什么样的"存在"便成了当今时代最重大又迫切的问题。

同时，今日之时代，还是一个人类自身被语言逻辑概念、工具理性、经验实证效用和科学主义深深统治与异化的时代。在这种时代，人性中丧失了诗性和高品位的审美灵性，人类成了深谙算计、追求效用和实惠、追求物欲享受的生灵。科学理性和语言逻辑概念被提升到一种可怕的、至尊的高度，加之，科学技术的盲目发展大大超越了人类理性能够驾驭的程度，科学技术这把双刃剑的负面效应正在加剧失控，已经给人类的生存带来了诸如严重的环境污染、生态破坏，以及足以毁灭人类的核武器，生化武器、基因武器等问题。人类一旦丧失了诗性和灵性，不充分认识到自身智能的残缺不全、偏狭蒙昧，还自以为是地认为科学万能、技术至上，提倡唯科学主义，那将会在以偏概全、残缺有限的人智引导下在歧路上越走越远。爱因斯坦曾说过，科学只能说明是什么，而不能说明应当是什么。科学永远不能回答人应当怎样生活，也无法回答人生的意义和目的何在等这类重大问题。要想很好解决这类问题，就必须依赖于构建人性的信仰价值体系，必须不断追问人之为人的意义以及人应当具有的精神和心灵的终极关怀。

我们认为，人类对美的感受、对快乐与幸福的体验、对自由自在的向往及追求、对一些重大的道德伦理价值的判断以及情感体验等方面的问题，目前的科学技术都是无能为力的甚至是无法解释的。信仰价值体系的内核要素也是不可能直接被科学实验和逻辑推理所证实的，但它确实是一种永恒存在的且被人类时时刻刻感知的东西。当今人类的很多心理与精神问题都不是由于科学技术不发达、科学知识不昌明而导致的，而是人类的信仰价值体系出了问题。一些非器质性非生理病变的思想问题、心理和精神问题是不能用科学技术来解决问题的，科学技术在这里只能起到一定的辅助作用，要想根本解决问题必须依赖于信仰价值体系——包括人的宇宙观、社会观、历史观、价值观、审美观以及思想方法论和认识论等具有主观性的东西来抚慰或解决。因此，我们认为理想信仰或价值观在人生中具有不可替代的作用。

宇宙是无限的，宇宙的真理是不可穷尽的，人类的心灵和精神世界也是无限的。人类的理性、科学以及经验实证的方法在解决人类心灵和精神世界等问题便显得有些无能为力至少是心有余而力不足的。据权威报道，面对浩瀚宇宙，人类至今为止，其认知和了解尚不到5%。面对人类自身，又何尝不是如此呢！所以，这就需要凭借人类的信仰价值体系和形而上学本体论才能真正构建起人类心灵和精神世界的家园。

为了根本解决问题，海德格尔给出了应当"诗意地栖居"的思路。

在诗意贫乏的时代，做一个诗人意味着在写作吟咏中去摸索人类和宇宙神秘的踪迹。正因为如此，诗人能在世界黑暗的时代里道出神圣，歌唱希望，描写未来，发出警示。万物总是相辅相成，对立统一，哪里有贫乏，哪里就有诗性。

海德格尔说过，贫困时代的真正的诗人之本质就在于诗的活动在他身上成为诗的追问，他必须把自己诗化为诗的本质。

那么，温饱解决以后的人们究竟应当更关注什么呢？毫无疑问，应当更关注自己精神家园的美好构建。通俗地说就是应当更关注人类自身的精神和心理健康的美好构建和健全发展，这才是人类的终极关怀和人类最根本、最本质的需求所在。人类对物欲的追求是无止境的，对此应当加以反省和节制。如果对人类追求物欲的满足不加以节制，任其无限发展，必将导致地球资源的消耗殆尽，也必将导致人类精神境界的堕落和人性的退化，最终人类将丧失了自己的本性而退化为动物，成为只不过是比普通动物在获取衣食住行方面更有智慧和本领的一种动物。人类追求驾驭自然的手段和能力应当是无止境的，但这种追求绝对不限于仅仅追求物质享受，追求精神需求乃是人类物种与其他物种的本质性区分。如果说人类物质生活未达到温饱线时，不惜采用激发和促使人们大力发展物质文明的方法具有一定必要性的话，那么一旦人们在物质生活方面达到了温饱以后，就不可再过分注重发展物质文明，而应当将重点转过来注重发展和构建精神文明了。在温饱之后，评价人的生活质量的综合标准和根本准则归根到底是看一个人在心灵上、精神上是否自在、自由、充实和幸福，这在根本上将归结为一个人内心的心灵感受和精神状态，而与人的财富、名望、地位已经没有多大关联了。这也正是建立一个健全和完备的心理健康体系以及人类心灵栖居的精神家园最基本的出发点所在。一方面，人类对物欲满足的追求是无止境的，另一方面，人类这种宇宙生灵在宇宙中发展构建物质文明的能力因生产力水平而受限。因此，欲望与满足欲望能力之间必然形成冲突。人类在任何时候都不可能穷尽认识宇宙大道，但是一个已获得物质温饱后的人，只要善于构建精神家园是可以在精神上获得无限的充实、满足、快慰和自在的，因此，他也是自由而幸福的。反之，一个不善于构建自身精神家园的人，即使其物质生活条件再怎么富足也很难获得精神上的充实满足和自由自在。例如，一个拥有五星级饭店的老板，由于挂碍太多、太过于算计而反倒不能拥有安稳的睡眠和放松状态；而一个内心无牵挂的街边流浪汉，只要随便席地而卧就能拥有一个香甜的睡眠。

对诗意和审美的追求才是具有永恒存在意义的高妙追求。对高妙的人生境地应作如是观：物来认真应对，遇事静心处置，过去即不留连，无所住于心间。

那么，我们接下来讨论的话题就是何谓人？作为人，我们又该如何度过自己的一生？或者说人生为何？即人们常说的人生三问：我是谁？我从哪里来？我要到哪里去？就这一终极问题作一个介绍和交流。这期间，有些问题，其实前面已有我们的思考。有些问题，我们继续探讨，或许永无答案，

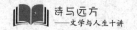
或答案就在不同的章节里。

何谓人？

《现代汉语词典》对人的定义是"能制造工具并能熟练使用工具进行劳动的高等动物。"[①]有专家给人的定义为：人是自然（多维度生物圈）的本我存在；人是超越万物的灵长；人能在生物圈获得两个层次的和谐幸福，即初级追求真、善、美所获得的和谐幸福；高级追求价值、意义、超越所获得的和谐幸福。人的本质即人的根本是人格，人是具有人格（由身体生命、心灵本我构成）的时空及其生物圈的主人。人在世界上的使命就是为了人格及其生态文明的不断上升和赋新，以实现和谐幸福的目的。因此，人或人类，可以从生物学、社会学、文字学或文化学、哲学、宗教学等各个学科来界定。

现代人类学，根据皮肤颜色、头发的形状与颜色、眼鼻唇等方面的不同特征，将全世界的人分为黄种人、白种人、黑种人和棕种人四种。

文字学的解释：人，仁也。《礼·礼运》有云："故人者，天地之德，阴阳之交，鬼神之会，五行之秀气也。"人具阴阳。人字左笔为阳，右笔为阴；阳清而轻，故左撇轻，阴浊而重，故右捺重；阳中有阴，故左撇先重而后轻；阴中有阳，故右捺先轻而后重。阴阳合而为人。有字谜是这样说的：有撇有捺，有小有大，有高有低，有婚有嫁。其谜底就是"人"字。

生物学的解释：人是地球生态系统中的一种普通动物，是生物演化的结果。人属于动物界，在生物学上，人与猩猩、猿猴同属人科的灵长目动物。人被称为高等动物，拥有直立的身体和高度发达的大脑。

社会学或文化学对此又有不同的解释。有的将人被描述为具有灵魂的圣物，认为人的灵魂与神圣的神秘的力量或存在有关。如果暗物质、引力波、能量纠缠等理论被证实、承认，恐怕会改变甚至颠覆我们现有的对人和世界的认识。有的将人定义为能够创造和使用语言、具有复杂的社会组织的群体。由此衍生出不同的信仰、传说、仪式、风俗、价值观、社会规范等。基

[①]中国社会科学院语言研究所词典编辑室编，《现代汉语词典》，北京，商务印书馆，1983年版。

于此，不同文明之间的冲突也就可以理解了。

哲学的解释：从哲学层面上来讨论人也许更适合，因为哲学总是力求揭示本质、探寻本源、总结规律。人，作为哲学概念，不同的哲学家有着不同的理解。主要有三种观点：

（一）人是神的创造物。在中外早期哲学体系中，人被认为来源于神的创造。比如中国有女娲造人说，西方有上帝造人说。在中国，神话与宗教结合形成了中国独特的人学思想。在我国春秋战国就有比较系统的人性学说：善恶二性论。欧洲中世纪神学认为，上帝造人。比如基督教经典《圣经》认为：人类始祖亚当和夏娃偷吃了智慧果，违抗了上帝的意旨，受到了上帝的惩罚，使其下凡，才创造了人类，因此，人生来就是有罪的。人一方面有着与上帝相通的神性，另一方面又有使他陷入罪恶的肉体，故有"人一半是天使，一半是野兽"之说。

（二）人是自然之子。这是近代西方资产阶级哲学家在反对宗教神学的斗争中，从人的自然属性上揭示人的本质的一种观点。自然主义人性论者，把人看成是一种具有更高感觉能力的动物，认为人的本质就在于人自身，即人的自然本性。爱尔维修说，人只是一个感性实体，趋乐避苦的肉体感受性是支配人的一切活动的永恒本性。近代资产阶级理性主义人性论者把人从感觉实体上升为思维实体，认为人的本质是理性，而理性也就是自由。康德认为，人只有不受感觉世界的支配，服从自己理性发出的"绝对命令"才是一个自己主宰自己的真正意义上的人。费尔巴哈从人本主义出发，反对黑格尔把人归结为自我意识的观点，他认为人是一个"感性"的类存在物，"一个自然本质"。

（三）马克思主义认为，人是实践自觉解放自我的主体。人的内在生命物质本体与特定的大脑意识本体构成整体的自然人。自然人通过劳动关系构成一个复杂完整的社会关系，形成系统的外在矛盾关系，因此，马克思曾说："人的本质并不是单个人固有的抽象物。在其现实性上，它是一切社会关系的总和。"①不论是自然人还是社会人，都是通过人的内外矛盾关系形成自我解放的主体矛盾关系。人的自然本质是动物进化产物，人超越自然的创造成为人本身。马克思认为，人具有以下基本属性：

1. 自觉是人的基本属性，其贯穿内外矛盾。人是自觉必然的主体。人的一切行为即为有意识认识、解放自我的存在。意识的基本属性就是自觉的属性，人性的根本内容就是自觉。

2. 实践是自觉的。人产生于实践，在实践中发现自然及社会关系的存在。以实践发现自觉的认识，以实践解放自我的创造。创造自我的实践是解放自我的基本路径。

3. 解放自我的主体。以实践的劳动创造人类自我存在，形成自我存在的发展。人自然受外在物质世界的约束，人类的产生是对于自然的解放，获得对于自然的相对自由。个人都是一定历史的产物，在新的实践中发展自我必然与旧的世界产生矛盾，人类通过扩展实践范畴，创造新型实践工具来解放人的内外矛盾。我们只有通过不断地发展自我实践能力才可以发展自我的存在。人的基本创造力即生产力具体表现为劳动力。人总是以实践创造自我存在，自觉的发展自我的本体。

西方其他近代哲学家和马克思主义关于人的本质的解释，既有相同点又有不同点。相同点是：二者都是讲的物质的人，与宗教神学不同。不同点是：二者在揭示人的本质上有着区别。比如费尔巴哈把人的本质归结为"类本质"。即把人的自然属性当作人的本质。他说人的本身最高的绝对的本性及其生存的目的，是在于意志、思维与情感之中。至于这个"人"具有什么样的意志、思维和情感则不去考察。这样一来，费尔巴哈就抽空了人的社会性，把人看作是抽象的自然的人了。马克思从现实的人和一定社会历史条件出发来说明人的本质是一切社会关系的总和。他在哲学史上第一次作了科学揭示。马克思也承认人有自然属性的一面，如人体科学就是以自然人为研究对象的科学。在这个意义上，可以说人有两重属性。但是，决定人之所以为

①马克思著，《关于费尔巴哈的提纲》，《马克思恩格斯选集》，北京，人民出版社，1972年版。

人的本质属性则是其社会性。因为现实中的人都是在社会关系中处于不同地位的个体，无不都是在人与人的生产关系中使用生产工具谋取物质生产资料的人，离开这一根本的社会属性，单就自然属性而言那就难同其他动物相区别了。这就是马克思主义关于人的本质论的伟大之处。

幸福学理论从人的本性出发，人是一种具有不满足本性的高等动物。根据马克思主义理论，我们知道，物质决定意识。因此，关于"人"，我们就可以循此再做出一些探讨与思考：人是一种具有不满足的本性，且具有在特定环境下形成有特定意识的动物。

那么，什么是人的不满足本性呢？

人的不满足本性就是指人不满足于现状，总是希望按照所希望的方式生活，甚至总是希望自己比其他动物或别人要好。人类的进化史已经证明了人的本性是不满足性。人类之所以不同于一般的动物，是由于人类逐渐形成的更强烈的不满足的本性。由于人类的不满足性，从而导致了人类的更强烈地渴求欲以及实践欲甚至占有欲，从而导致了人类自身的不断发展和进步，使人类能从一般动物种类中脱颖而出，成为现在的人类；其他动物则由于容易满足，也就难于进步或进步缓慢。因此，有名言云：不满足是向上的车轮。又有谚语云：人心不足蛇吞象。所以，西方普遍认为：人生的价值就是不断地追求幸福。然而，对于幸福的理解与认知却是仁者见仁智者见智。

思考与练习题：

1. 人为何物？你认为人又该如何诗意地生活？

2. 鉴赏杜甫诗歌《望岳》。

3. 请对自己的人生做一个规划并说明规划的理论与现实根据。

4. 谈谈你对个人与社会、历史、自然的关系的理解。

5. 谈谈你对各种幸福观的认识与思考。

参考文献与延伸阅读：

1. 杨伯峻著，《论语译注》，北京，中华书局，2009 年版。

2. 司马迁著，《史记》，北京，中华书局，1982 年版。

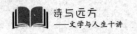
3. 刘勰著、周振甫注释，《文心雕龙》，北京，中华书局，1986年版。

4. 黑格尔著、朱光潜译，《美学》，北京，商务印书馆，1997年版。

5. 曾国藩著，《曾国藩家书》（钟叔河整理），海口，海南出版社，1994年版。

6. 蒋德均主编，《李庄文化丛书》（五册），成都，四川民族出版社，2020年版。

7. 章培恒、骆玉明主编，《中国文学史新编》，上海，复旦大学出版社，2010年版。

8. 钱理群等编著，《中国现代文学三十年》，北京，北京大学出版社，1998年版。

9. 陈思和主编，《中国当代文学史教程》，上海，复旦大学出版社，2018年版。

10. 徐葆耕著，《西方文学十五讲》，北京，北京大学出版社，2003年版。

11. 张志伟著，《西方哲学十五讲》，北京，北京大学出版社，2004年版。

12. 葛兆光著，《中国经典十种》，北京，中华书局，2008年版。

第一章　人生与文学

本章提示：

知识教学目标：了解相关文学基础知识及其原理。

能力教学目标：理解文学与人生的关系。

素质教学目标：养成阅读经典与思考人生的习惯。

第一节　何谓文学与文学何为

一、何谓文学

文学理论教程对文学的通行定义：

童庆炳教授主编的《文学理论教程》（第四版）对"文学"的含义有如下解释：文学是什么？它诚然被视为美的"语言艺术"，包括诗、小说、散文、戏剧文学、影视文学等样式……文学至少有着两种不同含义：广义的文化含义和狭义的审美含义……在中外文学史上，文学最初并不是指今天所谓的"语言艺术"或"美的艺术"，而是泛指广义的文化过程。文学是指一切口头或书面语言行为和作品，包括今天的文学以及政治、哲学、历史、宗教等一般文化形态。这正是文学的文化含义……在中国，文学最初是泛指文章和博学，这正体现了文学的广义的文化含义……文学是指具有审美属性的语言行为及其作品，包括诗、小说、散文、戏剧文学、影视文学等形式。这正是文学的审美含义。这是从文学的广泛的文化含义中分离、独立出来的狭义文学观念。文学不再指代用语言或文字传输的所有文化现象，而仅仅是指其中富有审美属性的那一部分。这样，文学就成为与政治、哲学、历史、宗教等一般文化形态不同的特殊审美形态了。……文学的通行含义便形成了：文学是艺术门类之一，是主要表现人类审美属性的语言艺术，包括诗、小说、散文、戏剧文学、影视文学等体裁。文学从本质上说是意识形态。作为意识形态，文学具有普遍的属性，也具有特殊的属性。文学的普遍性在于它是一般意识形态；文学的特殊属性在于它是审美意识形态。文学的审美含义及其更深的审美意识形态属性，终究要通过具体的读、写、听、说过程及其作品形态体现出来，这使得文学具有了话语蕴藉属性。童庆炳最后总结说，可以给文学定义如下：文学是一种语言艺术，是话语蕴藉中的审美意识形态。①

《辞海》对文学的定义：文学是社会意识形态之一。中国先秦时期曾将哲学、历史、文学等一切用文字书写的书籍文献统称为文学。而现在则专指用语言塑造形象以反映社会生活，表达作者思想感情的一门艺术，所以文学又称为"语言艺术"，通常分为诗歌、散文、小说、戏剧、影视文学等体裁，在各体裁中又有多种样式。文学具有社会性、民族性、人民性、阶级性和真实性等特点，其发展受文学内部和外部各种因素的影响。②

《现代汉语词典》对文学的定义：以语言文字为工具形象化反映客观现实的一种艺术，包括戏剧、诗歌、散文、小说等四类。③

综上所述，我们认为，文学是以语言文字为工具，形象化地反映客观现实、表现作家心灵世界的一种艺术，包括诗歌、散文、小说、剧本等各类文体。作为学科门类理解的文学，一般包括中国语言文学和外国语言文学。文学作为人文学科之一，与哲学、宗教、法律、政治等属于社会建筑上层。它起源于人类的社会实践活动。最先出现的是口头文学，一般是诗乐舞三位一体的。最早形成书面文学的有中国的《诗经》、印度的《罗摩衍那》和古希腊的《荷马史诗》等。中国先秦时期将以文字写成的书面著作都统称为文学，魏晋以后才逐渐将文学单独列出。欧洲传统文学理论分类法将文学分为

---

① 童庆炳主编，《文学理论教程》（第四版），北京，高等教育出版社，2008年版。

② 辞海编辑委员会编，《辞海》（缩印本），上海，上海辞书出版社，1980年版。

③ 中国社会科学院语言研究所词典编辑室编，《现代汉语词典》，北京，商务印书馆，1983年版。

诗歌、散文、戏剧文学三大类。现代通常将文学分为诗歌、小说、散文、戏剧文学四大类别。文学的社会作用主要有四个方面：一是认识作用，二是教育作用，三是美感作用，四是娱乐作用。四种功能同时发生、相互作用，构成了文学的社会功能。

（一）诗，或曰诗歌：中国最早出现的一种文学体裁。其实，诗与歌是有区别的，一般而言，诗是用来阅读的，歌是用来吟唱的。因两者均体现出较强的音韵和节奏而具音乐美合称诗歌。鲁迅认为，它源于原始人的劳动呼声，是一种有声韵、有歌咏的文学。先秦多四言，如《诗经》。汉以后多五言，如《古诗十九首》、汉乐府。唐代诗有古体和近体之分。五四新文学运动有了新诗（自由体诗）。中国古代将合乐的诗歌称为歌，将不合乐的诗歌称为诗。无论合乐与否，都具有音乐美。

诗歌按文体演变分为古体诗、近体诗和新诗；按表达方式分为叙事诗和抒情诗；按书写内容分为田园诗、山水诗、咏史诗和咏物诗四类。下面就常见诗体常识作一简单介绍。

1. 古体诗，又称古诗或古风，指唐以前（主要是汉魏）的诗歌和模仿唐以前的诗歌创作的作品。它由民歌发展而来，不求对仗、平仄，用韵自由。中唐的白居易、元稹用乐府的形式创新题，称新乐府，仍属古体诗的范围。

2. 近体诗，与古体诗相对的一种诗歌样式，又称格律诗。句数、字数、平仄、用韵都有严格的规定。分律诗和绝句两类。律诗又分五律和七律及排律。它在音韵、平仄、句式、对仗上都有一定规格和要求。五律和七律八句，分为首联、颔联、颈联和尾联，八句以上为排律。绝句又分五绝和七绝，四句一首，一般认为是"截律诗之半"而成，必须遵循相关韵律平仄规定。

3. 楚辞，诗歌的一种体式，因产生于战国时期南方楚地而得名，以屈原《离骚》为代表，又称骚体。其特点：融汇大量神话故事，富于幻想和浪漫气息及其地域特色；除抒情外，大量使用铺陈排比的方法；句式比较散文化，以六字句为主，大量用"兮"字。

4. 新诗，又称现代诗、自由体诗，指中国五四新文学运动以来产生的一种新体诗歌。它受西方诗歌的影响，在形式上打破了旧体诗歌格律的限制，

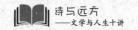
采用了较为自由的形式和接近口语的白话，便于反映现代社会生活和表达作者思想感情。新诗要求做到精练、大体押韵、整齐即可，它更多地追求一种自然的、内在的节奏美。

5. 歌行体，乐府民歌的一种体式。歌是总名，铺张本事而歌称行，与"吟、曲、引、叹、篇、调"等均称乐府歌行体，其间无严格区别。其特点一是有固定的词调，而大多篇无定句，句无定字，以杂言为主，语多口语化，通俗生动；二是在音韵节奏上押韵比较自由，不讲平仄、对仗；三是在表现手法方面除比兴外，多用排比铺陈，叙事曲折淋漓，长于用对话和细节描写来刻画人物，塑造形象；四是结构相对宏大，内容容量大。

6. 赋，原本为一种文学的表现手法，它为《诗经》六义（风雅颂赋比兴）之一，汉代形成一种特定的文学体制，成为一种介于诗歌和散文之间的讲究铺陈，重视辞藻、对偶、押韵的文体。以铺叙事物为主的是大赋，以抒情叙事为主的叫小赋，接近于散文的称文赋。古人"辞赋"合称，是因二者都体形灵活，篇幅长短不限，句子以四六言为主，且允许有错落参差；从风格上看，都讲究文采，多用铺张手法。二者的区别是：辞在句中或结尾多用"兮"以调节音节；赋则较多地使用散文句式，甚至整篇韵文中夹杂完全不押韵的散文语句。还有一种特殊的赋叫骈体文，是以双句（即俪偶句、偶句）为主，讲究对仗和声律，与散文相对的一种韵文。其主要特点是全文用对偶句组成，构成字数相等的上下联，句法结构对称，词性词义相互合对。而偶句通常用四字和六字组成，互相交替（所以又叫四六文或骈文），如"腾蛟起凤，孟学士之词宗；紫电青霜，王将军之武库"。它起源于汉末，形成于魏晋，盛行于南北朝。唐初仍沿袭此，到韩柳继起后，这种文体才衰落。和韩柳倡导的古文相比，古文讲气势，骈文讲气韵；古文讲通畅，骈文讲含蓄；古文讲古朴，骈文讲典丽。

7. 词，又叫诗之余。古代适于合乐歌唱而产生的一种新诗体（即倚声填词），又叫曲子词、长短句、乐府等。每首词都有一个表示音乐的曲调名（曲牌），它规定了可供演唱的词的音乐，也规定了作为歌词的字数、句数、韵数、韵位等。分为片（段），也叫阕，是音乐唱完一遍的意思。词根据乐调长短，分为小令、中调、长调（慢词）。词起于南北朝，定型于晚唐，盛于宋代，流传至今。

（二）小说：文学作品的一大样式，通过编织完整的故事情节和具体的环境描写，气氛烘托，塑造多种多样的人物形象，广泛而多方面地反映社会生活。中国小说渊源于古代神话传说，经历了六朝志怪、唐代传奇、宋元话本、明清章回小说和"五四"现代小说的发展过程。按篇幅长短或字数多少一般可分为长篇（10万字以上）、中篇（3—10万字）、短篇（0.3—3万字）和微型（0.3万字以下）。所有的小说均应具备人物、情节和环境等基本要素。

1. 志怪小说，指中国汉魏六朝的谈鬼神怪异的一种文言小说。篇幅较短。起源于古代神话和传说，如《搜神记》。

2. 志人小说，用于记叙魏晋以来崇尚清谈的读书人或士大夫的狂放传闻和轶事趣事的一种文言小说。篇幅较短。如《世说新语》中的一些篇章。

3. 传奇小说，它是一种故事情节奇异的文言小说。一般指唐、宋人创作的文言短篇小说。元明清三代小说、戏剧作家多从中吸取题材进行再创造。

4. 话本小说，指宋元时代，在勾栏瓦肆的说话艺人所用的故事底本。用通俗的语言把小说、历史、佛经的内容记录下来作为自己的备忘或为传授别人的话本。后成为小说的一种样式，即话本小说。它标志着中国古典小说的成熟。

5. 章回小说，中国古代长篇小说的一种样式。是在讲史、话本的基础上发展起来的一种分章叙事的小说样式。特点是以故事情节发展和矛盾冲突的段落来划分回合，并多用对偶句式作回目，揭示本回的故事内容。每回开头常有诗词作引。最先一段重提上回内容，以便衔接本回内容；每回结尾，多在情节高潮时戛然而止留下悬念，吸引听众。

6. 网络小说，是以互联网网络为平台发表供他人阅读的一种新兴的小说形态，它随着网络的快速发展而出现。其特点为风格自由，发表阅读方式较为简单，主要体裁以玄幻、穿越、科幻和言情居多。网络小说有广义和狭义之分，广义上可以包含所有在网络上发布和流传的小说，但从网络小说起源的狭义层次上，主要是指由网络写手创作并首次在网上发布，进而流传的小说形式。比如《盗墓笔记》《步步惊心》《躺在床上谈恋爱》等。

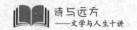
（三）散文，在我国古代，除诗歌以外的凡不押韵的散体文章，包括经传史书在内，概称散文。现代散文是与诗歌、小说、戏剧文学并称的文学体裁之一。散文的特点是取材广泛，形散神聚；形式自由，长短不限，写法灵活，手法自由；语言不受韵律限制，风格多样。

（四）戏剧文学（剧本）：综合性舞台艺术，是借助文学、音乐、舞蹈、美术、雕塑、建筑等艺术手段塑造舞台艺术形象，揭示社会矛盾，反映社会生活的一门综合艺术。剧本是用于舞台演出的脚本。在中国，戏剧是戏曲、话剧、歌剧的总称，也常专指话剧。在西方指话剧。戏剧的基本要素是矛盾冲突。戏剧的语言包括对白、独白；舞台说明。戏剧按结构有独幕与多幕。按作品类型分有悲剧、喜剧与正剧。

（五）影视文学："影"即电影，"视"即电视。影视文学是电影文学和电视文学的合称。影视文学的基本特征主要有：视觉性、动作性和蒙太奇结构。视觉性，即指影视文学剧本用文学的一切手段和方法所描写的形象能够鲜明地体现出视觉效果，具有具体、实在的视像性。动作性，即影视文学剧本对人物的描写具有清晰、丰富的动作描写以及人物与人物之间能够形成内在张力与矛盾冲突。蒙太奇结构方式，即指影视文学剧本把许多内容不同、场景各异的画面或情景，按照创作的意图予以组接，使之产生连贯、对比、联想、衬托、悬念和节奏等艺术效果的特殊结构方式。影视文学作为一种后起的文学样式，它是现代科技的产物，随着科技的发展而变化。影视文学的历史远不及传统的小说、诗歌、戏剧、散文等悠久，然而凭借电影电视在当今社会生活中的巨大影响力，影视文学发展迅猛，成为当代文学艺术的一个重要分支，以至于一旦舍弃了影视文学，当代文学史便显得残缺不全。

二、文学何为

文学何为？

这个问题需要回答的是文学的价值、意义或作用。文学理论教程一般都将其概括为：认识、教育、娱乐和审美四大功能。子曰："小子何莫学夫诗？诗可以兴，可以观，可以群，可以怨。迩之事父，远之事君，多识夫鸟兽草木之名。"①当然，这是从正面肯定文学的作用。这方面的论述是主流，内容丰赡，可以单独成书。但也有人在探讨中国在清康乾盛世之后的落后尤其在 1840 年中西交冲中失败的根源时，提出了"文学发达导致中国落后"的怪论。他们认为，文学有什么用？不就是花前月下的自我抒怀；或闲极无聊的无病呻吟；或愤世嫉俗的指桑骂槐；或捡拾小道消息渲染成章；或偷窥他人隐私加以想象，编写情节，演绎为小说、戏剧。一言以蔽之曰，文学就是无聊的把戏。有人于是继续发挥，中国的落后，就因为中国的文学太发达了，所谓的人文传统太深厚了。历来以文取士，文人当道，不重科技，重道轻器。所谓"君子务道，君子不器"。道者，形上之学，问诸人文物理，以哲思以玄思，求之政治经济、社会伦理，非今之文学也。文学者，虽言之为文人余事，但应酬唱往，拨弄风雅，才子佳人，风花雪月，一任性情，总将正事误了。长期以来，文习积弱，虚情泛滥，尤其元朝之后，文学对中国社会的负面作用太大了。比如民国文人吴稚晖在一次演讲中就有"文学不死，大难不止"之说，他认为："文学是胡说八道，哲学是调和现实，科学才是真情实话。"②其实，我以为吴稚晖的"奇谈怪论"在某种层面上揭示了文学、哲学与科学的某些特征。

难道文学真的是健康社会的腐蚀剂？是社会进步发展的阻碍物？倘若如是，我们又如何解释希腊神话孕育了希腊甚至欧洲文明？圣经故事又如何建构了基督宗教的信仰大厦？《一千零一夜》将多少社会经验、人生哲学和生活智慧加上美妙的想象转换成生动的叙述，让多少人夜不能寐？唐诗宋词又如何成为老少皆知的民族文化标志？文学需要情感，但不是单纯的情感表达；文学可以娱乐，但绝不是娱乐的载体。文学是社会文明与文化发展到一定阶段的产物，它的出现又进一步推动了人类文化的发展。"昔葛天氏之乐，三人操牛尾，投足以歌八阕。"（《吕氏春秋·仲夏纪·古乐》）文学最早的形态是诗歌，任情而歌咏，诗乐舞三位一体。诗歌起源于劳动，劳动源于人类生存的需要。那最初的诗歌呢？鲁迅说，是"举重劝力之歌"。因

---

①杨伯峻译注，《论语译注》《论语·阳货篇》，北京，中华书局，2009 年版。

②吴稚晖著，《夜行人》《吴稚晖的文学谈》，天津，《益世报》1935 年 4 月 8 日。

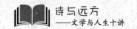

此，文学最初的作用是什么？就是一种释放，一种调节，一种宣泄，由心理直接作用于生理，成为人的生命需要，人类生存的需要。因此，我以为，文学起源于需要似乎较为科学而有理。所以，我们开设《文学与人生》这门课程，当然是认同文学的正面价值，传递文学的正面能量，传承文学的优秀传统，享受文学带给人生的美好。

文学是人学，它直接作用于人的精神生活，追问人生，拷问灵魂。文学是人的存在的一种证明，证明人的存在的各种可能性，通过偶然的事件、偶然的方式和偶然的相遇——灵魂的对答与共鸣，让人们发现了远离荒谬的种种道路而认识了荒谬自己的道路，从而选择和追求符合人类普世价值的真善美的方向和道路。人生，是一种发现还是证明？文学对于人生的意义在于，由于发现，人们惊讶于自己的眼光；由于证明，人们感觉到自己的卑琐、狭隘、荒谬、短暂与有限，从而追寻崇高、优美、开放、永恒与无限，让文学的精灵飘浮在人与自然之上。文学离开了人或人类也将毫无意义，失去存在的价值；文学因为有了人，因为人的思想、情感、想象、境界才有了意义和价值。文学因此和科学相互对垒、相互支撑，相辅相成。科学又因此向文学借光——打开自己的一扇天窗，让灵光进来。因为文学，现实中的人才获得诗意的灵光，有了创作的灵感，才得以改造世界的现状，探索世界的奥秘。因为文学，现实中的人才获得了另一片天地，内心可以自由倾诉，情感可以自由流淌，思想可以自由飞翔。

法国存在主义大师、文学家加缪说过，能写作的人，他是幸福的。我们要说，能阅读文学作品的人，他同样是幸福的！

文学的根本作用或主要功能应当是审美作用。文学的审美教育是通过直觉的方式作用于阅读主体的，凡进入审美境界的阅读，阅读者都是持有"无为而为"非功利的心态的，都是把文学作品当作独立意象来看待的，这其中不包含有任何实用的目的和科学的验证。正因为如此，文学的审美教育作用和文学的认识作用、教化作用才有所区别。人们对事物的认识是以理性的方式来把握的，用的是一种科学分析的实证方法，其目的是引导人们认识社会，认识自然，认识人生，进而改造现实，创造未来。文学作品对人们心灵世界的影响固然有这方面的认识作用，但这不是文学作品的主要功能，更不是其本质特征。文学作品的教化作用当然是显而易见的，历代统治阶级无不利用文学的这一功能对劳动人民进行思想统治。但是，由于教化这种作用方式的明显的政治目的性，决定了它与审美教育有着本质的区别。中国儒家"微言大义"式的文学功能阐释传统影响深远，直至今天，有些人对文学的审美与教育、认识作用还混为一谈。这种把认识、教化与审美作用不加区别地混在一起的文学功能阐释方式，极大地弱化了文学的审美作用。其明显的遗患是，人们在阅读文学作品时，首先不是关注其美学形式，而是其思想内容；对文学作品的吸收方式不是感受性的体验，而是理解性的认知；人们不是在接受文学形式美的同时，潜移默化地受到作品内容的熏陶感染，而是在主题思想先入为主的基础上，对作品内容做精确的科学式的分析或实验式的验证，从而达到教化的目的，甚至是居心叵测不可告人的目的。人们忽视了文学作品的艺术特点，漠视了它的多义性、模糊性、主观性和不确定性，而是更多地给予一元的解读与客观的定论。总之，在强调文学作品的认识作用、教化作用的前提下，模糊了人们对文学和其他文章样式的区别，理解越位于感受，认知代替了感知，理性代替了感性，观念代替了审美，使文学阅读和教育的效益大为降低，甚至走向庸俗化和断章取义的歧途。于是，人们不习惯于审美鉴赏，而热衷于分析归纳；于是，那种"小说反映了……的社会现实""剧本揭露了……的制度""诗歌表现了……精神""散文传播了……思想"这些霸权式的话语方式一直如黑色的雾霾笼罩在文学解读领域的上空，挥之不去，害人不浅。

我们认为，文学的审美作用就是在文学活动中人们获得快乐的效用尤其是精神方面获得净化或丰富。鲁迅在20世纪之初接受了西方文学观念后曾经指出："由纯文学上言之，则以一切美术之本质，皆在使观听之人，为之兴感怡悦。"[1]与此同时，也必须重视一些不可忽视的认识误区。比如片面强调文学娱乐功能在生理层面上的实现。快乐是一种心理现象，导致快乐产生的原因和获得快乐的途径是多样的。由视觉、味觉、听觉、触觉等引起的生理快感，并非人类所独有，动物也有这种本能性的功能，只是这种快感本

---

①鲁迅著，《摩罗诗力说》《鲁迅全集》，北京，人民文学出版社，1981年版。

身并无社会内容。而美感作为人类所特有的感觉，则伴随着丰富的社会内容，是一种感性体验与理性认识相联系的精神愉悦。娱乐是人类在基本的生存和生产活动之外获取快乐的一种非功利性活动，它包括生理上获得快感，更主要是指心理上得到愉悦，从而在精神层面获得提升。将娱乐仅仅归结为感性的消遣、感官的快乐和生理的满足，认为娱乐活动所满足的仅仅是一种低级的生理欲望，而不可能是高级的心理需要，这是一种过于狭隘的认识。我们不排除人类的某些娱乐方式或某些人的娱乐活动只局限于生理快感的层面上，但也不应该由此得出结论认为所有的文学作品的娱乐功能都只能或应该停留在这个层面上，更不能因此认同庸俗、丑陋甚至伤风败俗、扭曲人性的娱乐方式和趣味，而放弃提倡健康、高雅、完善人性的娱乐方式和趣味。

文学作为一种特殊的审美活动，当然具有明显的娱乐功能，但它毕竟是作为一种社会现象出现和存在的，是人类多种实践活动的一种。它贯穿着人自由自觉的特性，应该与人的基本生存要求相符合，对社会人生的生存发展完善有益，达到合规律性与合目的性的统一。因此，在文学活动中，娱乐性与理性、娱乐的个体性与社会性都不应是对立的，娱乐并不等于排斥理性的思考，也不等于排斥社会性的内容。文学等艺术形式和其他娱乐一样，当然可以使人得到一定的感官满足。但这种感官的满足既可以引起人们思想的疲乏，也可以引起思想上的震撼和思考，关键在于作品有无深刻的思想性和启示性。不在于写什么，而在于怎样写。

文学的目的是什么？主要就在于通过审美活动得到自由享受与审美快感。正如韦勒克所说："文学给人的快感，并非从一系列可能使人快意的事物中随意选择出来的一种，而是一种高级的快感，是从一种高级活动、即无所希求的冥思默想中取得的快感。"①因此，那种片面强调文学活动的自娱功能忽视文学育人的社会效果的认识是错误的至少是片面的。所以，我们必须警惕当下流行的"娱乐至死""娱乐至上"的观点和现象。

我们认同娱乐多样，选择多元。但我们更主张与文学为伴，与经典同

---

①韦勒克、沃伦著，刘象愚译，《文学理论》，北京，生活·读书·求知三联书店，1984年版。

行。因为在我们看来，经典是人类文化，特别是文学艺术中的精华，它凝聚着一个时代最优秀的人物创造的最优秀的文化成果，成为那个时代生活的写照。由于这个缘故，但凡经典之作，无论是理论的抑或文艺的，总是历经时间的淘汰，读者的检验，为历代所首肯的成果。它的价值是能够超越时代、阶级、地域和人种的，进而成为人类社会共同的财富。所以，英国原首相温斯顿·丘吉尔说，宁可舍弃印度，也不能没有莎士比亚。今天，我们的一切重大文明进展，何曾超越或脱离过雅斯贝斯所说的"轴心时代"那些大师们的思想或影响呢？经典带给社会和个人的益处，相信是众所周知的。尽管不同的人们有不同的表述，但其基本认识是相通的。似乎可以概括如下：

（一）经典具有对历史内容的概括性和对未来社会的预见性

读者通过阅读经典可以见微知著，举一反三。我们读但丁的《神曲》，不仅会了解到诗人生活时期欧洲的思想风貌，而且会感受到但丁之前欧洲的社会变迁和但丁之后欧洲社会的前途，因为这位先知诗人不仅在诗中对历史做出了审判，而且对未来做出了暗示，就连他的一生也在彰显未来的资产阶级历史命运——浪漫的少年，激昂的青年，先是与封建王权斗争，后又与教会势力斗争，最后以世界公民的姿态终其一生。从他的《神曲》等经典创作中，后人得到了巨大的教益和启迪。又比如中国诸子百家经典以及国外科幻小说对未来社会的描绘与构想。最为显著的是中国先秦儒家对"大同世界"和"小康社会"的构想，至今依然熠熠生辉。

（二）经典对解决社会现实问题具有取法与借鉴作用

文学经典对事实和可能发生的事情都有哲学思考，把握其中的规律我们将受益终生。历史发展的方向，按照实际的情形，既是多元的，又是相对一致的。无论是国家的发展道路还是个人的人生旅程，在世界其他国家，特别是西方发达国家那里，已经大致经历过。在精神生活方面，中国社会的思想文化也大体可以在发达国家的思想演进中找到前驱或影子。因此，我们应以中外经典为镜鉴，使我们从个人到社会的发展都能规避陷阱，少走弯路，不走歧路，在经典的指引下掌握自己的历史命运。比如司汤达尔的《红与黑》中所描写的社会生活尤其是主人公于连·索尔的人生经历会给我们当代青年以深刻启示和有益借鉴。

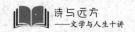
（三）经典对提升人的本质具有重要启悟和涵养作用

成为经典的文学作品，大多充满真知灼见和人生智慧。因此，经常把玩经典，耳濡目染，对于一个人的文化素养和品格修养都有巨大的益处。之所以如此，因为诗格高于人格，经典超乎俗作。我们看到，东方的经典，不知哺育了多少仁人志士抚慰了多少失意的心灵。西方的经典，不知激励了多少盖世的英雄，变革的哲人，救世的伟人。近代以降，东西方经典的交流逾越了国界和种族，使每个受到较高教育的人都兼得了东西方经典的熏陶，比如东方人对西方探索自然世界的勇气与毅力的赞赏，西方人对东方智慧的敬佩与吸取。

（四）经典传承着人类历史上最重要文化成果

意大利作家卡尔维诺曾著文倡导阅读经典，他认为经典就是人们最好的学习范本，最丰盛的精神源泉，最神奇的人生辅佐。他还提出将本国的经典与外国的经典相比较，从而做出客观评价的主张，这对克服狭隘民族主义和民族虚无主义都是很有效的方法。中国社会目前正当深刻转折之际，要开拓崭新的历史领域，建设现代社会文明，不可须臾脱离人类以往创造的思想文化成果，能否在这伟大历史机遇中出色完成继承经典、发扬经典的任务，确实关系到中华民族的命运。这里涉及文化自省、文化自觉、文化他信与文化自信等一系列重大问题。只有视野开阔，胸怀宽广，善于吸取人类文明成果的民族才是大有希望的民族。

因此，经典乃是文化的精华，也是再塑灵魂的文化。认识到经典之可贵，树立起传承经典、再造经典的信心，才能正确对待古今中外文化遗产，既不妄自尊大，也不妄自菲薄。为此，笔者愿与读者共勉：与诗书为伴，与经典同行。

当然，我们认识到了经典的意义与价值之后，在阅读经典之前，首先还是要知道什么是经典？经典有哪些基本特征？如何批判性地继承经典？经典价值的实现路径有哪些……我们将在另外的章节从另一个视角再作论述与讲解。

第二节　何谓人生与人生何为

一、何为人生

人生就是人从出生到死亡的过程，一般而言，短则二三十年，长则八九十年，最多也不过在百年左右。所以，古人有诗云：人生不满百，常怀千年忧。借用佛家语，人生似乎要经历宋代禅宗大师青原惟信提出参禅的三重境界：参禅之初，看山是山，看水是水；参禅有悟时，看山不是山，看水不是水；参禅彻悟时，看山仍是山，看水仍然是水。

佛家讲究入世与出世，于尘世间理会佛理之真谛。人之一生，从垂髫小儿至垂垂老者，匆匆的人生旅途中，我们也经历着人生的三重境界。

人生第一重境界：看山是山，看水是水。涉世之初，经历尚浅，我们还怀着对这个世界的好奇与新鲜，对一切事物都用一种单纯童真的眼光来看待，万事万物在我们的眼里都还原成本原，山就是山，水就是水，对许多事情懵懵懂懂，却固执地相信所见到就是最真实的，相信世界是按设定的规则不断运转，并对这些规则有种信徒般的崇拜和迷信。然而，人生并非我们设想的那般简单和美好，最终在现实里处处碰壁，轻则晕头转向，次则头破血流，重则粉身碎骨，从而对现实与世界产生了迷茫和怀疑。

人生第二重境界：看山不是山，看水不是水。红尘之中有太多的诱惑与陷阱，在虚伪的面具后隐藏着太多的潜规则，看到的并不一定是真实的，一切如雾里看花，似梦似幻，似真还假，山不一定是山，水不一定是水，我们很容易在现实里迷失了方向，随之而来的是迷惑、怀疑、彷徨、痛苦与挣扎，有的人就此沉沦在迷失的世界里，一蹶不振。也有人开始用心地去观察、审视、体会这个世界，对一切都多了一份理性与现实的思考，对现象与本质、眼前与背后、真相与真理、当下与未来等有了自己的思考与判断。这时的人生，少了几分单纯，多了几分理性，少了几分冲动，多了几分沉稳。所以，山不再是单纯意义上的山，水也不是单纯意义的水了。

人生第三重境界：看山还是山，看水还是水。这是一种看破红尘、洞察世事后的返璞归真，是一种回归，但不是每个人都能达到这一境界。人生的经历与阅历积累到一定程度，不断的反省，对世事、对自己、对自然、对社会、对历史、对人性等有了一个清晰的认识，认识到了"世事一场大梦，人生几度秋凉"，知道自己应该或可以追求的是什么，放弃或看淡的是什么，这时，看山还是山，看水还是水，只是这山这水，看在眼里，已有另一种内涵和意味了。人本是人，不必刻意去做人；世本是世，无须精心去处世，这才是真正的做人与处世。

当然，何为人生？我们可以从不同的学科和视角予以界定。比如，我比较欣赏以下说法：

人生就是灵魂携带肉体的单程旅行；

人生是没有彩排的现场直播；

人生是世界上唯一的一次性消费品；

人生就是寻找归宿的过程；

人生就是与万物进行能量交换的过程；

人生就是困惑、释惑的修炼过程；

······

当然，也有悲观者说：人生是苦海，回头是岸。试问，回得去吗？也有奉献者说：人生是奉献，像蜡烛燃烧自己，照亮他人。还有人说：人生是用来奋斗的。也有人说：人生是享乐，今朝有酒今朝醉，明日愁来明日忧。

······

二、人生何为

美国著名哲学家、心理学家威廉·詹姆斯曾说过，如果我们要问人类主要关注的是什么？我们应该能听到一种答案：追求幸福。然而，不同时代、不同阶级、不同的人们对"人生何为"或即使在达成"人生就是追求幸福"的基础上仍然有不同的看法和理解，不同的流派、政党、阶级、阶层对此有不同的主张和理论。在"人生何为"的问题上可谓见仁见智、各有主张。

下面我们介绍几种重要的观点：

1. 儒家的幸福观：儒家提倡积极进取、奋发有为、"内圣外王"的人生取向。向内，修身养性，形成仁、义、礼、智、信的良好道德品质。向外，要齐家、治国、平天下，求取功名，行中庸之道，不走极端，处理好人际关系等，这样的人生才是幸福的人生。比如孔子倡导物质享受与精神快乐两相兼顾的同时更重视后者。他的学生颜回，日子过得很清苦，但是道德高尚，强于行义，弱于受谏，怵于待禄，慎于治身，一箪食，一瓢饮，在陋巷，人不堪其忧，回也不改其乐。孔子对颜回这种行为极为赞许。孔子将"仁"即人与人之间的相爱关系，作为人生理想核心。他赋予尧、舜、禹、汤、文、武、周公等古人许多美德，诸如克己、公正、谦恭、好学等，希望人们以这些圣贤为楷模，向内则正心、诚意、修身、养性，向外则积极进取，齐家、治国、平天下。"亚圣"孟子从性善论出发，把仁、义结合起来，认为人生来就具有"恻隐、羞恶、辞让、是非"四种善端，这些善端扩而充之，就发展成仁、义、礼、智四种美德。人通过"思诚"即反省自身，达到至诚的境界。通过"养气"即养成谨守道义、凡事不动心的浩然之气，就可以达到幸福境界。而荀子从性恶论出发，提出通过"化性起伪"的方法，改变、矫正人之恶的本性，发展善性，从而达于至善，获得幸福。在他看来，人之初，性本恶，优秀品质是后天教育和环境影响造成的。在处理满足物欲与道德修养的关系问题上，他主张节制欲望与引导欲望并举。他认为，人的自然欲望不能完全根除，也不能完全满足，但可以通过理智来调节。

因此，儒家的幸福观，比较重视理性与道德的作用，强调没有理智和美德就不会有幸福，强调社会幸福重于个人幸福，这在人类幸福思想史上有其特别的价值。但是，这种幸福观若过于忽视人的本能欲望与物质生活，把理智与情欲对立起来，把物质享受与道德修养对立起来，倘若发展到极端，就是禁欲主义。宋儒的"存天理，灭人欲"就发端于此。这与孔子的"食色，性也"的原初本意相去甚远。

2. 道家的幸福观：道家主张清静无为，顺其自然的人生，崇尚返归自然，逃避尘世，过原始质朴和自由自在的田园生活。老子主张，圣人以"无为"为事，一切顺其自然，去智绝欲，过自然的生活，鸡犬之声相闻，老死不相往来，那样就会天下大治，人人都能过上幸福生活。他认为，要达到无

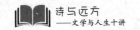

为境界，就要守弱。坚强有害，柔弱有益，柔弱能胜刚强。天下之柔莫过于水，然攻坚强者亦以水为最。在欲望满足、幸福与道德的关系上，老子主张寡欲，要求人们把欲望降到最低限度。

庄子提出理想人生的标准如下：一是无情，即不动感情，心境平和，不为喜怒哀乐所困扰，不以好恶而伤身。二是无己，即逍遥游境界，自由自在，无拘无束，无牵无挂，"至人无己，神人无功，圣人无名"。既不考虑自己，不追求功业，也不追求名誉。三是无所待，即他所说的至人并不凭借别的东西，而是凭借天地之正气，在宇宙中遨游，所以，也就无所依傍与企求。四是无用，即要把自己当成一块废料，没有任何实际用处。他以山中树木为例，那些干直、质好的有用之才，早被人砍去盖房子、做家具了，但那看上去毫无用处的散木却可以存活几千年。他说："树不成材，方可免祸；人不成才，亦可保身。"一般人能知有用之用，而不知无用之用。无用反有大用，这就是保存自己、享受逍遥游的幸福生活。

因此，道家的幸福观是安命顺性的天福观，是一种自然无为的、顺从内心召唤的幸福观。它主张对物质财富、生死寿夭、贵贱达穷、外在环境等都持淡泊态度，注重心灵的沉静，关注那些符合人之本性的、内心的幸福，这在拓展人的心灵空间、提升人的精神境界方面，有其特别的价值。

3. 佛教的幸福观：佛家认为人生具有"苦、集、灭、道"四谛。人生本无幸福可言，有的只是生老病死、悲欢离合、爱恨情仇等各种各样的痛苦，而这些痛苦的根本来源在于"爱"与"痴"，即人的贪求欲望，对佛理、佛性的无知。要摆脱痛苦的生死轮回，达到幸福的彼岸即涅槃，只有灭除贪爱欲望，修行念佛。由此可见，佛教基本教义与其说是一种关于人生幸福根源和如何获得幸福的理论与方法，不如说是一种说明人生痛苦根源和如何摆脱痛苦的理论与方法。

4. 西方理性主义人生幸福观：理性主义是西方思想史上的一大传统，古代以苏格拉底、柏拉图、斯多葛学派等为代表，而近代以笛卡儿、康德、黑格尔等人为代表。这些人幸福观的共性是认为人的幸福必须在理性指导下才能实现，强调人的精神快乐和理性能力，主张抑制欲望，追求道德完善。这类似于儒家的德行修炼幸福观。赫拉克里特有句名言："如果幸福在于肉体的快感，那么就应当说，牛找到草料吃的时候是幸福的。"苏格拉底有个关于幸福的等式，即理性＝美德＝幸福。斯宾诺莎认为，幸福不是别的什么，而就是美德本身。康德认为，人和动物的区别不在于感性欲望，而在于理性，但人绝不能将理性用作满足感性需求的工具，理性有其更高的用途，即要考察行为动机的为善或为恶，强调是动机而不是效果决定行为的善恶。他认为，幸福存在于至善之中。理性主义强调理性作用，贬低感性与情感的作用，主张抑制欲望，而追求道德的完善或精神上的幸福。他们认为人生目的和幸福在于按理性行事，而感官的享受和快乐只会玷污理性，荒废人生。理性主义的幸福观又可分为两种：一种是以柏拉图、亚里士多德为代表的和谐说，一种是以犬儒学派和斯多葛学派为代表的禁欲说。

5. 西方感性主义人生幸福观：感性主义流派代表人物在古代有德谟克利特、亚里斯提卜、伊壁鸠鲁等，近代有霍布斯、爱尔维修、边沁等。这一派幸福观的共同点，在于把趋乐避苦当作人的本性，认为幸福就是追求感官的快乐、避免感官的痛苦。亚里斯提卜认为，肉体的快乐比精神的快乐更迫切、更强烈，肉体的快乐优于精神的快乐；而且，肉体的快乐既不在过去、也不在未来，只在眼前。这类似于中国古代杨朱的享乐思想。德谟克利特和伊壁鸠鲁虽然强调感官快乐对于幸福的重要性，但是，他们也要求人们追求精神快乐。边沁把感性主义幸福观发展为功利主义幸福观，提出追求最大多数人的最大幸福的命题，并认为人的幸福程度是可以评价与度量的，只要了解一个人的痛苦与快乐的程度，就可以计算出他的幸福程度。他还提出了计算和评价幸福程度的要素，包括感受苦与乐的强度大小、时间长短、是否确实以及确实的程度、影响范围等七个方面。这开启了后世对于幸福感指数研究的先河。

6. 西方基督教神学幸福观：基督教神学家认为人要达到幸福的境界，不是对财富、名誉、地位、权力和肉欲的享受，而是在宗教德行中，在对上帝的热爱和追求中。只有对上帝的沉思、崇拜，才能返归天国，获得真正的幸福。

7. 极端个人主义人生幸福观：认为物质享受与个人私欲的满足是衡量幸福快乐的尺度，是一种典型的利己主义、享乐主义、个人主义。

8. 马克思主义幸福观：马克思主义幸福观把幸福的创造和幸福的享受结合起来，并把创造幸福作为前提，然后才谈得上享受幸福。因为对无产阶级和劳动人民来说，没有劳动就没有幸福可言。在社会主义条件下，只有社会劳动才是创造幸福的根本途径。马克思说："对于一个忍饥挨饿的人说来并不存在人的食物形式，而只有作为食物的抽象存在；食物同样也可能具有最粗糙的形式，而且不能说，这种饮食与动物的饮食有什么不同。忧心忡忡的穷人甚至对最美丽的景色都没有什么感觉；贩卖矿物的商人只看到矿物的商业价值，而看不到矿物的美和特性；他没有矿物学的感觉。"马克思主义在肯定人的物质幸福的基础上，特别注重人的精神幸福，强调物质幸福和精神幸福的统一；幸福不仅是对生活的享受，更是通过劳动对生活的创造，是享受和劳动的统一，是奉献与回报的统一；社会幸福决定着个人幸福，个人幸福丰富着社会幸福，是个人幸福和社会幸福的统一。因此，马克思主义幸福观具有三个鲜明特点：（1）认为幸福观是整个社会历史发展的产物，各个阶级的幸福观是由不同的生产方式所决定的。（2）认为幸福的关键是人的志向、生活目的。无产阶级劳动人民真正的幸福在于铲除剥削制度，改变不合理的社会关系，创造崭新的合理的社会制度。（3）认为个人幸福和集体幸福紧密结合、有机统一。强调集体幸福，但不否定个人幸福，把个人幸福融于集体、民族、阶级和人类的幸福之中。

幸福既是人类永恒的追求，是人们普遍关注的一个热点问题，也是一个常谈常新的话题。党的十八大提出，倡导富强、民主、文明、和谐，自由、平等、公正、法治，爱国、敬业、诚信、友善的社会主义核心价值观。富强、民主、文明、和谐是国家层面的价值目标，自由、平等、公正、法治是社会层面的价值取向，爱国、敬业、诚信、友善是公民个人层面的价值准则，这24个字是社会主义核心价值观的基本内容。社会主义核心价值观是社会主义核心价值体系的内核，体现社会主义核心价值体系的根本性质和基本特征，反映社会主义核心价值体系的丰富内涵和实践要求，是社会主义核心价值体系的高度凝练和集中表达，这其中就包含了幸福观。

改革开放前，中国人避讳谈幸福问题。改革开放以来，人们可以自由谈论和追求幸福。随着"中国梦"的提出，人民幸福被写在了我们党和国家的旗帜上，"人民对美好生活的向往，就是我们的奋斗目标"（习近平语）。近年来，人们广泛地谈论幸福，大胆地追求幸福，"幸福"成为当代中国最时尚的关键词之一。那么，社会是否应该、是否能够在幸福问题上达成某些共识呢？回答是肯定的。这种共识就是作为社会主义核心价值观有机组成部分的幸福观，即马克思主义幸福观。就我国而言，假如14亿多人不能在幸福问题上形成基本共识，我们怎么能够将人民幸福作为社会的共同目标去追求，怎么着眼于人民幸福去建设中国特色社会主义？"上下同欲者胜"，"同欲"就是"认同"、就是"共识"，就是有共同的目标。有幸福认同才有中国梦的真正实现。因此，我们需要在新的历史条件下弘扬和发展马克思主义幸福观，并努力使之得到普遍认同。

在现阶段的幸福观中，有两种十分流行，值得注意。一种可谓之为资源占有观，它把幸福等同于占有资源（金钱、财富、权力、地位等等），认为占有的社会资源越多越幸福。另一种把幸福看作是物质欲望的满足，以为物质欲望越是得到满足、获得的享受越多越幸福。这种物质享受幸福观比前一种幸福观更为流行，为更多人所奉行。

这两种幸福观自古以来就存在，它们虽然在人性中有其根源，但受到市场经济利益的激发与驱动，从过去的羞羞答答走向了今天的大胆直白甚至肆无忌惮。在市场经济条件下，谋求利益最大化成为人们行为的普遍动机。所有社会资源本身都是利益，而且可以作为带来更大利益的资本。于是，在不少人那里，占有资源便不再是作为幸福的必要条件，而成为人生的目标，成为自我价值实现的标志。市场经济发展的一个重要后果是消费主义盛行。市场主体为了获得更多的利润，不断刺激和开发人们的消费欲望，给人们欲望的满足提供了目不暇接、花样翻新的产品和服务。在这种消费主义的社会环境中，人们很容易以为物质欲望得到越多满足、得到越高层次的满足就越幸福。于是，物质享受幸福观便流行起来。

我们认为，资源占有幸福观和物质享受幸福观都是偏颇的幸福观，可能导致甚至已经导致人生与社会问题。

资源占有幸福观最大的问题是会导致人生异化，即将作为幸福条件的占有资源当作了幸福本身和全部，并受控于占有欲，从而损害人生和社会。占有一定的资源是人生幸福的必要条件，但它只是幸福的条件而不是幸福本身，也不是全部。一旦将资源占有当作人生目的加以追求，当作幸福本身和全部，那么占有欲望就会不断膨胀，最后充斥整个心灵，人不再是自己生活的主人，而成为不断膨胀的贪欲的奴隶。而物质享受幸福观的问题不在于追求物质享受，而在于仅局限于此而忽视了人的其他需要的满足，容易导致心理问题或精神疾病。人的需要或欲望有不同的层次，物质需要是人的最低层次的需要。除此之外，人还有情感的需要、社会尊重的需要，以及马斯洛所说的基本需要之上的自我实现需要。所有这些需要都要得到一定程度的满足，心理才能平衡与和谐，否则就会产生心理问题，甚至会患上精神抑郁症之类的心理疾病。把物质欲望的满足作为唯一追求，必然会导致这样的恶性循环：欲望得不到满足会感到痛苦、郁闷、愤懑，得到满足又会感到无聊、空虚，于是又会追求更多、更强烈的欲望的满足，如此循环往复，直至心灵不能承受欲望之重。

我们认为幸福的真实含义是人的自由而全面和谐发展。

如果我们不能将幸福理解为社会资源的占有或物质欲望的满足，那么，我们应当如何理解幸福呢？或者说，幸福的真实含义是什么？就是人的自由而全面和谐发展。按照马克思的设想，社会主义社会是一种社会成员普遍获得自由而全面发展的社会。在这种社会条件下，自由而全面发展意味着潜能得到尽可能充分地开发和发挥，生存需要、发展需要、特别是精神需要和享受需要得到尽可能好的满足。自由而全面发展的人能通过努力奋斗逐步使其人性闪耀善和美的光辉，人格完善而高尚，个性获得健康而丰富的发展，生活充满乐趣、充满创意和充满魅力。显然，人的自由而全面和谐发展状态就是人的幸福状态。这是一种美好生活，而这里所说的"生活"是指整体的生活，包括家庭生活、职业生活、个性生活、网络生活，更重要的是精神生活等生活的各个方面。

把幸福理解为整体的生活美好，是人类长期以来普遍认同的一种幸福观。中国古代的《尚书·洪范》中谈到人的幸福时，认为幸福就是享有"五福"，包括长寿、健康、安宁、敬修德行、老而善终等方面。这是把幸福理解为一种各方面都好的生活。古希腊的"幸福"一词是 Eudaimonia，其意思与英文对应词 happiness 意指欲望的满足不同，它是指作为整体的生活的兴旺或繁荣。亚里士多德在肯定幸福在于"生活优裕和行为良好"的基础上提出，幸福在于外在的善、身体的善和灵魂的善的统一。不过，他强调作为灵魂善的德行是其中最重要的因素，认为幸福是德行最完满的运用和实现活动。当代新西兰伦理学家克里斯丁·斯万顿等人认为好生活的概念主要有三种：令人满足的生活；值得赞赏的（道德的）生活；既令人满足又值得赞赏的生活。他们认为，第三种观点是自古以来为更多学者接受的观点。根据这种观点，把幸福理解为道德的生活或理解为令人满足的生活都是片面的，真正的幸福是在这两者之间达到了"平衡"的生活。

人的自由而全面和谐发展，是马克思在继承人类优秀思想成果的基础上针对资本主义制度下人片面、畸形地生存现状提出的一种社会理想。它反对现代文明使人单向度、低层次地生存，反对人的生活过分物欲化、功利化、世俗化、市场化，反对人性的扭曲和异化，强调潜能的全面实现，个性的自由发挥，强调社会要把其成员的普遍幸福作为价值追求目标，并为这一目标的实现创造一切可能的条件。在当代，人民普遍幸福最重要、最基本的社会条件是国家富强和民族振兴。因此，将国家富强、民族振兴作为我国社会的价值追求目标，是人民普遍幸福的客观需要，也是社会主义的本质要求，体现了马克思主义中国化、时代化的突出特点。

把幸福理解为自由而全面发展或整体生活的美好，归根到底是人性或人的本性使然。人们对人性的看法见仁见智，但都会承认人性是多层次、多向度的潜在可能性有机统一的整体，而人的本性则是人性所共有的谋求生活得更好的要求。通过反思和回味，一个人会由对自己自由而全面发展的状态感到满意产生愉悦感。这种愉悦感就是我们经常说的幸福感，它是由成就感、获得感、和谐感、归宿感等形成的整体美好感受。在主观感受上，幸福和快乐都是愉悦感，但幸福是由人的根本的总体的需要得到满足、对人的作为整体的生活美好感到满意产生的愉悦感，而快乐则是人的各种具体的、个别的欲望获得满足产生的愉悦感。幸福不同于快乐。无论在人类思想史上还是在现实生活中，不少人将幸福与快乐混为一谈，以为快乐就是幸福，这也是当前我国物质享受幸福观流行的观念原因。快乐对于人的生活十分重要，但人

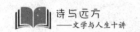

要活得快乐，也要活得高尚，活得正当，活得文明（苏格拉底语）。

既然幸福在于人的自由而全面发展，我们每一个想获得幸福的人就要努力追求自己的自由而全面发展。

首先，把自由而全面发展作为人生的终极目的，而不迷恋于那点可怜的物质欲望满足。当代英国伦理学家朱丽娅·阿那斯指出，幸福是生活中最好的东西，是我们的善中的最善。这也是我们常说的"仰望星空，止于至善"。要获得自己生活整体上的美好，必须将这种作为至善的幸福作为终极目的的追求。这种目的是目的本身，其他一切目的都是实现它的手段，而不是相反。人生来就会追求欲望的满足，而且满足欲望的多寡决定着人生丰富与否，因而幸福不排斥对欲望满足或快乐的追求，相反以快乐的获得丰富其内容。但是，要将对快乐的追求作为整体生活繁荣的部分或有益补充，而不能取而代之成了目的本身。

其次，使资源的占有服从于、服务于幸福，而不让自己成为外物及其占有欲的奴隶。幸福需要一定的客观条件，包括占有适度的社会资源，但这决不意味着占有得越多越幸福。这就是亚里士多德所强调的："应该为了灵魂而借助外物，不要为了外物竟然使自己的灵魂处于屈从的地位。"在物质需要得到适度满足的情况下，更应追求精神需要的满足，使人性的潜能得到尽可能充分地发展，切忌将人生的目光始终聚集于占有，任由贪欲恶性膨胀，否则人生必然发生异化。

再次，凭借自己的努力、通过为他人奉献实现自我和获得幸福，而不是通过对他人的索取甚至损害获得幸福。不断努力奋斗才会获得自我实现，从而获得幸福。请记住：人生是用来奋斗的。人是政治动物，社会性是人的本质属性。人需要他者，既要有父母妻儿，也要有朋友路人，还得有单位、社区、国家乃至人类。幸福包含了这一切，也体现在对他们的贡献之中。这就是《周易》所倡导的"天行健，君子以自强不息""地势坤，君子以厚德载物"。由此看来，那些"啃老""傍大款"的人不可能获得真正的幸福，而那些唯利是图、不择手段的人则不仅不能获得幸福，相反会给幸福造成损害或污名，以至丧失幸福。

最后，不断通过伦理反思和人格修炼提升人生境界，而不满足于现状、停滞不前。苏格拉底说："未经省视的人生是没有价值的。"一个人要真正获得幸福，需要反思和审视自己的人生，思考"我应该过什么样的生活""我应该成为什么样的人"等问题（苏格拉底之问）。这种对人生的伦理反思是获得幸福的入口。在这种反思的基础上，还要不断加强自己的品德和人格修养，努力提升人生境界，从而使自己的人生和幸福层次更高、格调更美、丰富度和深度不断扩展，达到真善美的完满一体。《大学》要求"自天子以至于庶人，壹是皆以修身为本"，其真义也许就在于此。教育的真谛也在于此。

真正的幸福确实在于实践与奉献或存在于实践与奉献中，在于创造或存在于创造之中。所以，《钢铁是怎样炼成的》的主人公保尔·柯察金留给世人的名言值得我们记取：

人最宝贵的是生命，生命对于每一人都只有一次，人的一生应当这样度过：当他回忆往事的时候，他不会因为虚度年华而悔恨；也不会因为碌碌无为而羞愧，当他临死的时候，他能够说：我的整个生命和全部精力，都献给了世界上最壮丽的事业——为解放全人类而斗争。人应当赶紧的充分的生活，因为意外的疾病和悲惨的事故随时都可能结束他的生命。

中国共产党人的初心与使命就是习近平总书记 2019 年 5 月 31 日在"不忘初心、牢记使命"主题教育工作会议上所强调的："为中国人民谋幸福，为中华民族谋复兴，是中国共产党人的初心和使命，是激励一代代中国共产党人前赴后继、英勇奋斗的根本动力。"

第三节　文学与人生的关系

这一节其实是对前两节内容的总结，我们通过前面的介绍、学习、讨论，可以得出一些关于文学与人生的基本感悟或认识。

文学是人学，是一种属于人类社会才拥有的"有意味的形式"。它具有审美意识形态属性和话语蕴藉属性。文学活动是人类关于自然、人生、

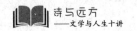
社会、人的心灵与精神的艺术探索探险活动。因此，一部作品实际上就是一段人生记录，是时代与社会生活的写照，是人与自然的记录。阅读作品，实际上就要进入他者的世界并与之对话、探险，以便丰富我们自己的人生。可以说，作家进行文学创作活动是审美地反映或表现生活或人生，读者阅读文学作品是审美地感知与领悟生活或人生。因此，作为读者，我们就要思考：

一、如何让文学走进人生？

文学是人学，文学与人生有着天然的血缘关系。文学是社会人生的反映，是作家的心灵写照，是作家心智的创造，是读者的心灵慰藉。文学为我们提供了一部形象的社会生活史，一部生动的人生史，一部人类灵魂的演变史，一座深刻情感的储存库。这是一个无限广阔、无限深远的生理与心理、精神与灵魂的实验场和栖息地。文学只有贴近大众，深入生活，反映时代，表现人性，才能走进人生，才能深入人心，从而影响和改变个人、社会和时代。因此，作为读者，我们应葆有一颗热爱文学、敬畏大师、亲近经典之心。所以，我常说，文学即人生，文学即生活。没有文学相伴的人生是荒芜寂寞的，没有诗意氤氲的人生是遗憾残缺的。俄罗斯曾有谚语云：人的一生不写诗是遗憾的，人的一生不读诗是残缺的。中国的圣人孔子曾云："小子何莫学夫诗？诗，可以兴，可以观，可以群，可以怨：迩之事父，远之事君，多识于鸟兽草木之名。"由此可见，文学与人生的关系及其重要性。

二、如何从文学作品中吸取人生经验和智慧？或人生又如何走进文学？文学能给人生提供什么？

与诗书为伴，与经典同行，阅读一些积极向上的文学作品，从中获得一种奋斗的力量，如阅读路遥获茅盾文学奖的长篇小说《平凡的世界》。小说的主人公孙少平是陕北一名普通的淳朴的贫困农民，虽然他生活在贫苦和逆境当中，但是他人穷志不穷。他有理想，有抱负，自强不息，艰苦奋斗，朝着自己的人生目标，奋力地迈进，不断进步。读这样的文学作品，总会给人以昂扬向上的力量，向逆境挑战的勇气。

　　阅读经典就是与古今中外名家大师聊天，你会获得人类最丰富的人生经验和最优秀的人生智慧。因此，我们认为，读书乃是这个世界上唯一没有风险、一本万利的投资。阅读也许改变不了你的容貌，但一定能改变你的气质或心态。经典一旦沉淀为你的人生修养，那将是你一生无尽的财富。幸福人生，从阅读开始，有经典为伴，与大师同行。

三、如何深刻领悟与追求可能完美的人生？

　　理想尽管丰满，现实却很骨感，残缺或遗憾是人生的常态，但努力追求人生的圆满或完美乃是人之常情或者说是人类共同的愿景。

　　我们如何深刻领悟与追求可能完美的人生呢？也许文学经典能给我们提供启悟和参考。

　　经典作品往往阐述了人性的弱点和描绘了人生的种种困境，探讨了如何克服人性的弱点，如何摆脱人的根本困境，以期达到人生的圆满。文学家往往同时又被称为心理学家、灵魂的审判者，何故？因为文学家对人的内心世界、人的心灵秘密，尤其是对人性的弱点特别感兴趣，在文学作品中往往通过故事的组织、人物的塑造、生活的描写来揭露和揭示人性的面目，从而深化我们对自己的思考和感悟，提升人生的深度或高度。如美国作家马克·吐温在中篇小说《败坏了赫德莱堡的人》中，描写以诚实清高著称于世的赫镇十九户头面人物，突然面对一笔本不属于自己的不明财富，无一不动心，人人都挖空心思编造谎言试图占有它，结果相互攻击、责骂，一个个丑态百出，身败名裂。作品的意蕴是什么呢？过去我们的教材一般认为是揭露了资产阶级道德的虚伪性，但是换个角度看却不那么简单。从人的角度看，作品剖析了一个普遍性的人性弱点：容易受诱惑或者说在诱惑面前往往经不住考验。对于这一弱点，我们很难将它像帽子一样简单往资产阶级头上一扣，然后轻松地躲到一边看笑话。小说中理查兹夫妇干了一辈子，到老来仍家境贫寒，以至于深更半夜还不得不在外打工，他们是资产阶级吗？他们一辈子为人正派，做事谨慎，自律甚严，正如老头自己所说，诚实已成为他们的第二天性。但即使这样的人，面对诱惑时仍免不了动心，可见"容易受诱惑"是

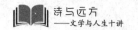
人内心隐蔽更深的天性。老头的妻子玛丽老太太痛苦地自我解剖说："我们从摇篮里就被教导要诚实，不要受一切诱惑，可是一旦面临真的诱惑就经不起考验。"这说明人未必是自己所认为的那样的人，未经诱惑考验的道德优越感是脆弱的、靠不住的。所以，面临权力、金钱、美色或名誉等等诱惑，如何应对，并非只是资产阶级的事情，而应该说是每个人的人生中随时都可能遇到的问题。

作家史铁生认为，中国文坛的悲哀常在于元帅式的人际征服，作家的危机感多停留在社会层面上，对人生的困境太少觉察。文学应当更多地关怀人的精神问题亦即探讨人生的终极关怀问题。文学的根应当是与人类生命始终相伴的根本困境。面对人类人生困境，文学的表现比其他所有学科都更敏感，更深刻，更精微，更形象。关于人生的根本困境，史铁生指出，一是人生来注定是活在无数其他人中间并且无法与他人彻底沟通，真正了解，这意味着孤独；二是人生来就有欲望，而人实现欲望的能力永远赶不上他欲望膨胀的速度，这是一个永恒的距离，这意味着痛苦；三是人生来不想死，贪生怕死是人的本能，可是人生来就是在走向死，这意味着恐惧；四是人类永恒面对的不是可知而是不可知。可知的是极少部分，不可知是永远存在的自然宇宙等。据说，到目前为止，人类对宇宙的认识不到 5%。这就意味着无奈。上述人生的根本困境，既是从文学作品中提炼总结出来的，又是人们现实生活中随时可能遭遇到、时时都必须思考的。对于人生的根本困境，作家往往只是提出问题，而没有给出两全其美的解决办法。这不是人们的生活经验、人生智慧不够，而根本原因在于它来自生活、生命、生存本身固有的矛盾。史铁生的小说《宿命》的主人公莫非面对从即将出国留学的人生高峰到被汽车撞成终身截瘫的人生低谷的命运转变，苦苦思索造成自己命运转变的原因。该小说阐述了这样的一个道理：有时候，人的命运带有一定的偶然性、随机性和荒诞性。只有认识到人生无常才能时刻提醒自己防患于未然，只有认识到人生的荒谬才能时刻提醒自己保持淡定，努力克服人性的弱点，正视现实人生，才能拥有一个好的命运。

文学的世界与人生具有某种对应关系。完美的人生是不存在的，人生总是有缺憾的。所以，人们常说，遗憾或残缺才是人生的常态。人类认识矛盾、解决矛盾的能力在不断提高，但是人生是始终达不到完美的境地。然而，尽管完美的人生是不存在的，但人类还是要去追求完美的人生，因为我们只有在追求完美人生的过程中，在不懈的奋斗中，才能实现人生的价值和意义，才能拥有幸福的人生。所以，我们说，人生是用来奋斗的，幸福是奋斗而来的。而文学所表现或反映的人生内容对应着我们的生活世界、心灵世界与情感世界，与我们的生活息息相关，促使着我们每一个人都能够在文学构筑的审美世界里寻找我们自己的生活之位、人生之梦、理想之园。文学的审美艺术，为人生增添了美的光彩，为日益冷漠的世界增加人性的温暖。所以，我常说文学就是那种能让人的内心越来越纯粹和澄明的东西，文学就是那种能让人内心倍感温暖充满力量和幻想的东西。

文学能扩大我们的经验世界，丰富我们心灵世界；通过阅读文学作品，能让一个人了解多种人生样式；文学作品描写人的生存状态，可以帮助我们了解多种多样的人生形态，从而使我们间接获得了体验和感受、知识与智慧，也因此扩大了我们生活的范围，拓展人生的宽度，延伸生命的长度。

必须注意和明白，文学不为人生提供答案，但可为人生提供启悟！

王国维在《人间词话》中说："古今之成大事业、大学问者，必经过三种之境界：'昨夜西风凋碧树。独上高楼，望尽天涯路。'此为第一境也。'衣带渐宽终不悔，为伊消得人憔悴。'此为第二境也。'众里寻他千百度，蓦然回首，那人却在，灯火阑珊处。'此为第三境也。"

治学如斯，人生又何尝不是如此！

思考题：

1. 你是如何理解文学与人生的关系的？

2. 何为人生？何为幸福？谈谈你对人生幸福的理解。

3. 鉴赏晏殊的《蝶恋花·槛菊愁烟兰泣露》、柳永的《蝶恋花·伫倚危楼风细细》和辛弃疾《青玉案·元夕》；或以"青春"为题材创作一首诗歌和一篇散文。

4. 如何理解人"在其现实性上，它是一切社会关系的总和"？

5. 文学何为？如何理解审美是文学的本质属性？

参考文献与延伸阅读：

1. 王国维著，《人间词话》，长沙，岳麓书店，2012 年 8 月版。

2. 蒋德均著，《诗与思》，北京，大众文艺出版社，2006 年 10 月版。

3. 唐圭璋主编，《唐宋词鉴赏辞典》，南京，江苏古籍出版社，1986 年版。

4. 路遥著，《平凡的世界》，北京，中国文联出版公司，1986 年初版。

5. 史铁生著，《病隙碎笔》，北京，人民文学出版社，2008 年 9 月版。

6. 江畅著，《我们需要什么样的幸福观》，《光明日报》，北京，2017 年 1 月 23 日。

7. 罗曼·罗兰著、傅雷译，《约翰克里斯多夫》，长春，时代文艺出版社，2018 年 7 月版。

8. 张汝伦著，《现代西方哲学十五讲》，北京，北京大学出版社，2004 年版。

9. 董正华著，《世界现代化进程十五讲》，北京，北京大学出版社，2009 年版。

10. 辜正坤著，《中西文化比较导论》，北京，北京大学出版社，2007 年版。

11. 陈吉德著，《影视编剧艺术》，北京，高等教育出版社，2017 年版。

12. 彭吉象著，《影视美学》（修订版），北京，北京大学出版社，2009 年版。

第二章　大学教育目标与目的

本章提示：

一、知识教学目标：了解古今中外关于大学的经典论述。

二、能力教学目标：理解国家的教育方针与本课程开设的目的。

三、素质教学目标：如何树立正确的"三观"。

第一节　何谓大学与大学何为

一、何谓大学

"大学"一词，具有多重含义，既是教育机构又是儒家经典还有其他含义。我们只作简单的介绍，课后也可以展开讨论。

（一）现代意义上的"大学"是指国家高等教育的学府，综合性地提供教学和研究条件并授权颁发学位的高等教育机关。现在的大学一般包括几个能授予硕士和博士学位的研究生院和数个专业学院，以及能授予学士学位的本科生院和高职高专院校等。

（二）在中国古代，"大学"一词除了指儒家经典四书之一的《大学》外，还指聚集在特定地点整理、研究和传播高深领域知识的机构。根据文献记载，"大学"作为一种具有高等教育职能的机构，可以追溯到五帝时期的成均和上庠。董仲舒曰："五帝名大学曰成均，则虞庠近是也"。虞舜时成立上庠，"上庠"即"高等学校"的意思；郑玄："上庠为大学，在王城西郊。"以后夏朝的东序，商朝的瞽宗，周朝的辟雍，是当时位于京师的最高学府。到了汉朝，中央设立太学，为最高学府，而地方也开始设立郡学、州学、府学、县学等供适龄学生学习的地方官办学校。隋唐以后太学改为国子监，隋代始开科举，唐朝以后出现书院。书院可以分为大学部、小学部，有些并不严格区分，有官办，有私立，不少是私办官助。比如白鹭书院、白鹿洞书院、岳麓书院、应天府书院、嵩阳书院、石鼓书院、茅山书院等都是著名书院的代表。

中国古代传统的学校以培养公共政治服务的官员仕人以及从事文化教育的文人为主，偏重儒学人文教育。当然也有专门学科部或者专科性的高等教育机构。南朝宋时设有儒学馆、玄学馆、文学馆、史学馆，合并后分儒、道、文、史、阴阳五部学。唐朝的国子监设有律学馆、书学馆、算学馆。明朝时设有专门培养外交翻译人才的四夷馆。此外还有兼具人才培养功能的专门性的科研及应用服务机构，如医学领域的太医馆等，天文历法领域的司天监或者钦天监等。到了清末，清政府迫于世界形势压力，不得不对教育革新网开一面，于1905年末颁布新学制，废除科举制，在全国范围内推广新式学堂，西学逐渐成为学校教育的主要形式，新学制将学校分为"小学堂""中学堂""高等学堂"和"大学堂"等，"高等学堂"和"大学堂"属高等教育，中国的现代教育得以迅速发展，翻开了全新的一页。

（三）在西方，在英文中，"大学"一词为 university，是由 universe（宇宙）这个词的前身派生而来的。Universe 的前身，在拉丁文中为 universus，是由表示"一"的 unus 和表示"沿着某一特定的方向"的 versus 构成的，universus 字面上的意思就是"沿着一个特定的方向"。universum 是 universus 的中性单数形式，用作名词时指"宇宙"，同样派生词 universitas 也指"一群个人的联合体、社团"。在中世纪，拉丁文在政府、宗教和教育等领域得到使用，universitas 这个词被用来指由教师和学生所构成的联合体，比如在意大利萨勒诺、法国巴黎和英国牛津出现的这种联合体。这类联合体即是今天的大学的最初形式。今天的 university 这个词可以上溯到拉丁词，欧洲中世纪的大学是从教会办的师徒结合的行会性质学校发展起来的。在十一世纪时，"大学"和"行会"同样被用来形容行业公会，到了十三世纪时，"大学"一词就被用来专指一种师生共同探讨知识的团体。欧洲中世纪的大学主要有三种形式：教会大学，学生和教师在一个校长领导下形成一种密切配合的团体，像法国巴黎、英国牛津和剑桥等大学。公立大学，由学生选举出来的校长总揽校务，如意大利的波伦亚和帕多瓦等大学。国立大学，由国王征得教皇认可而建立的，如意大利西西里的腓特烈二世成立的那不勒斯大学，卡斯蒂拉的斐迪南三世成立的萨拉曼卡大学。1088 年在意大利博洛尼亚建立的波隆那大学，被认为是欧洲第一所大学，这所学校先由学生组织起来再招聘教师。而有"欧洲大学之母"之称的法国巴黎大学，则是先由教师组织起来再招收学生。1810 年，威廉·冯·洪堡建立德国柏林大学，将研究和教学结合起来，并确立了大学自治和学术自由的原则，这被认为是现代大学的开端。

在近代中国和西方交流以来，现在所称的西方的大学早期被对应翻译为"书院"等，后来才统一改称"大学"。

二、作为儒家经典的《大学》

作为儒家经典的《大学》：儒家经典《大学》共十一章。原是《小戴礼记》第四十二篇，相传为孔子的弟子曾子所作，实为秦汉时儒家作品，是一部中国古代讨论教育理论的重要著作。经北宋程颢、程颐竭力尊崇，南宋朱熹又作《大学章句》，最终和《中庸》《论语》《孟子》并称"四书"，成为古代科举必考之书。《大学》提出的"三纲"（明明德、亲民、止于至善）和"八目"（格物、致知、诚意、正心、修身、齐家、治国、平天下），强调修己是治人的前提，修己的目的是为了治国平天下，说明治国平天下和个人道德修养的一致性。其文不长，附之如下，并作讲解：

第一章

大学之道，在明明德，在亲民，在止于至善。知止而后有定，定而后能静，静而后能安，安而后能虑，虑而后能得。物有本末，事有终始。知所先后，则近道矣。

古之欲明明德于天下者，先治其国。欲治其国者，先齐其家。欲齐其家者，先修其身。欲修其身者，先正其心。欲正其心者，先诚其意。欲诚其意者，先致其知。致知在格物。物格而后知至，知至而后意诚，意诚而后心

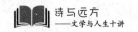
正，心正而后身修，身修而后家齐，家齐而后国治，国治而后天下平。

自天子以至于庶人，一是皆以修身为本。其本乱而末治者否矣。其所厚者薄，而其所薄者厚，未之有也。此谓知本，此谓知之至也。

第二章

所谓诚其意者，毋自欺也。如恶恶臭，如好好色，此之谓自谦。故君子必慎其独也。小人闲居为不善，无所不至，见君子而后厌然，掩其不善而著其善。人之视己，如见其肺肝然，则何益矣。此谓诚于中，形于外，故君子必慎其独也。曾子曰："十目所视，十手所指，其严乎！"富润屋，德润身，心广体胖，故君子必诚其意。

第三章

《诗》云："瞻彼淇澳，菉竹猗猗。有斐君子，如切如磋，如琢如磨。瑟兮僩兮，赫兮喧兮。有斐君子，终不可喧兮。""如切如磋"者，道学也。"如琢如磨"者，自修也。"瑟兮僩兮"者，恂慄也。"赫兮喧兮"者，威仪也。"有斐君子，终不可喧兮"者，道盛德至善，民之不能忘也。《诗》云："於戏，前王不忘！"君子贤其贤而亲其亲，小人乐其乐而利其利，此以没世不忘也。

第四章

《康诰》曰："克明德。"《大甲》曰："顾諟天之明命。"《帝典》曰："克明峻德。"皆自明也。

第五章

汤之《盘铭》曰："苟日新，日日新，又日新。"《康诰》曰："作新民。"《诗》曰："周虽旧邦，其命维新。"是故君子无所不用其极。《诗》云："邦畿千里，维民所止。"《诗》云："缗蛮黄鸟，止于丘隅。"子曰："于止，知其所止，可以人而不如鸟乎？"《诗》云："穆穆文王，於缉熙敬止！"为人君，止于仁；为人臣止于敬；为人子，止于孝；为人父，止于慈；与国人交，止于信。子曰："听讼，吾犹人也。必也使无讼乎！"无情者不得尽其辞，大畏民志。此谓知本"。

第六章

所谓修身在正其心者，身有所忿懥，则不得其正，有所恐惧，则不得其正，有所好乐，则不得其正，有所忧患，则不得其正。心不在焉，视而不见，听而不闻，食而不知其味。此谓修身在正其心。

第七章

所谓齐其家在修其身者，人之其所亲爱而辟焉，之其所贱恶而辟焉，之其所畏敬而辟焉，之其所哀矜而辟焉，之其所敖惰而辟焉。故好而知其恶，恶而知其美者，天下鲜矣。故谚有之曰："人莫知其子之恶，莫知其苗之硕。"此谓身不修，不可以齐其家。

第八章

所谓治国必先齐其家者，其家不可教而能教人者，无之。故君子不出家而成教于国。孝者，所以事君也；弟者，所以事长也；慈者，所以使众也。《康诰》曰："如保赤子。"心诚求之，虽不中，不远矣。未有学养子而后嫁者也。一家仁，一国兴仁；一家让，一国兴让；一人贪戾，一国作乱，其机如此。此谓一言偾事，一人定国。尧、舜率天下以仁，而民从之。桀、纣率天下以暴，而民从之。其所令反其所好，而民不从。是故君子有诸己而后求诸人，无诸己而后非诸人。所藏乎身不恕，而能喻诸人者，未之有也。故治国在齐其家。《诗》云："桃之夭夭，其叶蓁蓁。之子于归，宜其家人。"宜其家人，而后可以教国人。《诗》云："宜兄宜弟。"宜兄宜弟，而后可以教国人。《诗》云："其仪不忒，正是四国。"其为父子兄弟足法，而后民法之也。此谓治国在齐其家。

第九章

所谓平天下在治其国者，上老老而民兴孝，上长长而民兴弟，上恤孤而民不倍，是以君子有絜矩之道也。所恶于上，毋以使下，所恶于下，毋以事上；所恶于前，毋以先后；所恶于后，毋以从前；所恶于右，毋以交于左；所恶于左，毋以交于右；此之谓絜矩之道。《诗》云："乐只君子，民之父母。"民之所好好之，民之所恶恶之，此之谓民之父母。《诗》云："节彼南山，维石岩岩。赫赫师尹，民具尔瞻。"有国者不可以不慎，辟，则为天下僇矣。《诗》云："殷之未丧师，克配上帝。仪监于殷，峻命不易。"道得众则得国，失众则失国。

第十章

是故君子先慎乎德。有德此有人，有人此有土，有土此有财，有财此有用。德者本也，财者末也。外本内末，争民施夺。是故财聚则民散，财散则民聚。是故言悖而出者，亦悖而入；货悖而入者，亦悖而出。《康诰》曰："惟命不于常。"道善则得之，不善则失之矣。《楚书》曰："楚国无以为宝，惟善以为宝。"舅犯曰："亡人无以为宝，仁亲以为宝。"

《秦誓》曰："若有一介臣，断断兮无他技，其心休休焉，其如有容焉。人之有技，若己有之；人之彦圣，其心好之，不啻若自其口出。实能容之，以能保我子孙黎民，尚亦有利哉！人之有技，媢疾以恶之；人之彦圣，而违之俾不通：实不能容，以不能保我子孙黎民，亦曰殆哉！"唯仁人放流之，迸诸四夷，不与同中国。此谓唯仁人为能爱人，能恶人。见贤而不能举，举而不能先，命也；见不善而不能退，退而不能远，过也。好人之所恶，恶人之所好，是谓拂人之性，菑必逮夫身。是故君子有大道，必忠信以得之，骄泰以失之。

第十一章

生财有大道，生之者众，食之者寡，为之者疾，用之者舒，则财恒足矣。仁者以财发身，不仁者以身发财。未有上好仁而下不好义者也，未有好义其事不终者也，未有府库财非其财者也。孟献子曰："畜马乘，不察于鸡豚；伐冰之家，不畜牛羊；百乘之家，不畜聚敛之臣。与其有聚敛之臣，宁有盗臣。"此谓国不以利为利，以义为利也。长国家而务财用者，必自小人矣。彼为善之，小人之使为国家，灾害并至。虽有善者，亦无如之何矣！此谓国不以利为利，以义为利也。

　　《大学》文辞简约，内涵深刻，影响深远，主要概括总结了先秦儒家道德修养理论，以及关于道德修养的基本原则和方法，对儒家政治哲学也有系统的论述，对做人、处事、治国等有深刻的启迪性。《大学》着重阐述了提高个人修养、培养良好的道德品质与治国平天下之间的重要关系。中心思想可以概括为"修己以安百姓"，并以三纲领"明明德、亲民、止于至善"和八条目"格物、致知、诚意、正心、修身、齐家、治国、平天下"为主题。

　　《大学》提出的人生观与儒家思想有千丝万缕的联系，基本上是儒家人生观的进一步扩展。这种人生观要求注重个人修养，怀抱积极的奋斗目标，这一修养和要求是以儒家的道德观为主要内涵的。三纲八目又有阶级性或时代性，"明德""至善"都是封建社会对君主的政治要求和伦理标准；"格物""致知"等八条目是在修养问题上要求与三纲领中的政治理念和伦理思想相结合。

　　《大学》继承了孔子的仁政学说与孟子的民本论思想，其基本内容主要是对孔子代表的原始儒家思想作了一种体系性、结构性的概括和描述，以阐明儒家关于学习的内容、目标和为学的次序途径，旨在张扬儒家的君子修德之学和圣王的治政之道。

　　全文可分为三部分。

　　第一部分（"大学之道"至"此谓知之至也"）讲的是大学之道。首先，《大学》对儒学作了一个高度概括，提出"明明德，在亲民，在止于至善"三项，即宋代儒家们所说的大学"三纲领"。这一概括非常准确地揭示了儒学的基本精神，也道出了《大学》的主旨。《大学》是讲治国平天下的学问，但是它按照孔子思想，不就事论事，而是将人的精神的弘扬和品德修养置于首位。"明明德"是发扬自己固有的德行，是激发求学者完善自己的自觉性，而不是用某种外在的、固定的道德准则束缚自己。"亲民"即"新民"，就是不仅自觉地进行自我修养，而且努力提高全体人民的道德品质，在儒家看来这是为治国平天下的伟业奠定精神基础。"止于至善"就是要将自己的道德品质和社会、国家的治理提升到最完美的地步，不达到最理想的境界绝不停止，实际上是一个无限的完善过程。其次，《大学》提出欲明明德于天下者，要经历格物、致知、诚意、正心、修身、齐家、治国、平天下八个环节（即朱熹所称的大学"八条目"）。其中，修身以上，"格物、致知、诚意、正心"四者，专注于心性修养，属儒家的"内圣"之学；修身以下，"齐家、治国、平天下"，系君子之行为规范及治政之事，属儒家的"外王"之学，其意主要在彰明儒家"为政以德"的观念和"道德转化为政治"的思想。文章指出："物有本末，事有终始，知所先后，则近道矣。"《大学》对八条目排列了次序，这主要不是规定实行中的时间先后的次序，而是确定八条目之间的关系。它指明了只有把家庭、封地管理得井井有条，才能获得经验，有资格进而治理国家；要治好家庭、封地，首先要以身作则，进行自我修养；要作自我修养就要端正思想，而不能只做表面文章，遵守外在的行为准则；端正思想就要做到真诚，心灵纯洁，排除种种私心杂念；而要意念诚实就要学习知识，提高认识，不至于陷入愚昧、偏执，从而避免盲目性；而掌握知识、提高认识能力，就要研究事物，以防止被他人之说误导。说明《大学》全面地展示了同明明德和治国平天下相关的主要方面，深刻地揭示了它们之间的关系，使儒家学说成了一个条理分明的思想体系。再次，《大学》第一次提出"格物"的概念，把格物致知列为儒家伦理学、政治学和哲学的基本范畴，从而赋予认知活动对于修身养性的精神、心理过程和治理社会与国家的实践活动的极其重要的意义。这是儒学的一个重大发展。最后，《大学》把修身规定为自天子以至于庶人的一切活动的根本，这既指明天子没有特权置身于修身之外，又提出普通百姓不能降低对自己的要求，把修身当作无关紧要的事。修身就是关注自我，认识自我，审视自我，完善、发展自我。说明以修身为本就是将培育完善、发展自我的自觉性置于重要的地位，这种思想能够增强个体自强不息的、内在的精神生命力。

第二部分（"所谓诚其意者"至"此谓修身在正其心"）讲的是诚意慎独。该部分是逐句解释《大学》"三纲领、八条目"的，引用了许多典故，也作了发挥。文章在诠释中突出了《大学》这一理念：求圣人之道的关键是增强完善自我的自觉性，它从以下四方面阐发了这一理念的含义。首先，自我的完善是"自明"。引证的《尚书》中三段语录证明《大学》首句"明明德"在古圣人之书中都有出处，然后总结其思想是"皆自明也"。所谓"自明"即"自觉""自醒"，就是说"明明德"是自我的觉悟，是内心意识到完善、发展自身的必要性。此外，"自明"的说法还指明了"明明德"不是将一种外在的行为规范强加给一个人，而是人固有的善性的发扬和发展。其次，道德修养是自我的无穷无尽的更新过程。"新民"是为教化人民，这是力图更新他人的品质，然而引用商汤刻在浴盆之上用以自警的铭文"苟日新，日日新，又日新"来阐明《大学》"新民"的概念，就把这个概念规定为自我的更新，自我的发展。其中四个"日"字的连用，则以十分有力的语气强调：必须经常不断地进行自我的更新、创造和发展，永远追求新目标和新成就，总是要有新气象和新面貌，任何时候都不要停止不前，安于现状。而"君子无所不用其极"之说清楚地指明，这种更新和发展是没有止境的无限过程，它要求人们将追求至善的自觉性发挥到最大的程度。这是一种积极的人生观，是鼓励发展和创新的哲学，它为自我创造开辟了新的空间。再次，文章指出了自我完善不是个体以冥思求顿悟，而是必须努力学习知识，增进学问，提高认识，还必须通过艰苦的磨炼，在实践中不断地增长才干，养成各种优良的品质。即"如切如磋者，道学也；如琢如磨者，自修也"的意思。经过这样的修养和磨练，才能达到"道盛德至善"的地步。最后，主观意识要始终保持纯正的状态。经文提出的"诚意"的概念为"毋自欺"，把自我完善的自觉性归结为一个人为善动机的纯正。所谓"自欺"就是动机不纯，有邪念，却以勉强的行为做样子，或以伪装的善行、漂亮的言辞来掩饰自己心灵上的污秽，借以自欺欺人。因此，不自欺表明行善不是为了某种功利的目的。不是做给别人看，而是以善本身为目的。行善是自己心灵的需要，是求得精神本身的满足。所以文章说："如恶恶臭，如好好色，此之谓自谦。"又如朱熹所说："皆务决去，而求必得之，以自快足于己，不可徒苟且以徇外而为人也。"所以，只有心灵的自慊，才能排除做给别人看的矫饰、虚伪的自欺行为，达到"诚意"的目的，从而从根本上保证有一种自我完善的自觉性。文中所提出的"慎独"的理念非常重要。所谓"独"意为独处，这里是指人不知而只有己知的意识活动，是指人的真实的意念。文章把独处时的思想活动看成是对一个人能否做到诚意的一个考验。即是否真正具有自我完善的自觉性的考验。因此儒家对人们独处时的思想活动和表现特别重视。朱熹说："必谨之于此以审其几焉。""几"是指细微难辨、微妙难言、却包含了无限可能性的东西。表明独处的意识活动是一个人在人生的各种实际活动中向善还是向恶的关键所在，必须特别慎重对待。文章进一步指出，一个人独处时的思想活动虽然不为人们所知，但是它们总是要表现出来。此外，文中还提出要保持纯正的主观意识，增强完善自我的自觉性，还必须时时调节自己的心理状态。防止愤恨、恐惧、癖好、忧伤等各种情绪损害心灵的纯正和完善自我的自觉性。因为心灵一旦失去平衡，就将丧失其正确判断是非善恶的能力。

第三部分（"所谓齐其家在修其身者"至"以义为利也"）讲先有诸己而后求诸人。儒家政治哲学的基本观念是治理国家的根本原则同治理家庭和对待他人的准则相一致，由此这部分着重阐述了两个观点："治国必先齐其家"。在儒家看来，不能教育好家人的那些人是不可能治理好国家的。其理由一是在家中都不能实行仁义道德，在国家政治生活中也就不会讲仁义道德。因此，要首先在治家的过程中培育治国所需要的那些道德品质和才干。所以文中说："故君子不出家而成教于国。"理由二是，统治者治理好自己的家以后，就树立了一个榜样，产生巨大的影响，整个社会都会来仿效，这就是文中所说的："一家仁，一国兴仁；一家让，一国兴让。"相反，则是"一人贪戾，一国作乱"。治国者要把家庭道德运用、推广到国家的政治生活之中，要以对家人的情感对待全社会的人，要在整个世界造成家庭式的秩序与和谐。文中提出，在家中对父母的孝，在朝廷中要用到对待君主；在家中对兄长的敬爱，在官场中要用到对待长上；在家中对小辈的慈爱，在治国之时要用到对待下属或百姓。文中特别强调统治者对待老百姓就像对"赤子"那样有一种怜爱、疼爱的柔情。文中正是从这种柔情的意义上解释治国者"为民父母"的传统理念："民之所好好之，民之所恶恶之，此之谓民之父母。"儒家力图以此减弱这一理念带有的家长专制的色彩。要求以孝悌的道德对待君主和长上，这是一种宗法制的观念，有利于加强封建专制统治。而把人民当成赤子，则表现了一种高高在上、俯视民众的优越感和对百姓的轻视，与现代的平等和民主的观念格格不入。但是，文章竭力主张治国者应当像对家人那样，对人民有一种纯真、诚挚、深厚的爱，并以这种情感来治国，按照人民的愿望和意志来处理政务，努力使社会变得像美满的家庭那样和睦，充满温馨，这种主张虽然在封建专制社会难以实现，但反映了古人的美好的政治理想，有利于促进古代政治的改良，即使在现代社会也当作为政治进步和革新的目标。第三部分还论述了治国者应有的思想品格和道德品质，其中最重要的是忠恕之道，即文中所说的絜矩之道：絜者，测度也；矩者，规矩与标准。絜矩之道就是根据"人同此心"的道理，以"将心比心"的方法，处理各种人际关系。根据孔子的规定，忠恕就是推己及人：己欲立而立人，己欲达而达人，己所不欲，勿施于人。这种絜矩之道对于封建专制主义和一切丑恶事物都有一种批判和抵御的作用。关于治国者的政治道德，文章强调必须公正无私。文中非常细致地指明了特别要提防的种种妨碍公正无私的情感、心理因素：对亲近和喜欢的人不能有偏爱，对所厌恶的人不能有偏见，对所畏惧和敬重的人不能有盲目性，对所同情、怜悯的人不能有偏私。并且从中提出了一个普遍的法则：对于他人偏爱，就会看不到其缺点，而对他人有了偏见，就会看不到其优点。此外，文章提出政治家要有宽广的胸怀，别人有才能和本领，就像自己有一样；别人道德高尚，自己要从心里喜欢。不要像那些小人，别人有才干，就妒忌他；别人有美德，就处心积虑地压制他。要举贤荐能，罢黜不善之人。文章提出了"仁者以财发人"，作为"不仁者以身发财"的对照。所谓"以财发人"，就是首先要善于为国生财。文中提出的生财之大道是："生之众，食之者寡；为之者疾，用之者舒。"然后以财造福百姓，以取得他们的拥护，不能任用"聚敛之臣"与民争利。这些思想和观念都具有其进步性和理想性，值得我们继承。

三、中国现代大学之父蔡元培的大学观[①]

蔡元培说过，欲有良好的社会，必先有良好的个人，欲有良好的个人，

---

① 张晓唯著，《蔡元培评传》，南昌，百花洲文艺出版社，1993 年版。高平叔编，《蔡元培教育论著选》，北京，人民教育出版社，2017 年版。

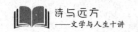
就要先有良好的教育。所以，作为民国元老，他多次辞去高官厚禄，坚持办教育，最终成为中国现代大学之父，永远的北大校长。

蔡元培认为，大学负有培养人才、传播知识、专研学术、教化社会等多种职能。作为"中国现代最大的教育家"（冯友兰语），蔡元培先生学贯中西，不仅有过一段执掌北京大学的办学经历，而且提出一套可称之为现代"大学观"的办学理念，直到今天仍熠熠生辉，值得我们借鉴。

概括地讲，蔡元培的"大学观"由什么是大学和如何办大学两大命题构成。什么是大学？从古到今，虽非言人人殊，但亦不是异口同声。在蔡元培看来，大学应具备以下基本特征和功能：

其一，大学以研究学问为第一要义。蔡元培认为，大学是"研究学问之机关"，不是灌输固定知识的场所，更不是养成资格、贩卖毕业文凭的地方。无论教师还是学生，都要摒弃做官发财思想，抱定做学问这一宗旨，孜孜以求。就教师而言，当有研究学问之兴趣，尤当养成学问家之人格，不当敷衍塞责，应付了事，更不当委身学校而萦情部院；就学生而言，当在教师指导之下自动地研究学问，不当硬记教员的讲义，迁就目前，更不当以大学为升官发财之阶梯。

其二，大学以引领社会、服务社会为职志。蔡元培认为，教育之于社会，有两大基本功能：一在引领，所谓"教育指导社会，而非随逐社会也"；二在服务，就是学校里养成一种人才，将来进社会做事，或者说学生或教育一方面讲学问，一方面效力社会。作为社会之模范、文化之中心的大学在社会道德建设上要以身作则，力矫颓俗，进德修养，担起培育社会公德的责任，不可同乎流俗，合乎污世；在文化建设上要摒弃把大学看作"只有大学学生同教员可以进去，旁人都是不能进去的"的观念和做法，实行开门办学，开展平民教育，担起改良国民文化素质的责任，"大学职员的责任，并不是专教几个学生，更要设法给人人都受一点大学的教育"；在经济建设上要为各行各业提供知识服务，"大学的目的，要把个个学生都养成有一种服务社会的能力……在商业的都会，大学就指导工厂、商业；在农业的州府，大学就指导农人。"

其三，大学教育的目的是育人而非制器。从教育理论和实践上，蔡元培无疑是一位素质教育论者。他说："教育是帮助被教育的人，给他能发展自己的能力，完成他的人格，于人类文化上能尽一分子责任；不是把被教育的人，造成一种特别器具。"也就是说，蔡元培把教育目的定位于培养人的能力和人格两个基点上，只有兼具能力和人格的人才是"完全之人"，前者是我们今天所说的技能教育，后者是我们今天所说的道德教育，"德育实为完全人格之本"。因此，在出任教育总长之始，蔡元培便明确提出以"养成共和国健全人格"为宗旨，实行军国民教育、实利主义教育、公民道德教育、世界观教育和美育所谓"五育并举"的办学方针。

其四，大学是精神家园。蔡元培认为，大学应有着丰富的精神内涵，这些精神主要包括自由精神、平等精神、民主精神和科学精神。所谓自由精神，是指学术思想自由，不论什么学派，只要学有专长，自成一说，即任其存在发展，同流并进。所谓平等精神，是指学术平等、男女平等、师生员工平等。所谓民主精神，一指管理民主，认为大学不是衙门，大学校长不是官，要进行民主治校；二指教育民主，认为教育应该对作为民主国家主体的民众开放，人人享有接受大学教育的权利。所谓科学精神，是指教学研究要以"求真理"为基本要旨，要有批判意识和独立意识，不可盲从迷信。"研究也，非徒输入欧化，而必于欧化之中为更进之发明；非徒保存国粹，而必以科学方法，揭国粹之真相。"

其五，大学教育以创新为灵魂。蔡元培一生以自我革新和革新教育为职志，从前清翰林一变而为民主志士，是其自我革新之写照；将暮气沉沉的北大一变而为"常为新的，改进的运动的先锋"（鲁迅语），是其革新教育之显绩。在执掌北大期间，他对北大的办学方针、管理体制、学制与课程建设均进行了创新性改革，正是这些改革开创了北大的新气象。他认为，无论是教师还是学生，无论是教学内容还是教学方式，都要寻着创新的思路加以改进，"不但世界的科学取最新的学说，就是我们本国固有的材料，也要用新方法来整理他"；"世界学术进步，教授方法，日新月异，本校虽未能于短时期间大事更张，要亦决无故步自封之理。"针对学生"死守讲义"的学习态度，他一再勉励学生不要盲从，要养成创造的能力，"在学校内，既要有活泼进取的精神，又要有坚实耐烦的精神。有第一种精神，所以有发明，有创造。有第二种精神，利害不为动，牵制有不受，专心一志，为发明创造的预备"。他寄语留学生，不但要学专业知识，更主要的是要学科学的方法，这样才能适应社会发展的变化，有所发明创造。他给北大毕业生的赠言仍在一个"新"字："各勉日新志，共证岁寒心。"

关于如何办大学，蔡元培也有一套独特的理念，这就是以革新思想为先导，以改革管理体制为保障，积极推进学科建设、师资队伍建设和学制改革、课程建设。

所谓革新思想，是指学校要摒弃狭隘的门户观念，实行"思想自由、兼容并包"的办学方针，教师要摒弃情萦仕宦意念，树立"终其身于讲学事业"的思想，学生要摒弃陈旧的科举意念，树立"以研究学术为天职"的求学思想。蔡元培认为，大学是"囊括大典、网罗众家之学府"，"无论有何种学派，苟其言之成理，持之有故，尚不达自然淘汰之命运者，虽彼此相反，而悉听其自由发展。"在他入主北大之初，北大在国人的心目中尚是一个"官僚养成所"，大部分学生和家长都认为进北大就是要得一个进士出身，而教师队伍也鱼龙混杂，因此他提出"我们第一要改革的是学生观念"，同时引进有真才实学的教师。这些思想在办学与求学两个方面为北大注入活力，带来新气象。

在学校管理体制建设上，蔡元培的基本思路是"以教授治理校务，用民主制度，决定政策，以分工方法，处理各种兴革事宜"。经过一系列改革，北大逐步革除原来形同衙门的管理体制，建立起以教授为主体，以评议会、行政会议、教务会议和总务处为基本机构，立法、行政、教务、事务分立的教授治校体制。这一体制将北大导入稳定有序规范高效的运行环境中，以致在蔡元培长期离校时校务不但不陷停顿，且能依计划以进行。

在学科建设上，蔡元培的基本思路是按"学"与"术"分类规划组建学科。"学"为学理，"文、理，学也"；"术"为应用。"法、商、医、工、术，术也。"在他看来，学重于术，"学为基本，术为支干"，大学的发展重点应当是"治学"，高等专门学校的发展重点是"治术"。这一改革思路扭转了当时重术轻学、重工轻理、重应用轻理论的偏向，将北京大学导入文理综合性大学的发展轨道。

在师资队伍建设上，蔡元培的基本思路是本着"兼容并包"的原则大量引进新派人物，不拘一格网罗众家。一时间北大名师云集，新旧各派并坐而论，同席笑谑，学术为之大盛。新派如李大钊、陈独秀、胡适、鲁迅等，旧派如辜鸿铭、黄侃、刘师培等。

在学制改革与课程建设上，蔡元培的基本思路是本着"尚自然""展个性"的自由教育观，实行选科制；本着中西并蓄、择善而从的原则，建设学贯中西的课程体系。

以上所列即是蔡元培大学观之大端，其于历史之贡献在"救活了北京大学""开出一种大气，酿成一大潮流"；其于现实之意义，毋庸赘言，治教育者自可观而有所觉也。

四、大学何为

这个问题主要是回答大学的主要作用与功能。

目前，学界共识认为，人才培养、科学研究、社会服务、文化传承与创新是我国新时期高等教育的四大功能。四大功能相互关系，对于大学来说，人才培养是核心，科学研究是做好人才培养工作的前提条件，人才培养是服务社会、传承和创新文化的直接表现。科学研究、服务社会、文化传承创新应该围绕人才培养而开展，不能脱离人才培养，人才培养要通过科学研究、服务社会、文化传承创新来实现。人才培养、科学研究、服务社会、文化传承创新四者是一个有机整体，应该齐头并进，在学校内部只能有限程度地相对独立，不能人为制造割裂和对立。但是，在我看来，人才培养始终应是大学的核心功能，科学研究、社会服务、文化传承创新始终都是大学的派生功能。如果我们的大学不坚持以人才培养为中心，我们办大学干吗！如果都去搞科学研究，那么众多的科研院所来干吗！大学与科研机构的根本差异何在？倘若将重点放在社会服务上，那干脆将大学改成公司或其他社会机构。如果将精力重点放在文化传承上，大学与出版等机构又有和区别？所以，大学以人才培养为首要职责，这是大学回归教育本位。因此，我个人认为，人才培养、科学研究、引领社会"三大功能说"更为科学和准确。这之间，人才培养是基础、是重点、是核心、是中心，另外两大功能是派生性的。

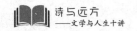

第二节 大学，我们学什么

在科举时代，"万般皆下品，唯有读书高"。读书人往往幻想着"十年寒窗无人问，一举成名天下扬""朝为田舍郎，暮登天子堂"。在高等教育大众化的今天，人们对读书也许没有那么高的期许了。但是现代社会，人们对教育的重视程度肯定远远超过古人，教育仍然是寒门学子改变命运的最为有效和重要的途径之一。所谓读书改变命运，知识获得尊严。所谓知识就是力量，知识就是财富。所谓治贫先治愚，所谓脱贫先脱盲，现代化其实就是人的现代化等等，说明了教育的重要性与独特性。今天，大众对教育尤其是优质教育的需求可以说是非常迫切而巨大的。我国的教育（包括高等教育）尤其是优质教育资源远远不能满足人民群众的需求。接受高等教育尤其是优质的高等教育仍然是广大适龄青年的首选和社会的普遍希望。

教育寄托着我们每一个人、每一个家庭的梦想！其实也寄托着国家和民族的梦想！

那么，进入大学，我们到底能收获什么？想收获什么？又如何去收获？我想给刚刚迈入大学之门的学子们一些建议。倘若大家能听取一二，则善莫大焉！我心宽也安也！

大学，我们学什么？

我想对大学生们说，你的大学你做主。

如何做主呢？

首先，我们得仰望星空，志存高远。即有一个宏大的学业规划，也就是目标定位。大学四年，你到底想要什么？是"由你玩四年"（university），还是畅游知识的海洋、练就过硬本领的四年？很多学生甚至家长以为，既然被学校某个专业录取了，自己的目标也就定了。其实人生或大学学业目标不能简单地等同于自己选定的某个专业，而是根据自己的特点和兴趣甚至国家、民族的发展确定一个奋斗方向。比如学业上的规划——是按部就班学完规定的课程顺利毕业还是激发自己的潜能以最优异的成绩毕业？是专心致志学好录取所选的专业还是多了解其他专业学科看看有没有自己更感兴趣的专业？是打算早毕业早工作还是毕业后继续深造？是准备在国内读研还是出国留学深造？是考公务员还是当教师抑或自主创业？比如能力上的具体要求——要不要竞选班干部或学生会干部以培养自己的领导能力？是想在文艺方面有所发展还是在体育方面崭露头角？是准备四年时间里埋头博览群书还是多参加社会实践？再比如性格兴趣上的追求——是广交朋友博采众长还是保持个性另辟蹊径或成为独来独往的独行侠？是成为各种活动的积极分子还是在某个领域独领风骚的优秀者？是孤芳自赏还是与群众打成一片？如此等等。一旦目标确定，不同的目标定位便会有不同的实现路径。

确立目标还有一个含义，那就是锻炼我们的独立性。从出生到上大学前，我们一直受到家长和老师的呵护，大家的学习任务和奋斗目标也没有多大区别，就是考大学，考一所自己心仪的大学，只需要努力去学就够了。而现在我们选择了不同的专业，而且是脱离父母和老师的监管，没有明确的目标可能会变得懒散，一旦懒散惯了就会越来越没有精神，然后就会觉得大学生活很无聊，内心很空虚，完全不像之前想象的那么有吸引力。而很快适应这种新环境的人往往是那些有主见独立性强的人，人一变得独立就会释放出巨大的能量，困难也不怕了，挑战也愿意接受了，解决问题的方法也有了。不断给自己树立新目标就是不断提高自己的独立性，有了独立性一定会使自己的大学生活充实丰富，多姿多彩。所以，我经常说，理想或目标可以解决心灵空虚问题。理想使我们激情满怀，目标让我们坚定不移。

其次，我们得脚踏实地，持之以恒。根据我的观察，今天，有想法的人很多，有思想的人很少。有追求的人很多，有行动的人却不多。能真正能吃苦耐劳、脚踏实地、持之以恒的人更少。其实，进入大学，我们会发现原来的小公主、小王子不仅长大了、成熟了，而且终于摆脱了家长和老师的监管了、独立了。然而，据我观察，我们很多同学获得了解放和自由，翻身"农奴"可以把歌唱，但却不知道如何做主，也不知道怎样唱歌？一不小心课程挂科了，一不小心被学业警示了，甚至因自己的原因退学了。这是非常令人遗憾和痛心的。大学是我们从象牙之塔走向大千社会的最后一站，它的一个重要职责就是为社会输送人才、培养精英，大学的一项重要任务就是激发学生潜力、培养坚强韧性，踏实肯干、持之以恒的学生无疑会在此时脱颖而出，甚至出类拔萃。

我们不能要求人人都取得所谓的成功，但追求了没成功和根本就没去追求过成功是两个完全不同的概念。从某种意义上来讲，每个人的大学生活都是自己设计和创造的。有目标，才会有行动；有行动，才会有收获。所以，同学们一定要懂得：无论是仰望星空、确立目标，还是脚踏实地、持之以恒，都是为了发掘你的潜力，都是为了充实你的大学生活，都是为未来人生做铺垫，都是为你美好的未来做准备。因为你才是自己命运的主导者、设计者和创造者甚至享受者。因此，请你牢记：你的大学，你做主！因此，一、你必须学会做人——做一个身体健康、心理阳光、快乐生活的人；做一个有理想、有文化、有素养的人；做一个敬畏自然、敬重知识、懂得感恩的人；做一个于公于人于己有用有益的人；二、你必须学会学习——制定学业目标，在课堂上学习，在图书馆学习，在实验室学习，在宿舍里学习，在各种活动中学习，在社会实践中学习；三、你必须学会生活——热爱生活，珍爱生命；学会健康地生活，学会文明地生活，学会生活的基本技能与技巧。总之，大学四年，你应畅饮知识、畅饮友情、畅饮爱情。畅饮知识就是修炼创业的本事，畅饮友情就是寻找创业的同志，畅饮爱情就是寻觅创业的伴侣。

下面我将北京大学原校长王恩哥院士送给北大学生的十句话誊抄大家并与大家共勉：

第一句话，结交"两个朋友"。

一个是运动场，一个是图书馆。到运动场锻炼身体，强健体魄；到图书馆博览群书，不断地充电、蓄电、放电。

第二句话，培养"两种功夫"。

一个是本分，一个是本事。做人靠本分，做事靠本事，靠"两本"起家靠得住。

第三句话，乐于吃"两样东西"。

一个是吃亏，一个是吃苦。做人不怕吃亏，做事不怕吃苦。吃亏是福，吃苦是福。

第四句话，具备"两种力量"。

一种是思想的力量，一种是利剑的力量。思想的力量往往战胜利剑的力量。这是拿破仑的名言。一个人的思想有多远，他就有可能走多远。

第五句话，追求"两个一致"。

一个是兴趣与事业一致，一个是爱情与婚姻一致。兴趣与事业一致，就能使你的潜力最大限度地得以发挥。恩格斯说，婚姻要以爱情为基础。没有爱情的婚姻是不道德的婚姻，也不会是牢固的婚姻。

第六句话，插上"两个翅膀"。

一个叫理想，一个叫毅力。如果一个人有了这"两个翅膀"，他就能飞得高，飞得远。

第七句话，构建"两个支柱"。

一个是科学，一个是人文。这是大科学家钱学森一再强调的。一个大写的"人"，必须由科学与人文这两个支柱来支撑。

第八句话，配备两个"保健医生"。

一个叫运动，一个叫乐观。运动使你生理健康，乐观使你心理健康。我这个人没有什么别的兴趣与爱好，就是几十年来养成了两个习惯：日行万步路，夜读十页书。

第九句话，记住"两个秘诀"。

一个是健康的秘诀在早上，一个是成功的秘诀在晚上。黎明即起，锻炼身体，强健体魄，争取健康地工作50年。必要时晚上还要加班加点，主要用来读书、思考、写作。大科学家爱因斯坦说过：人的差异产生于业余时间。业余时间能成就一个人，也能毁灭一个人。

第十句话，追求"两个极致"。

一个是把自身的潜力发挥到极致，一个是把自己的寿命健康延长到极致。现在人们的潜力一般才发挥到3%—5%，据说如能发挥到10%，你就能背过120部英国的百科全书，所以要争取把自己的潜力发挥到极致。

第三节　开课的目标与目的

在这一节主要聚焦我们开出这门课的课程目标、主要学习内容以及各部

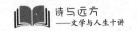
分之间的逻辑结构与关系，也谈一谈教育部为什么要求将它作为选修课在全国高校各个专业开出，其目的和意义何在？

一、课程目标

（一）知识性教学目标：

1. 掌握文学的基本知识与本质特征；

2. 了解人生的基本意义；

3. 了解创作主体的基本特征；

4. 了解文学创新的基本规律；

5. 了解文学作品的审美和鉴赏基本规律。

（二）能力性教学目标：

1. 通过学习，掌握文学阅读鉴赏的基本方法；

2. 通过学习，掌握文学创作创新的基本方法；

3. 通过学习，提升文学阅读鉴赏与创作创新能力。

（三）素质性教学目标：

1. 以马克思主义为指导，树立正确而科学的文学观与人生观；

2. 涵养具有鉴别真善美与假恶丑的价值伦理素质；

3. 培养基本具有从业方面的文学创新能力和应用写作能力。

二、课程内容

本课程的讲授具有内在的逻辑联系与相互结构。第一章题目论，讲授文学与人生及其相互关系；第二章目标论，讲授大学学习与本课程开设的目的与目标；第三章方法论，介绍课程达成教学目的与目标的方法路径；第四章主体论，讲授创作文学作品的主体作家的心理与人格特征；第五章语言论，讲授作为文学作品的媒介文学语言所具有的独特品质；第六章经典论，讲授文学经典的特征与价值及其实现路径；第七章阅读论，讲授阅读的基本特征及其阅读方法；第八、九、十章实践论，以大量真实的案例介绍，回应大学生如何创新创业并从中获得感悟与启示，度过创造与充实的成功人生，为社会做出贡献。

三、我们的目的

通过课堂讲授、课余讨论、课外阅读与写作训练、社会实践、文献查阅，我们希望建立学生们深广的学理背景、培养敏锐的问题意识、树立正确的价值伦理和练就切实可行的解决问题的能力，从而拥有一种健康健全的人文精神和人文情怀，养成一种文明高雅的审美情趣和审美素养，修炼一种积极向上的生活态度和生活方式，为"草根的欲望、贵族的心态、深邃的思考、诗意的生活"的未来人生奠基。

即使是作为非文学艺术类专业的学生，当我们对什么是文学还不甚了然的时候，文学与人生的关系问题实际上就难以有很权威的答案；当我们还不明白人生是什么的时候，文学与人生的关系问题的探讨，特别是从人生方面而言，就永远不可能完结。在我们借着人生的话题谈了一些文学现象和借着文学的现象谈论了人生的一些话题以后，人生与文学的感悟还要靠大家自己去领略并作出自己的表达。

我们认为，没有文学的人生虽然依旧是一种人生，但可能是十分枯燥而粗糙的人生。没有文学的人生依旧是一种人生但肯定不是高质量的人生，文学是人生质量的体现。所以，俄罗斯有句谚语：人生可以不写诗，但人生不可以不读诗，不写诗的人生是遗憾的，不读诗的人生是残缺的。

因此，根据我国高等教育的实际情况和国家对未来人才素质的需求以及世界的人才培养大势，教育部将《文学与人生》正式确认为全国高校大学生素质教育课程必开选修课，要求在全国高校开课。委托暨南大学朱寿桐教授编写《文学与人生十五讲》作为这门课程的推荐教材，不少高校根据实际情况也编写过类似的教材。如南京大学的邹永常教授主编的《文学与人生》、河南大学的胡山林教授独著的《文学与人生》、浙江大学的黄健、王东莉教授编著的《文学与人生》等对文学与人生的一般关系做了通俗易懂、深入浅出的分析讲解，具体涉及人生与文学的如下各种关系：人类社会生活的发展与文学的产生，人生体验与文学表达，人生理想与文学表现，人生的现实把握与文学的审美把握，人生道德与文学中的道德，通俗性文学与一般文学之间的人生纬度等等。这些教材广泛运用经典的和新潮的文学理论，广泛征引古典的和现代的文学作品，广泛叙述古今中外文学故事和诗话词话，内容丰满，风格活泼，具有可读性。而我的讲授将借鉴这些同仁们的成果、结合现实社会生活、融入我的人生经历和感悟，力争让同学们或多或少有那么一点点收获。与此同时中央办公厅、国务院办公厅以及中央宣传部、中央文明办、教育部、文化与旅游部等部委多次发文强调大学生对人文素养和中华优秀传统文化的学习与承传。

通过课堂讲授，课余学习与修炼，力争达成上述课程目标。

思考题：

1. 谈谈大学的目的与价值。

2. 你是如何理解蔡元培的大学观的？

3. 请你谈谈心中理想的大学生活。

4. 结合自己的实际情况，做一个大学学业规划。

5. 在推荐的阅读书目中，任选一书或一篇并写出不少于 2000 字的阅读心得。

参考文献与延伸阅读：

1. 蒋德均著，《文学再思录》，北京，大众文艺出版社，2013 年版。

2. 孔子著、杨伯峻译注，《论语译注》，北京，中华书局，1958 年版。

3. 朱熹著，《四书集注》，上海，上海古籍出版社，2006 年版。

4. 孙绍振、孙彦君著，《文学文本解读学》，北京，北京大学出版社，2015 年版。

5. 鲁迅著，《鲁迅全集》（1—2 卷），北京，人民文学出版社，1981 年版。

6. 蒙台梭利著，《蒙台梭利教育全书》，北京，中国商业出版社，2006 年版。

7. 唐振常著，《蔡元培传》，上海，上海人民出版社，2016 年版。

8. 陈鼓应、白奚著，《老子评传》，南京，南京大学出版社，2001 年版。

9. 匡亚明著，《孔子评传》，南京，南京大学出版社，1900 年版。

10. 杨泽波著，《孟子评传》，南京，南京大学出版社，1998 年版。

11. 蒋德均、罗红编著，《我们的节日——中华传统节日的诗意镜像》，北京，团结出版社，2021 年版。

12. 程光炜著，《中国当代诗歌史》（第 2 版），北京，中国人民大学出版社，2019 年版。

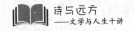

第三章　方法论：感悟性教学方法

本章提示：

一、知识教学目标：了解教学方法、手段与教学目标之间的关系。

二、能力教学目标：理解感悟性教学方法的文化内涵及其价值。

三、素质教学目标：涵养文学与人生的感悟力与审美力。

第一节　教学方法的选择

我们的教学方法的选择是基于人才培养目标与规格、课程性质特点、课程目标、课程内容以及选课对象、考核方式等综合因素。

一、课程性质分析

《文学与人生》作为一门全校性的素质拓展和创新创业公选课程，具有以下三大特点：

（一）融文学知识、理论与创作、鉴赏为一体；

（二）融文学的审美性与人生的经验性为一体；

（三）融文学的感悟性与现实的实践性为一体。

二、教学对象分析

选课的学生来自文学专业学生与非文学专业学生、文科学生与非文科学生、大一与大二大三大四四个年级学生均有的现实状况，涉及全校所有二级学院的不同专业、不同年级都有学生选课的实际情况。因此，学生所具有的文学素养、兴趣爱好与专业背景、人生阅历参差不齐；其选课动机不一、学习动力、学习目的各异以及实际素养、能力、水平等不同的特点。因此，教学必须兼顾各种因素和情况，力争让选课学生都有不同程度提升和收获，那么，教学方法是否恰切与就显得比较重要和关键了。

三、教学目标分析

通过学习，希望学生构建深广的学理背景，养成敏锐的问题意识，树立正确的价值取向，掌握可行的解决问题的办法，追求健康幸福的生活方式。具体而言：

（一）传播文学常识；

（二）回归人性本真；

（三）感悟生活本原；

（四）品味文学魅力；

（五）激发人生潜质；

（六）实现人生价值；

（七）追求幸福人生；

（八）营造和谐社会。

四、考核方式分析

除按照学校培养方案要求和规定外，本课程特别强化经典阅读和写作实践，注重人生过程修炼与人文情怀涵养。因此，我们的成绩评定，重过程，重实践，重效果，重积累，过程考核占60%，期末考试占40%。对公开发表文章（文学作品、学术论文、调研报告等）的学生在总评分中适当加分（5—10分），但总分不能超过100分。如果学生在选修期内公开发表文学作品5篇（首）以上或发表学术论文2篇，本课程就可以免试结业而且成绩评定为优秀等级。

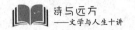

五、教学效果与反馈分析

一门课程是否实现预定教学效果，达成教学目标；一堂课是否充实、高效，让学生喜欢或受益；一个教师的教学是否深受学生喜爱？可以从多方面加以了解或印证。《文学与人生》的教学效果如何，我们主要从以下几个方面得以掌握并不断改进。

（一）课堂出勤与学习效果。一门课，没有学生或没有多少学生来选，这是有问题的。同样，一堂课，总有学生逃课而且逃课的学生越来越多，这也是有问题的。我们认为，不能把学生逃课的责任完全归因于学生。

（二）学生作品写作与发表。在课程学习过程中，能够调动学生写作情趣，鼓励学生创作并达到发表水平，这是一件令人开心和鼓舞人心的事。我们的教学与考核就是要达成这一目标。

（三）阅读习惯与写作兴趣的养成。与经典为伴，与大师同行，让阅读成为我们人生的常态或生活方式。

（四）问卷调查与座谈听取意见和建议。学校层面和二级学院层面每学期都会以多种方式了解学生的学习情况，掌握教师的教学情况。并将这些调研结果反馈给上课教师，无论是优点还是不足，有则改之，无则加勉。对于我而言，不断提高自己的教育教学水平永远在路上。

六、教学方法的选择：感悟性教学方法

课堂教学应根据实际情况，综合性运用多种教学方式方法，但我们重点突出和倡导感悟性教授与学习方法。除了上述分析之外，在于文学与人生都需要感悟也应当感悟甚至必须感悟。美好的人生尤其如此！

"感悟"作为一种具有中华民族特色的文化心理活动现象和独特内涵概念，是主体学习过程中一种具有普遍意义的心理意识活动。在感悟过程中，学习者对学习对象产生积极主动的反应，以感知为前提，以理解为基础，并通过联想、想象、顿悟等意识活动展开对意义的寻求。在感悟过程中，学习者逐渐加深情感体验，其才能得以发挥，个性得以张扬，人格得以升华，生命的意义得以提升。要培养大学生的人文精神，就要注重学生悟性的培养，

也就是说，我们在教学过程中要有意识地进行感悟性教学。

感悟性教学关注人的精神养成，重视意义的生成与创造，在立足现实、面向未来的过程中建构具有超越品质的文化主体，它在重塑人文精神的教育改革中，应当也必将成为非常重要的教学理念和教学方法。

第二节　感悟性教学方法的文化内涵[①]

一、文化使命功能：铸就精神根基

（一）感悟性教学是追问生命意义的教学。

人不同于动物，动物为活着而活着，没有理想，没有追求，只有本能的满足。但人是意识的存在，为意义而存在，为精神而存在，为理想而存在。人不仅在于为生物体而"活着"，更在于必须活出意义和价值，活出饱满的精神风采。感悟性教学就在于教人体悟人生的意义，追求人生的理想，充实生命的精神，从而使生物学上的个体生命转化为文化学上的独立的、有尊严的、自由的价值主体。通过感悟，深刻认识到生命的意义，才会有对生命的执着的追求，从而活出精彩的人生。当今社会，青少年学生深受功利主义的影响，越来越成为"无根之人""无望之人"，心灵枯荒芜竭，思维定式僵化，人生态度世俗化，行为方式畸形，尽失生命的诗意，呈现出迷惘、徘徊甚至绝望状态。

感悟性教学立足于人的内在尺度，追求人的生命内涵与生命意义，并通过文化积淀而铸就学生主体的精神根基，其价值取向直接指向人自身的发展。这正是感悟性教学的文化使命，也反映了感悟性教学的特征之一。

（二）感悟性教学融知识的获取、智慧的开启和人格的陶冶于一体。

人是一种文化的存在，人不可能离开特定时空环境即文化而成长。因此，感悟性教学必须以知识为载体。但知识只是人的生命成长过程中必需的养分。人不是为知识而存在，相反，知识只是为了人的生存和发展才有存在

---

① 本节主要内容源自《中国大学教学》2006年第4期，略有改动和增减，在此特别致谢作者谌安荣先生。

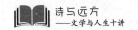
的价值。同时，"知识若没有智慧烛照其中，即使再多，也只是外在的牵累；智慧若没有生命隐帅其间，那或许动人的智慧也不过是飘忽不定的鬼火荧照。"感悟性教学既要教人获取知识，又要开启人生智慧，但是最终目的在于通过对生命的点化和润泽，使人成为充盈着精神的文化主体。这种点化和润泽就在于"觉"与"悟"。觉悟是生命的灵犀所在，它牵动着生命的整体，使生命从其对自身之自然、本然的回眸中意识到生命所当趋之应然。

感悟能触及到人的心灵深处，每一次感悟都使主体的人在灵魂震颤的瞬间感受到一种从未体味过的内在敞亮，其主体性得到空前的张扬，从而也就获得一次心灵的解放。触及人心灵的感悟，又是人精神生长的催化剂。每一次感悟都是人所经历的精神的洗礼，人的精神在一次次的感悟中，不断地得到充实和丰盈。感悟性教学就是要为学生创造有利于触发感悟的情境和契机，并及时地予以点化和引导。在教学过程中，引导学生通过体验和理解，产生强烈的震撼，使教学真正从纯粹知识的积累转变为生命的体验，在体验的过程中感悟人生，提升生命的境界。这种感悟性教学正如雅斯贝尔斯的"顿悟的艺术"。他说，顿悟是灵魂的眼睛抽身返回自身之内，内在地透视自己的灵肉，知识也必须随着整个灵魂围绕着存在领域转动。因此，教育就是引导"回头"即顿悟的艺术。由于教育的这一神圣本源，因此在其藏而不露的力量中一向存在着精神体认的财富，但教育只有经由顿悟才能达到对整个人生的拯救，否则这些财富将失去效用。

感悟也是人类一种重要的把握世界的方式。外在于人的知识，只有通过感悟而内化为人的知识，才具有真正的价值；只有通过体验，才有可能达到心灵的震撼和情感的共鸣；也只有经过体验才能达到相互的理解和心与心的交流。就知识的获得来说，只凭讲授、灌输、死记的话，知识还是死知识，并没有真正被掌握；如果师生只针对课本上的知识去分析作者的感情，为了应付考试而记住文章所表达的中心思想，那也仍然是作者的思想感情，并不会在师生的内心掀起任何波澜。只有经过师生的理解和感悟之后，结合自己的感受和体验，才会内化为师生自己的、有生命感情的、能丰富生命情感和意义的知识。随着知识的内化，学生的精神也日益丰富。因此，可以说，感悟性教学的根本目的在于建构学生的精神，使学生逐步成为精神丰富的文化人。

生命所蕴含的丰富的意义，只有依靠主体自觉的感悟与体验才能获得。任何外部强制性灌输只会使主体与外界日益疏离。因此，儒家非常强调主体的内省。通过内省获得人生的智慧，探寻生命的意义，从而达到"天人合一"的境界。这个内省的过程就是获得意义的过程，也是意义生成与创造的过程。感悟性教学正是通过主体的内心体验，将外在于人的世界与"人心"融会贯通起来，从而获得属于个体的知识。这种通过个体内心体验而获得的知识就成为个体生命成长的意义之源。

（三）感悟性教学在关注学生内心体验的同时，又关注学生的外在生活世界。

人不只是生活在内心世界之中，更现实地生活在丰富多变、色彩斑斓的现实生活世界之中。现实的生活世界是人生命存在之场，人不能够与生活世界隔绝而使自身孤立于自己的内心世界之中。通过内心体验可以探寻生命的意义，而这种生命的意义必须与外在的现实世界保持密切联系才有其源泉和持续不断的动力，同时也只有在现实生活中才能彰显其价值。从这个意义上来说，感悟性教学的过程，实际上是意义的生成与创造的过程。

在感悟性教学过程中，经验可以转化和唤醒为体验。只有关注体验、强调教学过程中的感悟，才能使外在于人的文化知识内化为个体所有，使原来个体已有的知识经验在新的条件下被激活，成为建构新的意义的基础和前提。斯普朗格认为，教学过程绝非单纯的文化传递，教育之为教育，正在于它是一个人格心灵的唤醒，这就是教育的核心所在。教育的最终目的不是传授已有的东西，而是要把人的创造力量诱导出来，将生命感、价值感唤醒。在感悟教学的过程中，教师和学生之间形成一种动态生成的关系。一方面，师生共同感受文化的魅力和力量，在这种感受的运动过程中体现着生命的成长，展现着生命的活力，并以此来改变环境和社会；另一方面，在这个过程中，生命个体体验着文化，理解着历史，理解着他人，并反思着自我，憧憬着未来，不断创造更为广阔的精神视野，使个体的人拥有群类的意识和观念，相互尊重，相互学习，学会合作，共同面对人类所面临的问题。同时，师生能够体验到知识的原创过程，感受知识生成的激动与欢欣，从而学会学

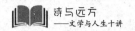

习、学会探究、学会创造。

二、文化超越功能：面向未来的建构

感悟性教学关注人的文化的生成与建构。它着眼于未来，通过教学使人不断地超越现实的自我，使人逐渐地由浅薄走向深刻，由贫乏走向丰富，由不完善走向完善，从而建构具有知识丰富、理解生命意义的文化主体。

超越自身是人类有别于其他物种的本质属性之一。

人是一个不断超越的存在，正是这种超越性使它获得了无限发展的可能性和空间。可以说人类发展的历史就是人类不断发展自己、暴露自己的缺陷而后克服这些问题、进而产生更多问题的过程，而这些缺陷与发展是同步的，是内在于发展进程中的。生命就是在不断超越自己的有限性的过程中形成了高于生命的生命，即精神生命和价值生命。

自从人类诞生的那一天起，人就开始了不断超越自我、追问生命意义的艰难历程。教育的诞生、文化的传承从根本上说就是人类实现超越的一种方式。

教育作为一种培养人的社会实践活动，它必须具有超越的特性；教育的着眼点不在于使人接受、适应已有的，而在于为改造、超越的目的而善于利用已有的一切。超越意识对于教学来说，起着决定性的作用。如何培养学生的超越意识？感悟性教学正是培养学生超越意识的有力手段和途径。因为感悟是人超越现实生命的一种方式。人生活在现实世界中，当下生活中的某些因素（自然的和文化的）触动主体的心灵，主体产生联想和想象，使以往的知识经验与当下的情境融会贯通，并经过逻辑思维与直觉思维的交互作用，从而产生新的体验，获得新的知识，建构新的自我，使人逐步实现由生物人向社会人、自然人向文化人的转化。每一次感悟就是一次生命的超越。无限的超越，不断地建构着新的文化生命。这就是教育的本质和价值。

第三节　文学教育的道与技

何谓文学？如何教育？何谓道？又何谓技？这些问题往往仁者见仁，智者见智，都带有极大的个体主观性与差异性。我们所言的文学指的是一种广义的概念，而文学教育主要是指在一种环境或氛围中熏染、陶冶。它既面向个体，也面向群体，可以涵盖整个社会，对不同时空里的人们的心灵与人格反复陶铸，当然，主要指各级学校的文学教育。道乃无形能感。所以老子云："道可道，非常道"。道是一种形而上的东西。技就是方法、途径，法无定法，因时因势因人而异，具有形而下的特点。由此出发，我们在进入讨论的话题前，先谈一谈鲁迅"弃医从文"给我们的启示。

一、鲁迅"弃医从文"的启示

在 20 世纪的中国，鲁迅先生"弃医从文"的选择众人皆知。他在《呐喊》自序中有过比较详细的交代和说明："因为从那一回以后，我便觉得医学并非一件紧要事，凡是愚弱的国民，即使体格如何健全，如何茁壮，也只能做毫无意义的示众的材料和看客，病死多少是不必以为不幸的。所以我们的第一要著，是在改变他们的精神，而善于改变精神的是，我那时以为当然要推文艺，于是想提倡文艺运动了。"①在这个耳熟能详、众所周知的说明中，有哪些问题值得我们三思或铭记呢？又给今天的我们何种启示和感悟呢？

首先，文学艺术对于一个人、一个民族、一个国家乃至一个时代的影响和价值，无论怎样评价都不会为过。鲁迅对文学艺术"新民"功能的重视并不只是"那时"是如此，就是几十年后写《呐喊》自序时也还是这么主张的，甚至可以说鲁迅终身都是这么坚持的。年轻时的想法与做法或许可以看作是一时的热情与冲动，终身的选择和坚持不懈而且至死不渝则完全可视为鲁迅人生的价值取向与终极追求。今天，我们还有几人有此信念和追求？有此执着和坚守？玩文学、玩艺术、文艺范儿等似乎成了某些人的常态。如此玩下去，文学艺术及其他的读者还经得起几番折腾！

其次，鲁迅那时虽然说的是"文艺"，但其实主要的还是在说文学。在"幻灯片事件"里，他看的是电影，但先生后来为何没选择从影或其他艺术

---

①鲁迅著，《呐喊》，《鲁迅全集》第 1 卷，北京，人民文学出版社，1981 年版。

门类呢？对此他也曾对人说过，他那时对电影并无多大兴趣，看的多是异域他乡风光之类的风景片或风情片；鲁迅终身爱好美术尤其是木刻艺术，但那也只是作为业余爱好而已，而他一生追求的事业始终是文学！何故？这是很发人深省和耐人寻味的。我们认为，在鲁迅心中，文学显然比起其他艺术门类来具有更为深远的影响力和无可替代性。这就是文学理论中常言的："文学乃一切艺术之母"的命题。反观我们今天的文坛大观园，花成千上万甚至过亿的钱拍电影、做动漫、建基地、搞演出、办会展、捧明星、追大腕等满足感官刺激或一时热闹的快餐式的文化观念和行为方式，是不是有些本末倒置呢？是不是有些烧钱或哗众取宠甚至莫名其妙呢？

再者，鲁迅一生不仅专注于文学创作，并对文学等艺术进行了深入的思考，形成了独特的思想，发表了精辟的见解，而这些理论思考反过来又影响着他的文学创作。其中许多思想观念对我们今天的创作与评论依然有重要的指导意义。先生集文学家与思想家于一身又给我们何种启示呢？作家往往是杂家、是思者、是哲人，但我始终认为，思想家是一个伟大作家必备的身份符号之一。而我们今天的作家又有几人如鲁迅般睿智和深刻，今天的人们大都有想法无思想，更谈不上深刻，多是一些如钱理群先生批评的精致的利己主义者。

在 20 世纪中国，鲁迅是较早将文学艺术与国民精神的培育、民族性格的塑造以及现实社会的改造联结起来的作家之一。在这之前，梁启超等人亦有"新民"之说，蔡元培等人有"美育"之倡，但梁启超等人更多的是将文学视为其政治改良的工具，蔡元培等人更多的是从教育视角将文学艺术视为其服务的工具。而鲁迅不然，他说："文艺是国民精神所发的火光，同时也是引导国民精神的前途的灯火。这是互为因果的……"①鲁迅反复强调创作中描写的真实与感受的真切。在《随感录四十》中，他就称赞一位并不相识的少年写的散文诗，"诗的好歹，意思的深浅，姑且勿论；但我说，这是血

---

① 鲁迅著，《坟·论睁了眼看》，《鲁迅全集》第 1 卷，北京，人民文学出版社，1981年版。

的蒸汽，醒过来的人的真声音"①。鲁迅曾激愤地说过："中国人向来因为不敢正视人生，只好瞒和骗，因此也生出瞒和骗的文艺来，由这文艺，更令中国人更深地陷入瞒和骗的大泽中，甚而至于已经自己不觉得。世界日日改变，我们的作家取下假面，真诚地，深入地，大胆地看取人生并且写出他的血和肉来的时候早到了；早就应该有一片崭新的文场，早就应该有几个凶猛的闯将！"②鲁迅之所以比较赞赏萧军的《八月的乡村》，并在为萧军的小说所作的《序》中说："严肃，紧张，作者的心血和失去的天空，土地，受难的人民，以至失去的茂草，高粱，蝈蝈，蚊子，搅成一团，鲜红的在读者眼前展开，显示着中国的一份和全部，现在和未来，死路与活路。凡有人心的读者，是看得完的，而且有所得的。"③同时，鲁迅当然也看到了文学艺术的局限性。1936 年 4 月 15 日在《致颜黎民》中，他语重心长地写到："专看文学书，也不好的。先前的文学青年，往往厌恶数学、理化、史地、生物学，以为这些都无足重轻，后来变成连常识也没有，研究文学固然不明白，自己做起文章来也糊涂，所以我希望你们不要放开科学，一味钻在文学里。"④鲁迅是主张古今中外、文法史哲、理工农医等兼收并蓄的。此外，他在随笔中对文学与政治、经济、文化、教育、宣传、革命等之间的关系都发表了一系列高屋建瓴的真知灼见。重温鲁迅先生的这些话语和文字，不是依然很有现实性和借鉴性吗？

二、文学教育的独特功能

文学教育具有重要功能，这是毋庸置疑的。但究竟有什么样的价值和意

---

① 鲁迅著，《热风·随想录四十》，《鲁迅全集》第 1 卷，北京，人民文学出版社，1981 年版。

② 鲁迅著，《坟·论睁了眼看》，《鲁迅全集》第 1 卷，北京，人民文学出版社，1981 年版。

③ 鲁迅著，《八月的乡村》，《鲁迅全集》第 6 卷，北京，人民文学出版社，1981 年版。

④ 鲁迅著，《致颜黎民》，《鲁迅全集》第 13 卷，北京，人民文学出版社，1981 年版。

义呢？这些价值和意义又如何实现呢？也许仁者见仁，智者见智。在我们看来文学教育的功能主要在树德立人方面有着诸多优势：与诉诸理性的政治宣传和道德说教相比，它用形象的情感的方式去"潜移默化"感染读者，具有"动天地、感鬼神"的特殊效果；与探求自然和社会规律之真的科学文化知识相比，它更强调追求合目的性的善与真，对弘扬人性中高尚健康美好与去除人性中卑劣病态丑恶有着积极的意义；与同样用审美的方式去感化人、陶冶人的音乐、美术和影视等艺术作品相比，它具有形象的间接性、内容的广阔性和思想的深刻性以及情感体验的微妙性等特点，能最大限度地调动读者的想象力和思考力，使人在充分认识社会生活的多样性与复杂性的同时，体验人类情感的丰富性与细致性，领悟精神思想认识的独特性与深刻性。

孔子曾将文学作用归结为兴观群怨、事父、事君、多识等方面，它涉及文学的认识价值、精神力量以及人伦意义，揭示了文学经典在人生中的独特价值。教育的目的就个人而言是培养身心健全的人，就社会而言是培养群体在生命意义、价值观念等方面形成共识。因此，文学教育在传承文化、塑造人格、涵养智慧、抚慰心灵等方面具有永久的不可替代的普世意义。

文学教育首先是一种母语教育。西哲云："语言即家园。"想象一种语言就是想象一种生活方式。作为语言艺术，文学在传承与推广、普及与提高民族语言文字和提高国民素质方面具有得天独厚的优势。不仅其他艺术不能与文学相抗衡，就是严谨的科学语言、鲜活的日常语言以及机灵古怪的网络语言，也难以与提升到艺术高度的文学语言相媲美。民族语言文字是一个民族文化的根基，在全球经济一体化、民族文化多元化的年代里，拯救民族语言文字与文学、加强民族母语教育，愈发显出其极端重要性和迫切性来。而文学教育，正是民族母语教育的大本营，一个民族的文化更多的就保留在这里并通过文学的方式得以传承。我们知道文学经典是最能代表时代核心价值的文学作品，其中凝聚了每个时代最为优秀的人物关于社会、历史、未来、人生的思考。文学经典的典范性、包容性与开放性，在超越地域局限、穿越历史长河的过程中孕育了丰富的文化内涵：阅读《诗经》《楚辞》必然涉及先秦社会生活的方方面面；阅读汉赋《史记》必然涉及汉代经学与社会风气；阅读唐诗必然关注佛教；阅读宋诗必然谈到理学；阅读明清小说必然涉及当时世态万象。因此，对于文学经典的阅读需要在广阔的文化背景中展开，这个阅读过程既是使阅读者经历文化濡化的过程，也是民族文化传承的过程。

培根说过，读书可以完善人格。我们可以将人性分为三个层面，即自然属性、社会属性、超然属性，或曰兽性、人性、神性。恩格斯说过，人来自于自然界，因而永远不能彻底摆脱自然性或兽性。但人之所以为人，就是可以在社会实践中将其内在的自然属性也社会化了，也就是"自然的人化"，人的生长过程就是一个不断社会化的过程。但真正的人还不能满足这一点，他还要努力攀升，超越个体的需求和欲望，超越自身所处的社会环境和历史局限而进入到超然属性或神性的辉煌境界中去。这样的人，就是高尚的人、纯粹的人，就是伟人或圣人。高雅的文学，就是圣人修炼的一条重要途径和依托。即便暂时达不到圣人的高度，也可达到腹有诗书气自华的程度。这样，我们的人生境界也就超越了低级趣味、超越了物质享乐、摆脱了功利算计，成为有益于人民和社会的人！文学教育为我们通向伟人或圣人之境架起了桥梁，提供了可能，所以有人说，文学修养是知识分子的第一修养。因为一切文学经典是建立在对人性的深刻理解基础上的，它相对于抽象的哲理论述而言，更能以感性直观的形式影响读者的人格气质。"盖西伯拘而演《周易》；仲尼厄而作《春秋》；屈原放逐，乃赋《离骚》；左丘失明，厥有《国语》；孙子膑脚，《兵法》修列；不韦迁蜀，世传《吕览》；韩非囚秦，《说难》《孤愤》；《诗》三百篇，大抵圣贤发愤之所为作也。"[1]当我们阅读司马迁在《报任少卿书》中提到的人物与文化文学经典时，能够真切地感受到这些非常之人发奋著书的背后都有着坚韧人格力量的支撑。正如高尔基所说，文学的目的就是帮助他人了解自己，就是提高人的信心，激发他追求真理的要求；就是和人们中间的卑俗做斗争，并善于在人民中间找到好的东西；就是在人民的灵魂中唤起羞耻、愤怒和英勇，并想办法变得高尚有力，使他们能够以神圣尚美的精神鼓舞自己的生活。华中师范大学胡亚敏

---

[1] 司马迁著，《报任少卿书》，朱东润主编，《中国历代文学作品选》上编第二册，上海，上海古籍出版社，1979 年版。

教授认为："培养高素质的国民是中国教育的神圣使命，而文学教育在提升大学生的人文精神与审美情感等方面具有不可替代的作用。不过从目前高校人才培养方案所列出的培养目标和名目繁多的课程看，大都把知识和能力放在首位，相对忽略一些更为基本和重要的东西，即学生的人文素养和独立人格。在我看来，情感、责任心、价值观等这些非智力因素应该是当今大学生人文素养的核心部分，文学教育应该在丰富人的感觉，培养健全的人格和加强民族认同感等方面发挥更大的作用。"[1]

英国哲学家培根说过："读史使人明智；读诗使人灵秀；数学使人周密；科学使人深刻；伦理使人庄重；逻辑使人善辩。总之，知识能塑造人的性格。"[2]文学教育是一种人生境界提升的最佳途径。我们认为，文学虽然不能为人生提供现成的答案，但它能够给人生以种种启悟。文学所表现的内容或对象与我们的心灵世界、情感世界、生活世界息息相关。因此，我们每一个人都可以在文学王国里构筑自己的审美世界，寻找自己的人生之梦，倾诉自己的人生感悟，为人生增添美的光彩。文学能扩大我们的经验世界，温暖我们的心灵世界；能让一个人生了解多个人生。文学作品描写人的生存状态，可以帮助我们了解多种多样的人生，从而使我们间接获得了体验和感受，也因此扩大了我们的生活范围，人生视野，延长我们的生命长度。

人生的过程就是一个不断由生物人走向社会人的过程，这个过程是没有彩排的现场直播，是灵魂携带肉身的单程旅行。是看山是山，看水是水；看山不是山，看水不是水，看山还是山，看水还是水的豁然顿悟。而文学经典中感性地呈现了丰富的人生智慧，阅读文学经典可让读者向智者学习如何做到宠辱不惊；如何追求公平与正义；如何处理个人与他人之间的关系；如何与自然和谐共处；如何平衡个体内心冲突等。而更重要的是让我们学会如何智慧地面对人生，在正确处理自身问题的基础上，理性地思考人类的前途与命运。培养一种正确的世界观、人生观、价值观和思维思辨能力，但这些观

① 阎建平著，《文学教育与高校文科改革——华中师范大学文学院院长胡亚敏访谈》，中国作家网 http://www.chinawriter.com.cn2013 年 5 月 20 日。

② 培根著、何新译，《培根人生随笔》，北京，人民日报出版社，1996 年版。

念与能力最后都需要落实到生活与生命体验中。文学经典能够提供各种生命体验与生活情景，讨论不同的人生观带来的不同人生态度以及不同的人生困境处理方式，寻找到文学经典中蕴含的丰富人生智慧，从而养成高瞻远瞩、从容淡定、文质彬彬、温文尔雅的为人处世、待人接物的智慧人生与君子风范。

汉代刘向曾说："书犹药也，善读之可以医愚。"在我看来，岂止医愚，更可治病。当今社会，由于生活工作学习压力的激增，很多人在生理、心理方面都呈现出亚健康状态。文学教育是一种情感交融。文学及艺术最重要的特点是以情动人。与众多其他艺术比较起来，文学往往能抵到人类灵魂的深处，而且常常可以反复地、不断地令人感动。在与那些真正属于文学大师们的情感交流过程中，我们的人格逐渐得到了培养，我们的灵魂不断地获得了救赎；而当一个时期内相当多的读者大众潜移默化地获得这样的文学熏陶，那么，文学教育就由个体的心灵塑造走向了整体的移风易俗了，所以，作家被誉为"人类灵魂的工程师"。伟大的作家如鲁迅甚至被誉为"民族魂"、巴金被誉为"世纪良心"。

研究表明，文学艺术具有激发或舒缓生理、心理情绪的作用。我们认为，经典阅读是提升个体生命质量的一种方式，是抚慰焦灼烦闷心灵的一剂良药。文学阅读对主体心态心境方面的特殊要求与主体进而在相适的阅读境界中的心性、气质的涵养，其正常的效应便构成人生建树，特别是人文品格和精神方面的良性机制。其中最突出的效果即是涤除浅俗与燥气，使人的心态意绪获得宁静积蓄和独立伸展，直至渐次扩展汇通古今容纳天地的心胸气度。在当下的文化背景中尤其需要倡导经典阅读，以期借此消解些社会群体心态中颇为突出的浮躁之气。阅读要内化为一种生活的需要，不仅需要心灵的净化，远离功利主义的诱惑和形式主义的羁绊，更应培养阅读情趣和雅志，营造浓郁的书香气、书卷气，做一个身心健康和谐、积极向上、充满优雅情趣的人。

这些都是文学教育在塑造国民灵魂中不可替代的价值，不管是哲学社会科学研究，还是政治、宗教、集会、旅游、科学研究等社会活动，在这些方面都无法与文学教育相媲美。

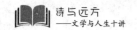

三、文学教育的误区与突围

注重文学教育但不能因此就夸大其效应，任何事物有其优长也就有其局限。长期以来，人们对文学及其文学教育在认知上存在一些误区。其实，文学教育并不能包打天下，文学教育的效果也不可能一蹴而就或包治百病。

首先，文学教育的对象需要有一定的文化基础，别说文盲或半文盲，就是文化程度或艺术感悟力较差或较低的人，虽也可通过说书、戏剧以及影视、图画等途径受到部分文学艺术教育和熏染，但终归难登其堂奥；语言艺术受民族文化和民族心理的深刻制约与影响，因而难以像音乐、舞蹈、绘画、影视等艺术门类那样成为世界通用语汇。文学主要作用于人们的心灵情感，而对非心灵与情感世界的功效还是要间接或隐匿一些。因此，文学教育务必要与艺术教育以及伦理教育、科学教育、健体教育、劳动教育等其他教育结合起来，形成合力，发挥整体功效。其实，我国古代的文学教育本来就是与各类教育交织在一起的，故有"四书""五经""六艺"之说。往往诗乐舞相伴，各文体（种）不分家，伦理规范深深地渗入文学教育和文学活动之中，讲究熏染和感悟。分工明确，是近代科技文明的产物。从中我们可以吸取一些教训，那就是：文学教育以及其他教育都不宜孤立地进行，应纳入到整个国民教育的大系统中，使各种教育相互补充、相互促进、相得益彰。

对待像文学教育这样的特殊教育，切不可功利化、机械化、表演化。文学及其教育不是盈利的工具，不是应试的武器，更不是用来获取功名的"敲门砖"。尽管文学及其教育常常也能派上这样那样的用场，但那是有悖于文学及其教育的本性的。可20世纪80年代中期社会文化大转型以来，这种不良趋向却日益严重，真正的文学教育日益被边缘和冷寂，这是值得我们高度关注的。各地的执政者加强文化建设，文学创作、生产、活动及其教育是其应有之义，但如果像抓GDP那样来抓文学事业以及文化建设，每年要推出多少作家、多少作品，要办多少文学讲习班，要开多少作品研讨会等等，那就很容易滑向"大跃进"时期全民文学膨胀的老路去。从事文学教育的教师们，如果不是引导学生或读者感同身受地去领悟、体验文学作品的社会内容、思想内涵、审美内蕴和艺术特色，而是将其作为有机体的文学作品条分缕析，当作尸首一样剖解，甚至像托福考试一样肢解成一道道选择题，其结果只能是瓦解文学大厦、扼杀文学形象、败坏审美趣味。而一些不甘寂寞的文学工作者，也期盼自己像影视明星一样，不惜粉墨登场，将自己的作品到处兜售、夸耀，也同样会吓跑真正爱好文学的读者的。这些对文学及其教育功利化、机械化、表演化的种种做法，即使文学教育变味，也贻害了文学自身，是断然不可取的。

文学教育务必还要成为终身教育。长年以来，研习文学好像只是青少年的必修课，是年轻时的事，一旦进入社会，究竟还有多少人会捧起《荷马史诗》《神曲》《战争与和平》《浮士德》《源氏物语》《红楼梦》《阿Q正传》《女神》《边城》《围城》《檀香刑》《生死疲劳》等等来呢？一些引发轰动效应的作品，或许还能吸引部分读者的注意，时过境迁也就再无人问津。这种风尚实在大有改变的必要。我们现在建设学习型社会，提倡终身学习，除了学习科技文化应试读物等等之外，还是要大力倡导终身学习一些文学作品，特别是经典文学作品，从中获取养料，使我们在人生的不同阶段，都能得到文学的精神滋养和陶冶。如此，我们的人生就会变得更加丰富多彩，我们的社会也就会愈加和谐进步。

历史告诉我们，经济大发展可以使我们富裕起来，但只有文化大发展才能让我们自信起来，只有文艺大繁荣才能使我们文明起来、高雅起来。所以，我以为"四个自信"中的文化自信尤为重要。因为文化建设与文艺创作在本质上是一项系统的灵魂工程，无法量化也不能量化。伟大的时代呼唤伟大的作品，伟大的时代诞生伟大的诗人，伟大的诗人书写伟大的时代。但中外文学艺术史启示我们，伟大的作品不是呼唤出来的，伟大的诗人也不是扶持起来的。它是历史积淀、时代氛围与作家才识学气"合力"的结果，大凡精品力作无不是作者热爱生活、拥抱时代、深入现实、广取博纳、融会贯通、自觉地遵循艺术规律而创造出来的心血之作、个性之作。而真正的艺术家必然是贫贱不能移，富贵不能淫，威武不能屈、充满浩然之气和人间情怀的大丈夫，他的存在是对庸常社会的挑战和惯常习俗的反叛，他的一生都在思考和突围、忧伤和悲悯。他的创作不为金钱和权势，也不为获奖和名利。它是生活之歌、心灵之歌，它是时代之歌、人民之歌。他的作品既是世界的、时代的，更是民族的、历史的，也是个人的、民众的。所以，文化建设与文学艺术创作，从本质上必须知常守道，这"常"这"道"就是万物自身的规律和法则。

为达成这一目标，下列途径与方法，我们以为切实可行：

（一）将文学教育尤其是经典阅读纳入国家战略，纳入整个国民教育系统，形成从学前教育、基础教育、中等教育、高等教育以及家庭、学校、社会和职前、职中、职后的完整的文学教育体系。即从国家层面搞好文学教育的顶层设计和战略规划。

（二）各级各类学校将文学教育尤其是经典阅读必须纳入人才培养方案和教学计划，作为全校所有学生的公共选修课程，甚至必修课。充分发挥校外、课外阅读的作用，将文学教育与经典阅读贯穿于各级各类学校教书育人的全过程，陶冶学生的情操，培养他们的志趣，提高他们的人文素质；同时针对青少年学生的特点，科学地设计相关的阅读内容，不同年级都应开列基本的文学经典必读书目和选读书目。创造良好的校园或社区文化环境。校园或社区文化是一种不可忽视的教育力量和隐形课程，它以某种特有的潜在作用影响着学生和居民文化素质的提高，滋润着学生和居民的心灵，对学生或居民形成正确的世界观、人生观和价值观、审美观发挥着重大而持续的作用。

（三）企事业单位或其他社会组织、团体将文学教育尤其是经典阅读必须纳入年度工作计划，并切实有效地开展读书活动，为全民阅读和终身学习做出示范和贡献。

（四）在写作实践中尤其是文学写作实践中对学生或读者进行文化素质、思想政治以及艺术修养、道德情操教育，使学生或读者养成热爱经典、爱好阅读和写作的良好习惯，形成阅读与写作的良性互动。

遵循文化发展和文艺创作规律，就绝不能借用或套用经济或政治发展模式。社会主义文化大发展与文艺大繁荣目的之一是让文化成为社会发展的引导，经济发展的灵魂，人民幸福的家园，民族凝聚的血脉，充分重视并释放文化的影响力、凝聚力、吸引力、渗透力和创新力以期提高整个民族素质，强大民族精神，强悍民族灵魂。记得英国前首相布莱尔曾说过，文化建设的发展和文学艺术的繁荣会极大地提升国民的思考能力和自省意识以及创新能量，从而塑造一个生机勃勃的国家。所以，当下各地政府在制定文化发展与文艺繁荣的规划和目标时，既要高度重视文化的市场价值和遵循经济规律，又要时刻牢记文化的公益性、精神性品质和文学艺术的情感审美属性，绝不能视文化大发展就是仅仅上项目、挣大钱，绝不能用发展经济的思维方式来建设文化、要求文学，更不能用利益最大化的原则来考量文化建设和文学艺术创作，片面地将文化产业视为文化建设的核心与重点，片面地将创作数量多少作为考核的唯一指标，正如有学者指出，市场是文化发展的一种手段，而不是文化发展的唯一途径。否则，那将是文化的灾难，文艺的悲剧。当下尤其应当警惕文化建设中一味追求所谓"大动作""大手笔""高规格"的形象工程，必须反对文学艺术创作中的快出作品的应景之作和多出作品的数字绩效。文化建设是一项长期的、沉寂的灵魂工程，它不仅考验当政者的文化视野与价值取向，而且检验文化建设者的文化自觉与文化自信，更折射出一个时代的精神品位与社会风尚。在这一伟大系统的工程中，不能孤立地推进文化建设，也不能以文艺代替文化，更不能盲目攀比、一哄而上，把赚钱视为文化发展的唯一目的。各级政府需要做的是为文化大发展与文艺大繁荣营造良好的社会文化艺术生态，文化建设与经济建设、政治建设、社会建设必须整体推进，协调发展，而不是急功近利地孤立地片面地定目标、派任务、下指标、搞考核。因此，它需要用心灵来化育，用真情来滋润，用耐心来等待，用真心来呵护。任何一蹴而就、一鸣惊人、竭泽而渔、杀鸡取卵的做法都是违背规律的，文艺创作尤其如此。比如司马迁穷其一生"究天人之际，通古今之变，成一家之言"写就"史家之绝唱，无韵之离骚"的《史记》；比如曹雪芹"十年辛苦不寻常""批阅十载，增删五次"铸就万古不朽的《红楼梦》；比如歌德历六十年之心血创作出皇皇巨著《浮士德》；比如普鲁斯特耗费一生写出世界名作《追忆似水年华》。由此可见，文化需要沉淀，精品必须打磨，作家须有定力，大师必有恒心。只有志存高远，持之以恒，日积月累，披肝沥胆，精益求精，方可集腋成裘、积沙成塔，在时光的濯洗中，真正的精品力作才会愈见其艺术光华和艺术魅力。

今天，我们的经济总量已跃居世界第二，中国人的物质生活开始富裕了，但我们的文化力量尚不够强大，民众的精神生活尚不够丰富，社会主义核心价值观尚不巩固，甚至出现了理想迷茫、精神空虚、信仰缺失、价值混乱、道德沦丧等与人类文明和社会进步极不和谐的现象，值得我们反思和警惕。我们认为，一个民族的真正复兴应该是经济繁荣、文化强盛、精神强大、灵魂强悍的有机统一。所以，有人说，一个民族，只有当文化体现出比物质和资本更强大的力量，才能造就更大的文明进步；一个国家，只有经济发展体现出文化的品格，才能进入更高的发展阶段。而一个真正强大的民族同时一定是谦逊的、进取的、理性的、唯美的向善的民族。无论是对古代文化的继承，还是对外来文化的借鉴，抑或对当下的社会现状，都具有一种"各美其美，美人之美，美美与共，天下大同"的博大情怀和海纳百川、兼容并包的恢宏阔大气魄。因此，我们的文化建设者和文艺工作者应当自觉地扎根于中国现实生活这片沃土里，继承并发扬光大中华民族文化的优秀传统，借鉴世界各国优秀文化，在深化文化体制改革、促进文化大发展与文艺大繁荣的过程中，为营造宽松和谐的文化建设、文学创作环境和自由思考与言说空间做出积极贡献和不懈努力。只要坚定目标，制度设计科学合理，文化生态良好，文学气场形成，假以时日，我们完全有理由相信：大师的诞生，精品的出现，中华文明的薪火能够代代传承不息，中华文化的独特价值得以在世界传播，中华文化的持久魅力得以在全球展现，当代中国的综合国力得以真正提升，生活富裕，精神丰盈，心灵和谐，国泰民安，民族复兴的大业就一定能够实现。

第四节　经典赏析举隅

例一：

横亘时空的伤痛
——陈子昂《登幽州台歌》赏析

前不见古人，后不见来者。
念天地之悠悠，独怆然而涕下。
——唐·陈子昂《登幽州台歌》

陈子昂的《登幽州台歌》一首如此短小的诗歌何以成为中国历代文人墨客、仁人志士所传诵和激赏的千古绝唱呢？我想它的艺术魅力就在于尺幅短小却意境开阔，用语浅显却哲理精深，文辞简单却气象博大，篇幅有限却动人心旌。它写出了埋在人们心底最深处、根深蒂固、难以言说的生命有限而时空无限的悲剧意识和人在宇宙中无所依托的孤独感。

　　关于这首诗的创作经过，陈子昂的好友卢藏用在《陈氏别传》里说："子昂知不合，因箝默下列，但掌书记而已。因登蓟北楼感昔乐生、燕昭王之事，赋诗数首，乃泫然流涕而歌曰：'前不见古人，后不见来者。念天地之悠悠，独怆然而涕下！'"因此，为了更好地读懂和理解这首诗，还须参读《登幽州台歌》的同时之作《蓟丘览古赠卢居士藏用》等诗（七首），这里辑录其中二首："南登碣石馆，遥望黄金台。丘陵尽乔木，昭王安在哉！霸图怅已矣，驱马复归来。"（《燕昭》）"逢时独为贵，历代非无才。隗君亦何幸，遂起黄金台。"（《郭隗》）从这两首诗中我们可以感受到陈子昂缅怀令人羡慕不已的燕昭王、郭隗君臣如鱼得水的盛事，于怀古抒情里倾泻着自己怀才不遇、屡屡遭嫉，沉抑下僚，郁郁失意之气。因此抒发时光永恒、宇宙无限、人生短暂、壮志难酬的悲愤以及在过去、现在、未来的时间长河中，在无边无际广阔无垠的悠悠天地间，个体的渺小与孤单，寂寞与无奈，那种亘古不变的孤独感、苍凉感在这首小诗中得到了集中而有力的表现和传达。于是，悠悠天地里，茫茫时光与孤独渺小的个体形成了反差悬殊的鲜明对比：莽莽天地间，只此一人；茫茫宇宙里，唯此一人，天地何其寥廓，时光何其悠远，踽踽一人又何其孤独而苍凉。基于此，陈子昂自然要"怆然而涕下"了。无论是诗人还是读者，在俯仰"天地"之间，便会顿生一种宇宙人生洪荒万古之感，那种郁积心中的大寂寞、大悲愤、大孤独仿佛在一刹那间冲决呼啸而出，它是任何力量都无法阻挡和控制的。陈子昂这种孤独的悲剧意识，无论在"古人"还是"今人"以及"来者"，我以为都是很容易经历和感受的。陈子昂正是借助诗歌的语言艺术，将时间无限性与空间无垠性有机相融，形成了一个浑然一体的时空结构形态，他所表现的悲剧意识和孤独感既是"古人"的，又是"今人"的，还是"来者"的，既是物

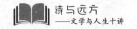
质的，也是精神的。人类在这种永恒的矛盾中轮回挣扎，以个体的有限去抗衡时空的无限，在时空的无限"天地"间，个体的渺小和孤单，生命的脆弱与无奈，那种亘绝古今的孤独也就自然产生了。陈子昂的《登幽州台歌》正是反映了人类社会的一种带有普遍性的现象，表现了许多知识分子共有的怀才不遇的悲剧，具有深远的历史性和典型性。因此，千百年来，它一直能唤起人们的共鸣。陈子昂这种人生悲剧意识和孤独感在中国文学史上很具有典型性，如在陈子昂之前有屈原《离骚》中的为追求"美政"而九死而不悔的执着求索精神；曹操《短歌行》中的豪壮感叹，"人生几何"，"幽思难忘"；阮籍《咏怀诗》中的孤寂叹息，"去者余不及，来者吾不留"；陶渊明《饮酒》中的沉醉感慨。在陈子昂之后有李白《将进酒》中的悲歌豪饮；杜甫《登高》中的悲苦倾诉；苏轼《前赤壁赋》中的沉吟哲思……都从不同的角度和层次抒发了这种苍凉孤独的悲剧意识。

在艺术表现上，陈子昂的《登幽州台歌》也极具特色。前两句俯仰古今，写出了时间的绵长悠久；第三句登台眺望，写出了空间的辽阔苍茫；在绵长广阔的时空背景下，第四句表达了诗人（个体）的孤单渺小。因此，孤独之感油然而生，两相对照，分外鲜明。在用词造句方面，颇受楚辞体句法的影响，前两句每句五字，三个停顿；后两句每句六字，四个停顿；前两句音节比较急促，传达了诗人胸怀大志，却生不逢时，抑郁不平的焦虑之气；后两句音节比较舒缓流畅，表现了诗人无可奈何、忧愤长叹的悲愤情状。全篇前后句法长短不齐，音节抑扬变化，交错配合，增强了艺术感染力。

例二：

《兰亭集序》的多层解读

永和九年，岁在癸丑，暮春之初，会于会稽山阴之兰亭，修禊事也。群贤毕至，少长咸集。此地有崇山峻岭，茂林修竹；又有清流激湍，映带左右，引以为流觞曲水，列坐其次。虽无丝竹管弦之盛，一觞一咏，亦足以畅叙幽情。

是日也，天朗气清，惠风和畅，仰观宇宙之大，俯察品类之盛，所以游目骋怀，足以极视听之娱，信可乐也。

　　夫人之相与，俯仰一世，或取诸怀抱，悟言一室之内；或因寄所托，放浪形骸之外。虽趣舍万殊，静躁不同，当其欣于所遇，暂得于己，快然自足，不知老之将至。及其所之既倦，情随事迁，感慨系之矣。向之所欣，俯仰之间，已为陈迹，犹不能不以之兴怀。况修短随化，终期于尽。古人云："死生亦大矣。"岂不痛哉！

　　每览昔人兴感之由，若合一契，未尝不临文嗟悼，不能喻之于怀。固知一死生为虚诞，齐彭殇为妄作。后之视今，亦犹今之视昔。悲夫！故列叙时人，录其所述，虽世殊事异，所以兴怀，其致一也。后之览者，亦将有感于斯文。

——魏晋·王羲之《兰亭集序》

　　《兰亭集序》是文采书艺双绝的传世名作，被誉为"天下第一书"。关于这篇文章的教学和欣赏，我们谈谈其在文化接受层面上的一些认识和理解，仅供大家参考。

　　一、书法美学层面：《兰亭集序》彰显于世，首先是王羲之书艺的超绝无双。晋人的书法，唐人的诗，宋人的词，这是中华民族历史上称颂的艺术瑰宝。晋人的书法又以"尚韵"而著称，这"尚韵"的特征既是书法美学的，也是人格气质的。《兰亭集序》不仅仅是一般的书法佳作，同时集中而艺术地展现了魏晋时期特有的时代风貌和时人风气。所以，我认为，教学和欣赏该文应该首先展示它的"书法原貌"，领略这些勾勾画画、点横撇捺的线条艺术所呈现出的生命姿态和精神张扬。书法艺术实际上就是一个人才情、气质和性格的流露和暗示，当我们沉潜内心细细品味，这些流淌于点画钩捺之间的活力和内蕴，就会真切地"复活"出整个魏晋时代精神风貌。书法理论告诉我们，行草是体现一个人内在自由精神的最佳表现形式。而"书圣"王羲之将这一书艺创造性地发挥到了极致，把那种一气呵成、自如挥洒的气质张扬得淋漓尽致、浑然天成。当然，向学生传达这种意味时，要先让他们投入其中，反复把玩、触摸这些线条组合呈现出的"气韵"。提出这一点，主要是基于许多老师或许对此习焉不察，从而导致"资源"的流失和

"原味"的弱化。而事实上，这种"飘若浮云，矫如惊龙"的潇洒书风，何尝不是魏晋时风的形象再现呢？我们认为《兰亭集序》的书法艺术，充分体现了汉语文字的形体美和结构美。汉字一方面以其简洁的线条勾勒，标志出事物的本质特征，显示出科学的美；一方面又以抽象概括的手法，传达出人的主观感受，显示出艺术的美。字形的构造，讲究疏密、穿插、避让、排叠、断续等，体现出匀称而有变化的形态美。同时，以章法论，它追求和谐、统一、完整、对称以及均衡等。《兰亭集序》体现出一种本于自然、朴素无饰的妍美。王羲之博采众优，尤其吸取了前代书法名家张芝和钟繇的书法优点，形成了笔画均匀、线条曲折、体式纵长的书法艺术，充分显示其自然朴素的妍美特色。在用笔的处理上，欲断还连，以侧取妍。笔与笔之间，有俯仰，有牵丝，有顾盼，有回折，有弛张，显示了纯熟的笔法和清丽的笔调。而王氏笔锋缓前急后，字体形势，状如龙蛇，相勾连不断，在视觉上形成一种生动、活泼、优美的艺术效果。所以，包世臣认为《兰亭集序》的神妙之处就在于"似奇反正，若断还连。"王羲之曾说："笔者，刀削也。"这说明王羲之自觉地追求书法艺术的力量感，其字也素有"入木三分"之誉。这种力度之美在《兰亭集序》中无论是分散的结体，还是凝聚的结体，笔笔都富有紧劲的拉力，笔势劲挺，如长戈利剑，充满了力量。《兰亭集序》凡二十八行，计三百二十四字，如相同的字，文中有二十个"之"，七个"不"，五个"所"，三个"足"等。可谓千变万化，一字数体，字字不同。但从整体看，《兰亭集序》又做到了多样的统一，变化的和谐。以笔法论，他的处理方法是"重不宜长，单不宜小，复不宜大，密胜乎疏，短胜乎长。"以笔势论，《兰亭集序》起伏流动，淋漓畅快，姿态飞扬，分布有对称，体势有变通，无一点失所，无一画失节，达到了炉火纯青的程度，给人以变化莫测而又法度有序，清新俊雅而又生气活泼的美感。以风格论，《兰亭集序》在强调整体妍美的同时又具有变化，俊秀中显出质朴，妩媚中见出强健，典雅中透现粗犷。整体和谐有致，字与字之间有映带，行与行之间有呼应，显示出舒展流畅，浑然一体的美感。作品还以其点画的疏密，墨色的浓淡，字形的变化以及通篇行书中一些带有草书意味的变体，组成了一首节奏鲜明，气象万千的抒情曲，表现的是寓感喟于欢乐之中的起伏跳荡的心律和富有音乐感的风韵。所以，林语堂先生在《吾国吾民》一书中说："在我看来，由于书法代表了韵律和构造的最为抽象的原则，它与绘画的关系，也就恰如纯数学与工程学或天文学的关系。在欣赏中国书法的时候，是全然不顾其字面含义的，人们仅仅欣赏它的线条和构造。于是，在研习和欣赏这种线条的魅力和构造的优美之时，中国人就获得了一种完全的自由，全神贯注于具体的形式，内容则撇开不管。"宗白华先生在《论〈世说新语〉和晋人的美》一文说得好："晋人风神潇洒，不滞于物，这优美的自由的心灵找到一种最适宜于表现他自己的艺术，这就是书法中的草行。草行艺术纯系一片神机，无法而有法，全在于下笔时点画自如，一点一拂皆有情趣，从头至尾，一气呵成，如天马行空，游行自在。又如庖丁之中肯綮，神行于虚。这种超妙的艺术，只有晋人萧散超脱的心灵，才能心手相应，登峰造极。魏晋书法的特色，是能尽各字的真态。"

二、文本接受层面：《兰亭集序》是一篇书序，乃为诗歌唱和的集子而作。"书序"的文体决定了其必须具备一般书序的特点。文章先叙兰亭修禊之事，因修禊而"群贤毕至"，实际上是说明作诗写序的缘由，又用"一觞一咏，亦足畅叙幽情"，描写了作诗时的情形，指明了《兰亭集序》是一部游宴诗集，有众多的作者，诗乃即席之作。结尾以"故列叙时人，录其所述"说明成书的过程，又以"后之览者，亦将有感于斯文"指出本书的意义。这些内容都是根据书序体裁的要求来写的，只是作者含尔不露罢了，一般来说为诗歌唱和的集子所作的序言，抒情的成分是比较多的，而本文又自然地融合了叙事和议论，整散结合，不仅有整齐的韵律美，而且如画的风景美，就像其书法作品一样，行文如行云流水，结构却浑然一体。欣赏《兰亭集序》如沐春风，心旷神怡；夏饮甘泉，神清气爽；秋日登高，天晴气朗；严冬围炉，温暖如春。这是一种享受，这是一次心灵与精神之旅。在时间的长廊里，钦羡先人的群贤修禊的雅事；在空间的视野里，注目山清水秀的兰亭美景；在一觞一咏的畅叙中，仰观宇宙，品察万类，感悟人生与时事。这是一次现实人生的乐事，也是一次人格与精神境界的升华！就文章章法而言，全文可分为两大部分，前半部分实写兰亭宴集情景，以"乐"为基调，兰亭宴集，可谓良辰、美景、赏心、乐事四美齐具，但作者"乐而不淫"，

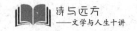
以淡雅为色调。后半部分虚写，抒发宴集后的感慨，以"悲"字为基调，在深沉的慨叹中，隐含着作者对人生的眷恋和热爱，对生命的思考和珍视，从而与前半部分的乐生之旨相契合。

三、晋人的自然观：有人说，自然是心灵的风景，书法是心灵的艺术。自然是人的心灵的外化，诗人和艺术家笔下的"风景"往往不是纯粹的客观外在物，而是贯注了诗人和艺术家心性的情致化之景，即是主客观交融的产物。中国传统美学和哲学都特别强调天人合一，天人感应，相互交流与相互共鸣。自然的存在与人类息息相关，它体现人的精神生活，展示人的精神品格。魏晋时期被鲁迅称为人的觉醒和文化的觉醒时代，东晋士人对自然的观赏是明显带有哲学意识的，他们自觉的脱身于名利场外，发现、理解和尊重自然美，并从中汲取生命的能量和生气。置身其中，人似乎忘却了自我，与物同化，生命意识渗透在深邃的自然宇宙之中。如魏代诗人嵇康有诗云"目送归鸿，手挥五弦。俯仰自得，游心太弦。"反观之，如果作者缺乏宽厚博大的情怀，缺乏自由活泼的心灵，是否会有如此动人精微的感受呢？我想，没有主体能动多情的参与，再好的美景也是虚设。《兰亭集》中收录了王羲之的兰亭诗二首，其一云："仰视碧天际，俯瞰渌水滨。寂阒无涯观，寓目理自陈。大哉造化工，万殊莫不均。群籁虽参差，适我无非新。"对照着阅读，我们或许能更深刻地感知晋人对山水美的发现以及艺术的表现和他们的艺术心灵——那种虚灵的胸襟，玄学的意味和表里澄澈的通明是颇能令人感动的。这种崇尚自然，不拘名教，宅心玄远，寄情希夷，或归隐于田园，乐山乐水；或致力于诗文，以抒胸臆；或醉心于玄思，以探求人生、社会、自然之真谛的时风在陶渊明，谢灵运等诗人的作品中也有十分充分而生动的表现。

四、晋人的生死观：作为一篇书序，本文是极其特殊的，作者在完成了一般所必要的"交代"后，独出机杼地作了借题发挥，道出了"俯仰一世"之间的人生感怀。在本文中，这一点的阐发是最为重要的，它也是文章论述的主旨所在。钱钟书先生说过："目光放远，万事且悲。"这也是《兰亭集序》中一再喟叹的——"死生亦大矣。岂不痛哉！"这个"痛"字凝聚了王羲之深沉的人生忧患意识和对生命局限性的深刻洞察。所以他们从自然中得到了人生的愉悦，"信可乐也"。又能从自然中感受到了生命的悲哀，"俯仰之间，已为陈迹"。"况修短随化，终期于尽"。因为自然是自在自足无外求的，而人生需要外在的事物来满足。自然是永恒的，人生却如此短暂且欲望无止境，而更多时候是心想而事不成，人生的矛盾又是绵绵无尽的。有人分析说，在《兰亭集序》中作者借题发挥，阐明了他的生死观，是他的旷达性格使然，但他毕竟生活在国势日衰的东晋前朝，士大夫们大多意志消沉，不谋求进取，对他也不能说毫无影响，因此文中出现了低沉的调子，例如以"修短随化，终期于尽"说死，这是难以苛求的。对此笔者以为值得商榷，这并非"难以苛求"的问题，说东晋士人"意志消沉，不讲求进取"，也是不合那个时代之事实的。这在《世说新语》中是多有记述的。魏晋时代人的精神是最哲学的，由于社会的黑暗，现实的残酷，人们便转向内心世界和精神层面，因而，从某种层面上说，魏晋时代人们的精神是最解放最自由的。近代哲学之"生命情调""宇宙意识"，是从东晋人超脱的境界里萌芽出来的。他们对时间和死亡的恐惧并没有必然导向消极悲观，反而激起更强烈的创造冲动，以扎实的现实努力来抗拒人生的"空无"。因而这种慨叹，不是消沉，不是沉寂，而是奋起和抗争。正如曹操在发出了"对酒当歌，人生几何？"的感叹后，又抒发了"烈士暮年，壮心不已。"的豪迈。王羲之在《兰亭集序》中的人生感慨，在表面看似消沉悲观之中，我们看到的是其深藏着的对人生和生活的执着与留念，对生命、自然与社会的深沉思考和拥抱。我以为将此视为他们对生命和美的珍惜更为恰当。正是因为他们认识到了"一死生"和"齐彭殇"为虚妄，才格外地倚重现实的有限生命，并通过自身的努力求得无限的意义。所以，陶渊明虽然感叹"人生似虚化，终当归穷无"，但更唱出了"俯仰终宇宙，不乐复何如"的高调。曹操"人生几何，对酒当歌"引来的不是消极无为，而是一统天下的豪情壮志。这种流风遗韵的远年流注，使众多的传统士人也为之深深地沉浸。如李白虽呼"人生在世不称意"，却依然高唱"长风破浪会有时，直挂云帆济沧海"，苏东坡在"哀吾生之须臾，羡长江之无穷"的慨叹中却焕发出倔强的生命创造力；鲁迅于"绝望和深渊中""直面惨淡的人生，正视淋漓的鲜血"，为中华民族挺起了不屈的脊梁……钱钟书先生接着又说："目光放近，则自应振作，

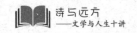
以求乐观。"我以为这正是我国知识分子的优良传统，他们在经受着人生局限性的同时，依然努力创造出了瑰丽的生命华章。

"在山阴道上走，如在画中游"。读罢《兰亭集序》，那掩映其间的森森林木，那穿插云霄的处处绿竹，还有那清幽水中自在嬉戏的鹅群，也许会在某一天"复活"在你的头脑中，激活起你对远年文化的深沉遐思吧！

例三：

旷达人生的真实写照
——以苏轼的前后《赤壁赋》为例

壬戌之秋，七月既望，苏子与客泛舟，游于赤壁之下。清风徐来，水波不兴。举酒属客，诵明月之诗，歌窈窕之章。少焉，月出于东山之上，徘徊于斗牛之间。白露横江，水光接天。纵一苇之所如，凌万顷之茫然。浩浩乎如冯虚御风，而不知其所止；飘飘乎如遗世独立，羽化而登仙。

于是饮酒乐甚，扣舷而歌之。歌曰："桂棹兮兰桨，击空明兮溯流光。渺渺兮予怀，望美人兮天一方。"客有吹洞箫者，倚歌而和之。其声呜呜然，如怨如慕，如泣如诉，余音袅袅，不绝如缕。舞幽壑之潜蛟，泣孤舟之嫠妇。

苏子愀然，正襟危坐，而问客曰："何为其然也？"客曰："'月明星稀，乌鹊南飞'，此非曹孟德之诗乎？西望夏口，东望武昌。山川相缪，郁乎苍苍，此非孟德之困于周郎者乎？方其破荆州，下江陵，顺流而东也，舳舻千里，旌旗蔽空，酾酒临江，横槊赋诗，固一世之雄也，而今安在哉？况吾与子渔樵于江渚之上，侣鱼虾而友麋鹿，驾一叶之扁舟，举匏樽以相属。寄蜉蝣于天地，渺沧海之一粟。哀吾生之须臾，羡长江之无穷。挟飞仙以遨游，抱明月而长终。知不可乎骤得，托遗响于悲风。"

苏子曰："客亦知夫水与月乎？逝者如斯，而未尝往也；盈虚者如彼，而卒莫消长也。盖将自其变者而观之，则天地曾不能以一瞬；自其不变者而观之，则物与我皆无尽也，而又何羡乎？且夫天地之间，物各有主，苟非吾之所有，虽一毫而莫取。惟江上之清风，与山间之明月，耳得之而为声，目遇之而成色，取之无禁，用之不竭，是造物者之无尽藏也，而吾与子之所共适。"

客喜而笑，洗盏更酌。肴核既尽，杯盘狼藉。相与枕藉乎舟中，不知东方之既白。

——宋·苏轼《前赤壁赋》

是岁十月之望，步自雪堂，将归于临皋。二客从予过黄泥之坂。霜露既降，木叶尽脱，人影在地，仰见明月，顾而乐之，行歌相答。

已而叹曰："有客无酒，有酒无肴，月白风清，如此良夜何！"客曰："今者薄暮，举网得鱼，巨口细鳞，状如松江之鲈。顾安所得酒乎？"归而谋诸妇。妇曰："我有斗酒，藏之久矣，以待子不时之需。"

于是携酒与鱼，复游于赤壁之下。江流有声，断岸千尺；山高月小，水落石出。曾日月之几何，而江山不可复识矣。予乃摄衣而上，履巉岩，披蒙茸，踞虎豹，登虬龙，攀栖鹘之危巢，俯冯夷之幽宫。盖二客不能从焉。划然长啸，草木震动，山鸣谷应，风起水涌。予亦悄然而悲，肃然而恐，凛乎其不可留也。反而登舟，放乎中流，听其所止而休焉。

时夜将半，四顾寂寥。适有孤鹤，横江东来。翅如车轮，玄裳缟衣，戛然长鸣，掠予舟而西也。须臾客去，予亦就睡。梦一道士，羽衣蹁跹，过临皋之下，揖予而言曰："赤壁之游乐乎？"问其姓名，俯而不答。"呜呼！噫嘻！我知之矣。畴昔之夜，飞鸣而过我者，非子也邪？"道士顾笑，予亦惊寤。开户视之，不见其处。

——宋·苏轼《后赤壁赋》

赏析思路：

一、简单介绍苏轼的人生经历与性格特征，尤其贬谪黄州时状况。

二、前后《赤壁赋》文句梳理与大意理解。

三、前后《赤壁赋》对比分析，重点在意境、情绪、基调、人与物与景的关联由此流露出来的思想、情感以及表达出的人生态度等。

四、小结：清代古文家方苞评论说："所见无绝殊者，而文境邈不可

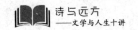
攀，良由身闲地旷，胸无杂物，触处流露，斟酌饱满，不知其所以然而然。岂惟他人不能模仿，即使子瞻更为之，亦不能如此适调而畅遂也。"苏轼调动各种艺术手法表现自己坦荡的胸襟，他忘怀得失，胸襟坦荡，写出了"文境邈不可攀"的《赤壁赋》来。我们赏析时，可以将前后两篇联系对比进行，或许能获得更多感悟。同时还可以将他这一时期的名作《念奴娇·赤壁怀古》《临江仙·夜归临皋》等结合起来赏析，以拓展思路。

　　大江东去，浪淘尽，千古风流人物。故垒西边，人道是，三国周郎赤壁。乱石穿空，惊涛拍岸，卷起千堆雪。江山如画，一时多少豪杰。

　　遥想公瑾当年，小乔初嫁了，雄姿英发。羽扇纶巾，谈笑间樯橹灰飞烟灭。故国神游，多情应笑我，早生华发。人生如梦，一樽还酹江月。

——宋·苏轼《念奴娇·赤壁怀古》

　　夜饮东坡醒复醉，归来仿佛三更。家童鼻息已雷鸣。敲门都不应，倚杖听江声。

　　长恨此身非我有，何时忘却营营？夜阑风静縠纹平。小舟从此逝，江海寄余生。

——宋·苏轼《临江仙·夜归临皋》

思考题：

1. 谈谈你的选课动机与学习《文学与人生》的期望。

2. 谈谈鲁迅"弃医从文"的意义以及对当代大学生的启示。

3. 谈谈感悟性学习方法的内涵及其你的理解。

4. 鉴赏比较苏轼的前后《赤壁赋》。

5. 阅读林语堂的《苏东坡传》和陈平的《鲁迅》（上、下），并写出你的读书心得。

参考文献与延伸阅读书目：

1. 陈平著，《鲁迅》（上下），南京，江苏人民出版社，1998年版。

2. 时东兵、陈忠村主编，《一江春水》，上海，同济大学出版社，2012年版。

3. 阎月君等编选，《朦胧诗选》，沈阳，春风文艺出版社，1985年版。

4. 吴楚材、吴调侯编选，《古文观止》，长沙，岳麓书社，1988年版。

5. 李瑞山编撰，《语文素养高级读本》，北京，高等教育出版社，2006年版。

6. 许结著，《中国文化史二十二讲》，北京，高等教育出版社，2018年版。

7. 谌安荣著，《感悟性教学的文化意蕴》，北京，《中国大学教学》，2006年第4期。

8. 梁绍辉著，《曾国藩评传》，南京，南京大学出版社，2006年版。

9. 康德著、邓晓芒译，《判断力批判》，北京，人民出版社，2002年版。

10. 雨果著、李丹译，《悲惨世界》（1—4），北京，人民文学出版社，1988年版。

11. 李一冰著，《苏东坡》，南京，江苏文艺出版社，2013年版。

12. 王蒙著，《王蒙自述》，北京，人民出版社，2017年版。

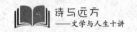
第四章 主体论：作家的心理与人格特征

本章提示：

一、知识教学目标：了解与创作有关的文学知识。

二、能力教学目标：理解作家的心理与人格特征。

三、素质教学目标：涵养丰富而善美的健全人格。

第一节 何谓诗人

诗人，一般意义来讲，通常是指写诗的人，但从文学概念上讲，则应是在诗歌（诗词）创作上有一定成就的写作诗歌的人。诗人通过诗歌创作、吟咏抒发激情，通过诗歌讴歌祖国的大好河山，通过诗歌鞭挞社会丑恶，通过诗歌传颂人间真善美。载入文学史上的诗人，应属于文学家、思想家、哲学家、艺术家的范畴。中国历代出现过众多的杰出诗人。如屈原、王维、李白、杜甫、白居易、苏轼、李清照、辛弃疾、陆游等。我们这里的诗人泛指一切从事文学艺术创作并取得较高成就的作者，即泛指一切文学艺术家。

"诗人"一词，战国时就有了，何以为证？《楚辞·九辩》注释说："窃慕诗人之遗风兮，愿托志乎素餐。"可见早期诗人重在言志。《正字通》注释说："屈原作离骚，言遭忧也，今谓诗人为骚人。"这便是"诗人"一词的最早提法。从此以后，"诗人"便成为汉代习用的名词。辞赋兴起之后，又产生"辞人"一词。扬雄《法言·吾子篇》说："诗人之赋以则，辞人之赋丽以淫。"六朝以后，社会上很看重辞赋，认为上不类诗，下不类赋，以此又创立了"骚人"一词。从战国至盛唐，"诗人"和"骚人"

的称号一直受到人们的尊敬。

了解"何谓诗人"之类的概念并不重要。重要的是我们应当了解诗人何为？古今中外诞生过哪些优秀或伟大的诗人？他们在人类社会文明的进程中的地位和意义。作为从事人类灵魂工作的人，诗人具有哪些基本特征？这些特征是与生俱来还是后天修炼而成？如此等等。

在开讲之前，我们通过网络搜索到各种排行榜，这里推荐给大家的中西方各十位文学大师，有的我认同，有的我持保留态度，大家可以见仁见智，各抒己见。大家可以选读其代表作品，也可以选读自己喜欢的作品，还可以进行研究、比较，做出自己的评判，然后寻找出他们身上的一些共同性特征。①

西方：

NO.1 莎士比亚

莎士比亚（1564—1616），出生于沃里克郡斯特拉特福镇的一个富裕市民家庭，他是16世纪后半叶到17世纪初英国最著名的作家之一，本·琼斯称他为"时代的灵魂"，也是欧洲文艺复兴时期人文主义文学的集大成者。他共写有37部戏剧，154首十四行诗，两首长诗和其他诗歌。其主要成就是戏剧，按时代、思想和艺术风格的发展，可分为早、中、晚三个时期。马克思称莎士比亚为"人类最伟大的天才之一"。恩格斯盛赞其作品的现实主义精神与情节的生动性、丰富性。莎氏的作品几乎被翻译成世界各种文字。1919年后被介绍到中国，现已有多种中文版的《莎士比亚全集》或《莎士比亚戏剧集》。

NO.2 但丁

但丁（1265—1321），生于佛罗伦萨，13世纪末14世纪初意大利诗人，现代意大利语的奠基者，欧洲文艺复兴时代的开拓人物之一。但丁从37岁被宣告永久放逐，后来客死异乡。9岁邂逅心灵上永恒的恋人贝阿特丽彩，

---

①关于中外十大作家排行榜有多种说法，此处采用个人图书馆的信息http://www.360doc.com。

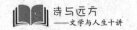
这位后来 24 岁即香消玉殒的女子，成为但丁日后创作的源泉。《神曲》为但丁不朽的巨著。恩格斯称"封建的中世纪的终结和现代资本主义纪元的开端，是以一位大人物为标志的，这位人物就是意大利人但丁，他是中世纪的最后一位诗人，同时又是新时代的最初一位诗人"。①

NO.3 歌德

约翰·沃尔夫冈·冯·歌德（1749—1832），18 世纪中叶到 19 世纪初德国和欧洲最重要的作家之一，他一生跨越两个世纪，正当欧洲社会大动荡大变革的年代。封建制度的日趋崩溃，革命力量的不断高涨，促使歌德不断接受先进思潮的影响，从而加深自己对于社会的认识，创作出当代最优秀的作品。歌德的作品充满了狂飙突进运动的反叛精神，在诗歌、戏剧、散文等方面都有较高的成就，主要作品有剧本《葛兹·冯·伯里欣根》、中篇小说《少年维特的烦恼》、未完成的诗剧《普罗米修斯》和长篇诗剧《浮士德》，此外还写了许多抒情诗和评论文章。1832 年 3 月 22 日，歌德病逝。歌德是德意志民族文学的最杰出的代表人物之一，他的创作把德国文学提高到全欧的先进水平，并对欧洲文学的发展做出了巨大的贡献。

NO.4 拜伦

拜伦（1788—1824），英国浪漫主义大诗人。贵族出身，青年时代受启蒙思想的影响，对封建专制压迫深恶痛绝。1809 年开始游历西班牙、希腊、土耳其等国，对这些国家人民反封建、反侵略、反迫害斗争极为同情和支持。1811 年归国以后，开始创作长诗《恰尔德·哈罗德游记》。1812 年在国会发表演说，为英国工业革命后工人因贫困而发动捣毁机器运动进行辩护，反对国会通过的《保障治安法案》，谴责英国统治集团对工人的血腥镇压。1813 年开始，陆续刊行《东方叙事诗》，抨击英国当属而被迫出国。在意大利参加烧炭党人活动时，撰写长诗《青铜时代》，揭露神圣同盟的反动面目。1823 年投入希腊民族独立战争，1824 年 4 月 10 日病逝。拜伦的代表作有讽刺长诗《唐璜》。他的作品对欧洲浪漫主义文学有极大的影响。

---

① 恩格斯著，《共产党宣言1893年意大利文版序言：致意大利读者》，《马克思恩格斯选集》第一卷，北京，人民出版社，1979 年版。

NO.5 荷马

荷马（约公元前9世纪—前8世纪），是古希腊最著名和最伟大的诗人之一。他是《荷马史诗》（《伊利亚特》和《奥德赛》）的作者。《荷马史诗》以扬抑格六音部写成，集古希腊口述文学之大成。它是古希腊最伟大的作品，也是西方文学中最伟大的作品之一。《荷马史诗》是早期英雄时代的大幅全景，也是艺术上的绝妙之作，它以整个希腊及四周的汪洋大海为主要情节的背景，展现了自由主义的自由情景，并为日后希腊人的道德观念甚至为整个西方社会的道德观念立下了典范。首先是一种追求成就，自我实现的人文伦理观，其次是一种人神同性的自由神学，剥除了精神世界中的神秘恐惧。《荷马史诗》于是成了"希腊的圣经"。

NO.6 雨果

维克多·雨果（1802—1885），是19世纪前期积极浪漫主义文学运动的领袖，法国文学史上卓越的资产阶级民主作家。贯穿他一生活动和创作的主导思想是人道主义、反对暴力、以爱制"恶"，他的创作期长达60年以上，作品包括26卷诗歌、20卷小说、12卷剧本、21卷哲理论著，合计79卷之多，给法国文学和人类文化宝库增添了一份十分辉煌的文化遗产。其代表作是《巴黎圣母院》《悲惨世界》等长篇小说，多次被拍成电影，在世界上广为流传，成为经典之作。

NO.7 泰戈尔

泰戈尔（1861—1941），是印度具有巨大世界影响力的作家，也是亚洲第一位获得诺贝尔文学奖的作家。他共创作了50多部诗集，被称为"诗圣"。写作了12部中长篇小说，100多篇短篇小说，20多部剧本及大量文学、哲学、政治论著，并创作了1500多幅画，谱写了数以千计的众多歌曲。文、史、哲、艺、政、经范畴几乎无所不包，无所不精。他的作品反映了印度人民在帝国主义和封建种姓制度压迫下要求改变自己命运的强烈愿望，描写了他们不屈不挠的反抗斗争，充满了鲜明的爱国主义和民主主义精神，同时又富有民族风格和民族特色，具有很高艺术价值，深受人民群众喜爱。其重要诗作有诗集《故事诗集》《吉檀迦利》《新月集》《飞鸟集》《边缘集》《生辰集》；重要小说有短篇《还债》《弃绝》《素芭》《人是活着，

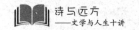
还是死了？》《摩诃摩耶》《太阳与乌云》，中篇《四个人》，长篇《沉船》《戈拉》《家庭与世界》《两姐妹》；重要剧作有《顽固堡垒》《摩克多塔拉》《人红夹竹桃》；重要散文集有《死亡的贸易》《中国的谈话》《俄罗斯书简》等。

NO.8 列夫·托尔斯泰

托尔斯泰（1828—1910），俄国作家、改革家和道德思想家。托尔斯泰之所以获得不朽的声誉，主要是由于他的多部小说《战争与和平》《安娜·卡列尼娜》以及《复活》等。托尔斯泰内心充满深刻的矛盾。他是一个个人主义贵族，而在他的晚年却很不成功地试图过一种穷苦农民的生活；他起初曾耽于声色，而最终却成为一个彻底的清教徒；他具有非凡的生命力，却几乎时时害怕死亡。这种奇特的双重性格使他在人生的中年舍弃他单纯的小说作家的生涯而成为虔诚的清教徒；在他源源不断写出的论文、小册子和大部分是说教的短篇故事和剧本里，他宣扬了对爱和忠诚的人生的信仰和对财产及政府和教会之类人为的制度的鄙弃。

NO.9 高尔基

高尔基（1868—1936），苏联无产阶级作家，社会主义现实主义文学的奠基人。他出身贫苦，幼年丧父，11岁即为生计在社会上奔波，贫民窟和码头成了他的"社会"大学的课堂。他与劳动人民同呼吸共命运，亲身经历了资本主义残酷的剥削与压迫。这对他的思想和创作发展具有重要影响。高尔基不仅是伟大的文学家，而且也是杰出的社会活动家。他组织成立了苏联作家协会，培养文学新人，积极参加保卫世界和平的事业。代表作有《马卡尔·楚德拉》《马卡尔·楚德拉》《伊则吉尔老婆子》《鹰之歌》《契尔卡什》《沦落的人们》《柯诺瓦洛夫》《海燕之歌》《小市民》《底层》《避暑客》《太阳的孩子们》等等。他的作品自1907年就开始被介绍到中国。他的优秀文学作品和论著成为全世界无产阶级的共同财富。

NO.10 莫泊桑

莫泊桑（1850—1893），法国作家。1850年8月5日生于法国西北部诺曼底省的一个没落贵族家庭。1870年到巴黎攻读法学，适逢普法战争爆发，遂应征入伍。退伍后，先后在海军部和教育部任职。19世纪70年代是他文学创作的重要准备阶段，他的舅父和母亲的好友、著名作家福楼拜是他的文学导师。莫泊桑的文学成就以短篇小说最为突出，有世界短篇小说巨匠的美称。他擅长从平凡琐屑的事物中截取富有典型意义的片断，以小见大地概括出生活的真实。他的短篇小说侧重摹写人情世态，构思布局别具匠心，细节描写、人物语言和故事结尾均有独到之处。除了《羊脂球》这一短篇文库中的珍品之外，莫泊桑还创作了包括《一家人》《我的叔叔于勒》《米隆老爹》《两个朋友》《项链》等在内的一大批思想性和艺术性完美结合的短篇佳作。莫泊桑的长篇小说也达到比较高的成就。他共创作了6部长篇：《一生》《漂亮朋友》《温泉》《皮埃尔和若望》《像死一般坚强》和《我们的心》，其中前两部已列入世界长篇小说名著之林。

中国：

NO.1 杜甫

作为千百年来被研究的伟大诗人，杜甫其人其作品对后世产生了极大的影响。其人被称为"诗圣"，其作品更被誉为"诗史"，其文坛地位几乎无人可取代。有《杜工部集》传世。

NO.2 苏轼

有宋以来，在影响方面能与杜甫分庭抗礼的似乎唯有苏轼。苏轼作为文学大家。在诗词书文画各方面都取得了巨大的成就，有通才之称。清人王文诰辑注《苏轼诗集》是较好版本。

NO.3 屈原

有唐以前，最伟大的诗人当属屈原。作为中国文学史上第一位真正的诗人，他的出现具有里程碑的意义。屈原的精神一直为后人所称颂。杜甫出，方取屈原的旗手而代之。其主要作品有《离骚》《九歌》《九章》《天问》等。他创作的《楚辞》是中国浪漫主义文学的源头，与《诗经》并称"风骚"，对后世诗歌产生了深远影响。

NO.4 韩愈

位列唐宋八大家之首。但似亦可誉为中国古代散文家之首，其诗歌亦别具一格。有《韩昌黎集》传世。

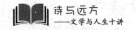
NO.5 李白

天才李白，被后人誉为诗仙。其诗歌有灵感而发，磅礴飘逸，豪迈浪漫。李白其人在文学史上独当一面，别具一格，有《李太白集》传世。

NO.6 司马迁

其《史记》被鲁迅誉为"史家之绝唱，无韵之离骚。"不论其文学价值，还是史学价值，对后世的文人们都产生了深远的影响。

NO.7 陶渊明

陶渊明为魏晋南北朝间最伟大的诗人之一，田园诗歌的创始人，其人格高洁，泽被后世，影响极大。有《陶渊明集》流世。

NO.8 关汉卿

戏剧界公认的第一人。关汉卿是"元曲四大家"之首，与白朴、马致远、郑光祖并称为"元曲四大家"。其代表作有《窦娥冤》《单刀会》《单鞭夺槊》《西蜀梦》等，其中最著名的是《窦娥冤》。

NO.9 曹雪芹

其小说《红楼梦》代表了中国古典小说尤其是长篇小说的最高成就。

NO.10 鲁迅

作为中国文学界中一个承前启后的人物，中国新文学的奠基者之一，有"中国现代为学之父"之誉。有《鲁迅全集》问世。

第二节　诗人的心理与人格特征

文学自诞生之日起，就以人为关注中心、核心和重心。文学的本质是人学，它自始至终都在描写人的生存状态，展示人性的各种欲望，维护人的自由权力，追求人的解放和全面发展。所以，诗人应当明白：走近文学就是走向地狱和天堂，它对诗人素质的考验是全方位的。我曾在不同的文章和不同的场合反复讲过，作为一个艺术家必须具备至少五个方面的素质和修养：一、思想；二、才华；三、学识；四、创造力；五、个性。这里的思考，我以为更多的是一种外在的对结果的反证，也就是从大量的现象和已知的结果中归纳、概括出一些带有普遍性的特征。现在看来，我们还可以换一个角度来思考诗人的素质特征问题。比如从人格心理学的角度、从哲学的角度、从读者的角度、从人类学的角度、从文化学的角度甚至从生态学的角度等等。如果我们从作家的心理素质和心理人格出发来思考，我们会发现伟大的艺术家具有独特的心理素质和心理人格。而优秀的艺术作品正是艺术家独特的心理素质和心理人格的折射与确证。这些独特的心理素质和心理人格主要表现在：

一、理想性与批判性

作家大多是胸怀高远理想的人士，然而理想与现实总是存在距离与反差。真正的知识分子都是具有独立思考、批判精神和理想追求的人，他们总是以批判的眼光审视现实，距离与反差会使他们焦虑不安，进而怀疑批判。然而，我们的作家总是喜欢当师爷，批判社会，教训他人，但很少批判自己，解剖自己，更缺少一种忏悔意识。这是中国作家难成大业的重要内在因素。鲁迅和巴金的伟大在这一点上有着特别的意义。鲁迅是 20 世纪中国文学史上一个独特的存在，他之所以能成为"民族魂"，我想，一个重要的原因就是他具有中国文人少有的自我反省和自我批判能力以及对未来中国的向往，也即我说的内批判能力和内构建能力。无论对国民劣根性的剖析，还是对中国传统文化的深刻反思以及对社会现实的犀利批判，都渗透着鲁迅强有力的自我反省和自我批判能力以及对美好未来的追求，对真理、正义、良知等的坚守。唯其如此，我们才在他的作品中触摸到一颗伟大而痛苦、执着而孤独的灵魂，感悟到更多更深的启示和对明天的追求。巴金的《随想录》问世之所以引起文坛震动，恐怕与我们现阶段文学普遍缺乏自我反省和自我批判能力有关。现代心理学研究表明：在艺术家身上存在着两个自我形象，一个是现实自我，一个是理想自我。富于创造性的艺术家不太重视他的现实自我形象，忘我地追求理想自我，哪怕与社会的主流价值标准相冲突也在所不惜。在这种理想自我的追求中，他们很少自我防御，敢于袒露自己的内心，善于解剖自己的灵魂，勇于挑战历史传统和主流价值习惯。所以，每一位伟大的艺术家都具有远大的追求和强大的自由思考的能力，都有着乌托邦追求。有无乌托邦追求是有本质区别的。乌托邦作为一种想象的存在，它是永

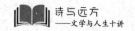
无止境的，它体现了人类永无终结的探索之旅，它为我们的艺术创作提供了无限的表现和写作空间，同时也检验着文学艺术本身对人的存在的思考与探索深度。所以，古希腊亚里士多德认为，艺术描写世界是一种可能或应该的世界，是一种具有理想色彩的世界，而且是一种比历史记录包含更大的真理性的世界。

诗人的职责不在于描述已经发生的事，而在于描述可能发生的事，即根据可然或必然的原则发生的事……诗倾向于表现带有普遍性的事，而历史倾向于记载具体事。①

正如保罗·蒂里希在《乌托邦的政治意义》中说：

乌托邦的概念依赖于人本质上是和可能是的那种样子与人在生存中即在现实中所是的那样子之间的差别……要成为人，就意味着要有乌托邦，因为乌托邦植根于人的存在本身……乌托邦是真实的。为什么乌托邦是真实的呢？因为它表现了人的本质，人存在的深层目的；它显示了人本质上所是的那种东西。每一个乌托邦都表现了人作为深层目的所具有的一切和作为一个人为了自己将来的实现而必须具有的一切。②

按照保罗·蒂里希的理解，乌托邦不仅是真实的，而且是有用的。

乌托邦的第二个积极特征是它的有效性，在这一点与乌托邦的真理性有着最密切的联系。乌托邦展现了如果没有乌托邦的预示就仍然是隐蔽着的种种可能性。没有这种预示的创造力，人类历史中无数的可能性也许依然得不到实现，如果没有预示未来的乌托邦展示的可能性，我们就会看到一个颓废的现在，就会发现不仅一个人在那里而且在整个文化中，人类可能性的自我

①亚里士多德著、陈中梅译，《诗学》，北京，商务印书馆，1986年版。

②保罗·蒂里西著，《政治期待》，成都，四川人民出版社，1989年版。

实现都受到了窒息。没有乌托邦的人总是沉沦于现在之中，没有乌托邦的文化总是束缚于现在之中，并且迅速地倒退到过去之中，因为现在只有处于过去和未来的强力之中才会充满活力。①

二、迷茫感与困惑感

现代心理学研究表明，艺术家大多是高智商人群。但是，他们的内心总是处于矛盾、混乱、困惑、不安的状态。为什么在伟大的艺术家身上往往表现出常人难以理解的困惑感呢？在我看来，伟大的艺术家和伟大的科学家一样终生都是困惑的。因为困惑，所以思考；因为思考，更加困惑。而这种源于内心深处的困惑正是艺术家最为宝贵的财富和重要的心理特征。从心理学意义讲，艺术家的内心困惑就是一种认知的不和谐状态。认知的不和谐必然导致内心的不安，内心的不安反过来必然加剧认知的不和谐状态。于是，艺术家终生都处于内心困惑而上下求索，艺术家的创造力往往源于他们的思考和困惑，思考愈深，困惑愈多，创造力愈旺。从而显示出庸才们难以企及的巍峨和伟岸。

现代心理学研究证实了这样一条规律，富于创造性的人总是不断地调整和修改自己既有的认知范式，从新的视觉和新的参照系来探究未知的对象和审视已知的事物，从而获得全新的发现和人生体悟。这就可以解释一种文化现象：为什么艺术家总是先于其他人揭示或传达出时代精神和人的终极关怀？比如画家博西率先传达出现代人的孤独感和荒诞感；诗人罗瓦利斯在诗篇中传达出人与自然的分裂以及无家可归的失落；卡夫卡作品所展示的现代人的异化；鲁迅对中国封建社会"吃人"本质的发现以及对国民劣根性的犀利剖析等等。这些都是他们深切体悟内心困惑的产物。艺术家应勇敢地正视自己内心的困惑，反抗内心和精神的中庸及无为。一般来说，艺术家的困惑包括对历史的叩问，对现实的审视，对社会的批判，对自身的反省，对人性的拷问，对未来的追问等。比如屈原的《天问》《离骚》，比如歌德的《浮士德》，比如托尔斯泰的《安娜·卡列尼娜》《复活》，比如陀思妥耶夫斯

---

①保罗·蒂里西著，《政治期待》，成都，四川人民出版社，1989年版。

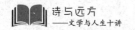
基的《罪与罚》，比如海明威的《老人与海》，比如高行健的《灵山》等。

三、挫折感与失败感

今天，在我们心中的艺术家是历史的已然，仿佛个个都须仰视才见，成了我们的精神或文化偶像。距离产生美，时间让历史虚化，它总是把平凡的东西神秘化，所以我们才觉得那些艺术家对于读者来说可望而不可即。其实，艺术家也是人，有人的一切欲望，甚至更为强烈、更为疯狂而持久。历史上一切怪异成为个性，一切苦难成为财富，一切反常成为美谈。文学艺术史上的艺术家是一种已然。这是什么意思呢？也就是读者看到的是结果，是一种美化了的结果，是一种成功了的结果。当初，艺术家奋斗的艰苦过程被忽视或被虚化了。可以这样说，古今中外伟大的艺术家在现实生活中都是失败的。所以有人说，杜甫是失败的"诗圣"，鲁迅是失败的偶像。我在创作《唐诗的江山》（出版时改为《诗人的江山》）写到李白、杜甫时，独自一人在上海同济大学的访问学者宿舍里失声痛哭。

> 李白啊我的老乡 / 你本仙人为何下凡 / 是你傲岸的天性触犯了天条 / 还是上帝遣你来到凡间 / 给平淡无趣的历史增添一点诗意的谈资 / 你终于领略了尘世的烦恼 / 时常独自一人喝酒 / 一喝便喝得天昏地暗 / 一喝便喝得月影零乱 / 有时没有酒钱 / 你就脱下紫袍 / 抵押五花马 / 兴高采烈的时候 / 还会赤膊露臂 / 抖抖你长满诗意的肌肉 / 李白啊李白 / 你真让后人美煞你的潇洒 / 然而 / 又有几人知晓你的内心 / 每当我看见你携酒花间 / 寂然独酌 / 有时拔剑四顾心茫然 / 我听见有血溅落花的声音 / …… / 无奈无奈啊 / 那就喝酒吧 / 在杯盏的时光里 / 拥着月亮酣眠 / 那就登山吧 / 在众鸟飞尽的敬亭山 / 让我寂然独坐 / 一片孤云悬挂天边……
>
> ——文生《孤独的诗人——致"诗仙"李白》

> 你的秀口一开 / 盛装的大唐便华丽呈现 / 友情深如桃花潭水 / 饮酒常醉长安的酒家 / 燕山雪大如席 / 阻止了你登临太行的步伐 / 你一急 / 便朝如青丝暮成雪 / 三千丈长的白发 / 从银河中飘下 / 缠绕你茫然的剑法 / 千年悲歌

酿成己一坛失落 / 月光下无人可以倾诉 / 只有月影伴你舞剑长啸 / 你的剑无意之间 / 把历史的真相刺穿 / 只好逃生 / 与青山为伴与江河为伴 / 注定一生飘零如深秋落叶 / 空将平生抱负寄予江海客船 / 以及 / 一片月色一缕清水 / 在岁月的颠簸中 / 你与诗歌比赛 / 在尘埃密布的今天 / 歌声成为夜空中闪烁的星星

——文生《诗人李白》

穿过时间的长廊 / 终点在无法找到的地方 / 行走与寻找相伴的时光 / 与你——一代大师 / 李白相遇 / 相遇在凝霜的月光 / 相遇在中秋的故乡 / 坐下来 / 慢慢怀想离人的远方 / 在古诗的意境里想起 / 月的阴晴圆缺人的悲欢离合 / 以及驿亭外 / 菊花的微笑和幽香 / 我开始放荡想象 / 那菊花微笑的神秘 / 必定存有难以言说的含义 / 心灵与时空的距离 / 相思在某处藏匿 / 李白诗歌使你与我 / 成为生死相依的兄弟 / 在星星闪烁的银河 / 在月光流浪的天堂 / 喝酒唱歌 / 你自恃海量 / 豪饮至今仍然处在 / 一种似醉非醉的状态 / 成为时间的绝版 / 后世把你顶礼膜拜

——文生《中秋致李白》

杜甫你的一生都在奔波 / 为圣上为黎民 / 更为心中的理想 / 因为即使千年之后 / 在你的诗里 / 我依然感受到一颗博大仁爱的心肠 / 诗人啊 / 你用忠诚铸写"三吏""三别" / 你用仁爱温暖草堂和邻里 / 而你自己 / 居无定所一生漂泊 /…… / 在秋雨绵绵的草堂 / 你痛心疾呼安得广厦千万间 / 大庇天下寒士俱欢颜 / 在娇莺啼叫的花径里 / 你手捻胡须享受自然的乐趣 / 当闻说大唐的军队收复失地 / 你漫卷诗书吩咐妻子打酒 / 邀约青春做伴回乡 / 在夔门枣子熟了 / 你让无依无靠的老妇扑打 / 生活早已使她受尽惊吓 /…… / 诗人啊 / 你是如此地热爱生活 / 而生活却使你一生漂泊 / 瘦成骨头 / 站立大唐盛衰的路口 /……

——文生《博爱的诗人——致"诗圣"杜甫》

大唐的深秋一片狼藉 / 你 / 多病的身体艰难地登上高地 / 拄杖而立 / 想

时光浩荡：风急天高猿啸哀／看大江激浪：渚清沙白鸟飞回／你／低头沉思／无边落木萧萧下／你／仰天叹息／吟成劳苦大众的史诗／浊酒一杯家万里／流浪异乡／身子漂泊在大唐的疆土上／朱门酒肉臭／路有冻尸骨／日子漂泊在历史的河流上／时光和辛酸／漂白了你的青衫也漂白了你的双鬓／在夔门／你与毛驴分道而行／毛驴驮着你的诗篇走进了历史／你乘着小舟／继续飘荡在风雨凄凄的大唐／相隔千年之后／在你的诗歌里／我听见了咳嗽的声音／那是你一生消瘦的病根

——文生《站立深秋的杜甫》

　　所以文学史上有"穷而后工"说，"发愤"说，"郁结"说，"愤怒出诗人"之说。艺术家的伟大就在于能够超越现实苦难而进入更高层次的精神领域。我所说的"失败""挫折"含义多多。即有生活的挫折和苦难，更有精神的挫折和苦难，而且后者更为重要。艺术家就是敢于超越挫折和苦难并善于表现挫折和苦难的人。对真正伟大的艺术家来说，失败与挫折是一种激发创造力和斗志力的契机。所以有人把艺术家比作西西福斯式的悲剧人物。歌德在《歌德谈话录》中说："我这一生基本上只是辛苦写作……就好像推一块石头上山，石头不停地滚下又推上去"。因此，我认为艺术家的失败与挫折感既源于生活和个体的成长的烦恼，更有艺术家对自己业已完成的作品的不满和否定。已完成的作品对艺术家来说既是成绩和财富又是枷锁和包袱。还有艺术家对自己未来创作的焦虑和不安。据现代心理学研究显示：艺术家对自己的期望目标都很高，挫折感是指趋向既定目标的行为过程受阻或未达到某种目标时所产生的情绪体验，它包括失望、痛苦、不安和焦虑、烦恼、郁闷等多种情绪。希尔加德等人在其著作《心理学导论》中说："冲突发生在一个人的动机和他的内在标准之间"，"如果所定的目标超越一个人本身的能力，挫折感就是不可避免的"。[①]诺贝尔文学奖获得者T·S艾略特对此有过说法："我想在我眼前，并且如果可能的话，在你们眼前，画出诗剧应努力达到的理想境界，哪怕是只勾出一个模糊的轮廓。这是一个永远

<hr />

　　① 希尔加德等著，《心理学导论》（下卷），北京，北京大学出版社，1987年版。

达不到的理想：正因为如此，它使我感兴趣，因为它能够超越任何可能达到的目标，从而能够刺激进一步的实验和探索"。①心理学家考夫卡说："艺术创造有两极：艺术家为自己定下的目标对他的要求；他实现这些要求的能力。这两极关系包含着尖锐冲突的源泉。他的目标越高，目标对他的要求也就越高，实现这些要求也越困难。所以，我们不难理解为什么伟大的艺术家很难对自己的作品感到满意。他们知道自己无力完全实现自己的目标，满足它的要求"。②在早已异化的现代社会里，固有的价值和信仰在不断地毁灭，真正的诗人陷入了痛不欲生的挫折境地，这就是艺术家的另一个重要的心理或人格特征：失望感与绝望感。

思考与练习：

1. 谈谈你最喜欢的作家并分析其代表性作品。

2. 结合实例，谈谈作家的心理人格特征。

3. 任选老师推荐的一本阅读书，然后写出不少于 2000 字的读书笔记。

4. 作家独特的心理人格对人生的启示。

5. 结合中外文学史上的实例，谈谈你对作家自杀现象的理解。

参考文献与阅读延伸：

1. 杨春时著，《美学》，北京，高等教育出版社，2004 年版。

2. 徐有富著，《诗学原理》，北京，北京大学出版社，2007 年版。

3. 童庆炳主编，《文学理论教程》，北京，高等教育出版社，2008 年版。

4. 余秋雨著，《文化苦旅》，上海　东方出版中心，2001 年版。

5. 谢苍霖、万芳珍著，《三千年文祸》，南昌，江西高校出版社，1991 年版。

6. 弗洛伊德著、青闰译，《梦的解析》，北京，中国城市出版社，2011

---

① 希尔加德等著，《心理学导论》（下卷），北京，北京大学出版社，1987 年版。

② 李普曼编，《当代美学》，北京，光明日报出版社，1986 年版。

年版。

7. 马斯洛著、马良诚等译，《动机与人格》，西安，陕西师范大学出版社，2010 年版。

8. 温梓川著，《文人的另一面》，桂林，广西师范大学出版社，2004 年版。

9. 蒋德均著，《慰心集》，北京，大众文艺出版社，2012 年版。

10. 陈忠强，时东兵主编，《另一种天问》，上海，上海财经大学出版社，2016 年版。

11. 郭维森著，《屈原评传》，南京，南京大学出版社，1998 年版。

12. 林语堂著，《苏东坡传》，北京，作家出版社，1996 年版。

第五章　语言论：文学语言的品质与创新

本章提示：

一、知识教学目标：了解文学语言与日常语言、科技语言的异同。

二、能力教学目标：掌握文学语言的独立性品质特征并运用于文学实践中。

三、素质教学目标：养成尊重并理解文学语言的思维方式和习惯。

第一节　诗歌语言的品质

谈论诗歌（或文学）语言的品质，当然是讨论它与日常语言、科技语言相比较中显示出来的独特性。也就是说诗歌语言的独立性品质及特征是在与同为文学艺术的其他艺术种类的比较中显现出来的。有的学者把诗歌语言的独立性品质及特征叫作诗歌语言内指性特征。

什么是诗歌语言内指性特征？我们认为，内指性特征是文学语言组织的一个普遍的和基本的特征，是文学语言的无须外在验证而内在自足的特征。文学语言并不一定指向外在客观世界，而是往往返身指向它自身的内在文学世界，这与日常语言有着明显的不同。日常语言往往是指向外在客观世界的，要"及物"，要经得起客观生活事实的验证，否则就会被认为是说假话或讲错话。例如有人问你："黄河水从哪里来？"这连小孩子也会知道回答"黄河水从山上来"，或者"黄河水从青藏高原来"，而更具体而准确的可说是"黄河发源于青藏高原巴颜喀拉山脉"。但是，诗人却可以不顾这一客观"事实"而说成"黄河之水天上来"。看起来，李白的这一诗意语言是

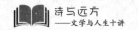
"失真"的，因为它竟违背了一般地理常识；但是，这一有意"失真"的描绘却凸现出黄河的巨大气势和宏伟气象，并使这一描述本身成为有关黄河描述的千古绝响。为什么呢？这是由于，正是这句不顾客观"事实"的极尽夸张和虚构之能的描述，才尽情地展现出黄河在诗人和其他诗人心中留下的真实的震撼性体验。同理，说"白发三千丈，缘愁似个长"，也不符合生活事实，但这样的语言却更能传达诗人内心的极度愁闷。这表明，诗歌语言总是返身指向内在心灵世界的，是内在的自足的。换言之，它总是遵循人的情感和想象的逻辑行事，而并不一定寻求与外在客观事实相符。文学语言的美正是与这种内指性密切相关的。这种诗歌语言内指性特征或独立性特征主要表现在下面几个方面：

首先，诗歌语言作为媒介具有一种不可更易性和不可替代性。一篇叙事类作品，对读者起作用的媒介主要是形象以及承载和表现形象的情节、结构等因素。而诗歌则不然，由于它受其体制短小等方面的制约，它的亮点和价值往往就体现在一句或一字之上，因此，对语言的要求就特别严格。古人写诗有所谓"下一字即关死活，改一字即界判天地"之论。亦有"吟安一个字，捻断数茎须"的创作甘苦。如王安石《泊船瓜洲》中"春风又绿江两岸"作一"绿"字，张先"云破月来花弄影"中作一"弄"字而境界全出，所以有人评价妙在"心与景会，落笔即是"，具有空灵之妙而引人遐想。又如宋祁"红杏枝头春意闹"中的"闹"字，以拟人的手法，写出红杏斗艳竞放争春的热烈气氛和生命力。又如王安石《书湖阴先生壁》中诗句"一水护田将绿绕，两山排闼送青来"。诗歌语言的这种特性使得它在作品中表现出一种不可更易性和不可替代性。在小说中，它的某种意思可以用这样的语言写，也可以用那样的语言写，只要其基本意思不变即可，但在诗歌中，则不可。如王之涣的《登鹳雀楼》有由诗句"白日依山尽，黄河入海流"，语句警拔大气，令人过目不忘，但若改为"白日依山落，黄河入大海"，意思虽没变，但诗味索然。这就是诗歌语言独立性品质所表现出来的一种不可替换性特征。这种特征也是由汉语在语法结构上属于孤立语所规定的，孤立语的主要特点是缺乏词性变化，但是对词的次序要求很严格，不能随便更动，每一个词在句中的位置都是固定的。老舍在《言语与风格》中说："诗中的言语也是创造的，有时候把一字放在那里，并无多少意思，而有些说不出的美妙。"因此，在诗歌创作中，字词句的遣使、调用和安排是对诗人才智的考验。杜甫有"为人性僻耽佳句，语不惊人死不休"之语，贾岛有"两行三年得，一吟双泪流。知音若不赏，归卧故山秋"之痛。文艺复兴时期的卜迦丘对诗歌下了一个非常简洁的定义，诗歌即精致的讲话。美国诗人柯勒律治说得好，所谓诗歌就是对最佳的语词作最佳的安排。诗人艾青在《诗论》中说过："诗是艺术的语言——最高的语言，最纯粹的语言。"诗人兼学者朱自清说过，诗不过是一种语言，一种精粹的语言。当代诗评家谢冕在《诗人的创造》一书中说："诗是文学中的文学，它的语言也可以称为语言中的语言。"诗歌语言必须具有精粹性，在最小的空间里求取最大的容量。这种精粹性的表现之一就是词语与词语组合搭配的神奇与微妙。比如：

　　每天／他推着一车岁月／摆在巷口卖／／坐在盆外／他也是一只空了三十多年的／老花盆／直望着家乡的花与土／／天堂鸟开在楼顶／云开在天边／双目开在遥望里／／一阵警哨过来／他推着越来越沉重的车轮／有人看见他在轻快的口哨声中／滚动铁环

——罗门《卖花盆》

　　诗歌与音乐、绘画相比，诗因它的语言而优越于音乐，同时也因它的语言而优越于雕塑。所以钱钟书在《读〈拉奥孔〉》一文中说："诗歌里渲染的颜色，烘托的光暗可能使画家感到自己的彩色碟破产，诗歌里勾勒的轮廓、刻画的形状可能使造型艺术家感到自己的凿刀和画笔技穷。"[①]如宋代诗人林逋的咏梅诗句："疏影横斜水清浅，暗香浮动月黄昏。"疏影不难画出，暗香则无法画出。而诗歌不仅可以再现"疏影横斜"，而且可以再现"暗香浮动"，将梅花的形态和香气加以综合描述："疏影"是"横斜"在"清浅"的水上，"暗香"则"浮动"于月亮乍起的"黄昏"，这样，诗以

---

　　① 钱钟书著，《读〈拉奥孔〉》，《七缀集》（修订本），上海，上海古籍出版社，1994年版。

它特有的语言魔法，表现出梅花整个从姿容到香气以及它与周围环境的融合而成的那种典雅高洁的韵致。诗歌要求字字精粹凝练独到，追求语言表现的唯一性，它不仅为表现的对象传达的情感寻求最妥帖的字，而且要寻求一个有限的字去表现比一个字更广、更深、更远的内涵，以一字之寡而状世界万态之丰。如杜甫《旅夜书怀》有诗句："星垂平野阔，月涌大江流"。这里的"垂"和"涌"就用得十分精粹独到，星星垂挂于空阔的平野之上，仿佛纷纷飘落的雨点；月亮仿佛不是从天边升起，而是被巨大的江流推涌而起，升上天空。这是一幅波光荡漾的雄浑壮丽的图画，一"垂"一"涌"，把这个星月交辉的夜晚描绘得灵动飞腾，生机盎然。同时，凡有过创作经历的人都有这样的体会，在所有的文体中，诗歌的修改是最困难的。这也从另一个侧面说明了其语言的特殊性品质。

其次，诗歌语言作为媒介工具与承载的内容有机统一的非纯粹性形式特征。一般来说，其他的文学作品的思想观念和情感是凭借着语言而传达给读者或听众的，读者或听众也不必要非常准确地保留这个载体，当思想感情信息被接受后，作为载体的语言便自动隐退，其作用也自动消失，读者或听众若需要复述这一信息，完全可以用自己的语言表达方式去表达。所以，在教学中，我们可以要求学生复述或转述非诗歌类作品，但诗歌则不然。诗歌的语言承载着诗意诗情，它传达给读者或听众，作为载体的语言与所要表达的诗意诗情是共生共灭的，诗意可以复述，诗歌本身不可以复述，只可以朗诵或背诵，也就是诗歌不能抛开原诗的表达形式和方式用读者自己的一套语言方式来表达，否则，他将无法获得诗歌的信息，甚至对诗意诗情一无所获。所以，我们认为诗歌的语言与它所表达的思想、情感信息有着无法分割的有机统一性。从这种意义上讲，诗歌语言已不是一般意义上的纯粹的媒介和载体，而是一种有意味的形式，或者说，语言即内容，作为形式的语言承担着形式与内容的双重功能，诗歌语言的存在本身就是一种有意义、有意味的存在，它不仅以显示意义的信息传达为满足，而且还要以启迪人的思维为目的，它能使读者获得语言所提供的字面意义以外的更多的意义，即言外之意，弦外之音，象外之味，韵外之旨。美学上著名的"卡西尔—朗格的情感形式理论"告诉我们，艺术在本质上是人类情感的表现形式，情感与形式之间具有一种对应关系，唯其如此，艺术家在表现特定的情感体验时就要选择相应的形式来表达，这种特定的情感经过艺术的"赋行"而完成。在这个"赋行"过程中艺术突出了人的情感和生命力。所以，苏珊·朗格认为，艺术的本质在于这种情感形式，也就是生命的形式。苏珊·朗格在《艺术问题》一书中说：

　　艺术品是将情感（指广义的情感，亦即人所能感受到的一切）呈现出来供人观赏的，是由情感转化成的可见的或可听的形式。它是运用符号的方式把情感转变成诉诸人的知觉的东西，艺术形式与我们的感觉、理智和情感生活所具有的动态形式是同构的形式，正如詹姆斯所说的，艺术品就是"情感生活"在空间、时间或诗中的投影，因此，艺术品也就是情感的形式或是能够将内在情感系统地呈现出来供我们认识的形式。……艺术形式是一种比起我们迄今所知道的其他符号形式更加复杂的形式。……我们这里所说的形式，就是人们所说的"有意味的形式"或"表现性的形式"，它并不是一种抽象的结构，而是一种幻象。在观赏者看来，一件优秀的艺术品所表现出来的富有活力的感觉和情绪是直接融合在形式之中的，它看上去不是象征出来的，而是直接呈现出来的。形式和情感在结构上是如此一致，以至于在人们看来符号与符号表现的意义似乎就是同一种东西。正如一个音乐家兼心理学家说的："音乐听上去事实上就是情感本身"，同样，那些优秀的绘画、雕塑、建筑，还有那些相互达到平衡的形状、色彩、线条和体积等等，看上去也都是情感本身，甚至可以从中感受到生命力的张弛。[①]

　　苏珊·朗格在《情感与形式》一书中说：

　　语言这种能力确实十分惊人，仅仅是它们的发音就往往能影响人们关于词汇原意的情感。有韵的句子的长短同思维结构长短之间的关系，往往能使

───────────

① 苏珊·朗格著，《艺术问题》，北京，中国社会科学出版社，1983年版。

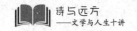

思想变得简单或复杂，使其中的内涵观念更加深刻或浅薄直接。①

恩斯特·卡西尔在《语言与神话》一书中说：

我们日常的语言不仅具有概念的特征和意义，而且还具有直觉的特征和意义。我们常用的词汇不仅仅是一些语义符号，而且还充满着形象和特定的情感。它们不仅诉诸我们的感情和想象——它们还是诗意的或隐喻的词组，而不只是逻辑的或"推理的"词组。……如果从发生学的观点看，我们必须将人类言语具有的这一想象的和直觉的倾向视为言语的最基本和最重要的特征。②

如杜甫的《江南逢李龟年》：

岐王宅里寻常见，崔九堂前几度闻。

正是江南好风景，落花时节又逢君。

按照字面来理解，这首诗很简单，完全是一首交游应酬诗。讲诗人与李龟年的交往过程。但仔细一品味就会发现，诗歌将"寻常见""几度闻"与"又逢君"联系起来，寄托了无穷的伤感。这个"落花时节"既实指自然时间，又暗指大唐经历"安史之乱"后的景状，同时也寄托了人生的迟暮之感。写此诗时杜甫已是"亲朋无一字，老病有孤舟"，这其中的滋味，恐怕只有诗人自知了。

我们说过，艺术创作的过程就是一个构形的过程，是无形到有形，是混乱到有序，是杂多到统一，是平庸到奇崛的过程。因此，所谓艺术家从某种意义上讲就是形式的发现者和创造者，艺术家就应具有这种发现和创造与生命、自然相对的艺术形式的本领，将平常、平凡的东西变得富有诗情画意。

---

①苏珊·朗格著，《情感与形式》，北京，中国社会科学出版社，1986年版。

②恩斯特·卡西尔著，《语言与神话》，北京，生活·读书·新知三联书店，1988年版。

如废名的小诗《街头》：

行到街头乃有汽车驶过／乃有邮筒寂寞／邮筒 PO／乃记不起汽车的号码×／乃有阿拉伯数字寂寞／汽车寂寞／大街寂寞／人类寂寞

在这里动的汽车与静的邮筒所构成的街头印象，在诗人心中唤起莫名的寂寞，一种喧嚣熙攘纷乱中的寂寞，其实是诗人内心的寂寞。非常普通的语言经过分行排列组合，构成了富有诗意的形式，这就是艺术的神奇之处。又比如顾城的《感觉》：

天是灰色的／路是灰色的／楼是灰色的／雨是灰色的／／在一片死灰之中走过两个孩子／一个鲜红／一个淡绿

诗人以其简约浅显的语言重复，经过别具匠心的组合安排，别具诗情画意，形成鲜明的对比，给人以强烈的视觉感受。所以，形式作为一个美学范畴，历来受到艺术家、美学家的高度重视。德国哲学家恩斯特·卡西尔在《人论》中说：

艺术家是自然的各种形式的发现者，正像科学家是各种事实或自然法则的发现者一样，各个时代的伟大艺术家们全都知道艺术的这个特殊任务和特殊才能。……因为对事物的纯粹形式的认识绝不是一种本能的天赋、天然的才能。我们可能会一千次地遇见一个普通的感觉经验的对象而却从未"看见"它的形式；如果要求我们描述它的不是它的物理性质和效果，而是它的纯粹的形象化的形态和结构，我们就仍然会不知所措。正是艺术弥补了这个缺陷。在艺术中我们是生活在纯粹形式的王国而不是生活在对感性对象的分析解剖或对它们的效果进行研究的王国中。①

①恩斯特·卡西尔著，《人论》，上海，上海译文出版社，1985 年版。

因此，在哲学上有一个观点，即形式是我们认识并理解世界的范畴，没有它，客观世界将是无法理解的。所以，在英国美学家克莱弗·贝尔看来，艺术的形式是艺术家用来传达审美情感的，于是，形式与审美情感之间便有了某种对应关系。同样，当这些审美情感被熔铸于特定的艺术形式之中后，它便会唤起读者相应的审美情感。克莱弗·贝尔在《艺术》一书中说：

一切艺术问题（以及可能与艺术有关的任何问题）都必须涉及某种特殊的感情，而且这种感情（我认为是对终极实在的感情）一般要通过形式而被知觉到。然而这种感情从本质上说还是非物质的，我虽然无绝对把握，也敢断定：这两个方面，即感情和形式，实质上是同一的。[①]

进入 20 世纪以来，西方文学界从现代语言观有关语言是人的生存方式的新认识出发，认为语言在文学中主要是创造意义的场所。不再是意义简单地体现语言并决定语言，而是意义在语言中被创造出来。英国学者伊格尔顿对这种新认识有如下描述：

从索绪尔和维特根斯坦直到当代文学理论，20 世纪的"语言学革命"的特征即在于承认，意义不仅是某种以语言"表达"或"反映"的东西：意义其实是被语言创造出来的。我们并不是先有意义和经验，然后再着手为之穿上语词；我们能够拥有意义和经验仅仅是因为我们拥有一种语言以容纳经验。而且，这就意味着，我们的作为个人的经验归根结底是社会的；因为根本不可能有私人语言这种东西，想象一种语言就是想象一种完整的社会生活。[②]
……
语言，连同他的问题、秘密和含义，已经成为 20 世纪知识生活的范型与

①克莱弗·贝尔著，《艺术》，北京，中国文联出版公司，1984 年版。

②伊格尔顿著，伍晓明译，《二十世纪西方文学理论》，西安，陕西师范大学出版社，1986 年版。

专注的对象。^①

这就等于说，并不是作家头脑里先有了文学意义，然后用语言去使之
"物态化"了事，而是文学就由语言构成，在语言中构成。如果离开了语
言，就不可能有文学。当代西方文学理论大谈"语言"，把它作为"中心问
题"从多方面加以研究，正是基于这种迥异于传统语言观的新语言观和新视
野。同时，伊格尔顿再次把维特根斯坦的著名论断"想象一种语言就是想象
一种生活形式"的命题加以改造，提出"想象一种语言就是想象一种完整的
社会生活"的新命题，揭示了语言所具有的社会性。这就赋予文学中一种比
意义更为根本的地位。人们越来越认识到，语言在文学中并不是表达意义的
简单或次要的工具，而是创造意义的东西；不是先有意义然后你再用语言表
达出来，而是意义由语言创造出来；文学中的语言既能再现社会现实状况，
又能再现社会的语言状况。诗歌创作中的语言运用与此同理。在我国只有进
入 20 世纪 80 年代以来，在开放条件下的中国文学界才有可能普遍的觉醒起
来，重新反思苏联文学语言观的得与失，认识到有必要使语言在文学中的第
一地位真正确立起来。汪曾祺在 1987 年说的一段话具有一定代表性：

中国作家现在很重视语言。不少作家充分意识到语言的重要性。语言不
只是一种形式，一种手段，应该提到内容的高度来认识……语言不是外部的
东西。它是和内容（思想）同时存在，不可剥离的。语言不能像橘子皮一
样，可以剥下来，扔掉。世界上没有没有语言的思想，也没有没有思想的语
言。往往有这样的说法：这篇小说写得不错，就是语言差一点。我认为这种
说法是不能成立的。我们不能说这首曲子不错，就是旋律和节奏差一点；这
张画画得不错，就是色彩和线条差一点。我们也不能说：这篇小说不错，就
是语言差一点。语言是小说的本体，不是附加的，可有可无的。从这个意义
上说，写小说就是写语言。小说使读者受到感染，小说的魅力之所在，首先

①伊格尔顿著、伍晓明译，《二十世纪西方文学理论》，西安，陕西师范大学出版社，
1986 年版。

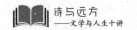
是小说的语言。但小说的语言是浸透了内容，浸透了作者的思想的。我们有时看一篇小说，看了三行，就看不下去了，因为语言太粗糙。语言的粗糙就是内容的粗糙。①

这段话包含了丰富的思想，其中有几点是值得注意的：第一，他认为中国作家现在已很重视语言，这表明苏联文学语言观在中国文学界的消极思想和影响正在被清除；第二，他指出语言在文学中不仅是形式而且也是内容，这突破了语言即工具的传统看法，赋予语言实质性的地位；第三，他强调语言与内容和思想同时存在，不可剥离，这抛弃了过去关于语言仅仅是内容的外壳和修辞的看法，提出了语言与内容具有同等重要的地位并且相互共生而不可分离的思想；第四，它进一步主张语言是文学的本体，这就把语言位置放到文学的根本地位上；第五，他提出"写小说就是写语言"的口号，真正地表明了一种以语言为文学的第一要素的坚定立场。这些从作家写作实践中总结出来的语言观，对于我们把握语言在文学中的地位是有启迪意义的。

在文学本体中，一方面，语言是意义的生长地，语言使意义得以生成。没有语言便没有意义。而另一方面，意义的生长始终通过语言、不离语言、与语言不可须臾分离。如果离开了语言，意义便失去了存在的可能。不存在没有语言的意义，正像不存在没有意义的语言一样。语言与意义如同一个铜板的两面。语言大师老舍曾说：

我们总是一提到作品，也就想到她的美丽的语言。我们几乎没法子赞美杜甫与莎士比亚而不引用他们的原文为证。所以，语言是我们作品好坏的一个部分，而且是一个重要部分。我们有责任把语言写好！我们的最好的思想，最深厚的感情，只能被最美妙的语言表达出来。若是表达不出，谁能知道那思想与感情怎样的好呢？这是无可分离的、统一的东西。②

---

① 汪曾祺著，《中国文学的语言问题》，《汪曾祺文集·文论集》，南京，江苏文艺出版社，1993 年版。

② 老舍著，《关于文学的语言问题》，《出口成章》，北京，作家出版社，1964 年版。

"最好的思想，最深厚的感情"只能用"最美妙的语言"表达出来，两者之间相互统一，不能分离。这就是语言与意义具有的不可剥离、相辅相成的统一关系。从这一理论出发，自由体诗歌的诞生与流行自有其社会的、文化的、文学的必然性。正如新文化先驱者之一胡适在《谈新诗》中说：

形式上的束缚，使精神不能自由发展，使良好的内容不能充分表现。若想有一种新内容和新精神，不能不先打破那些束缚精神的枷锁镣铐。因此，中国近年的新诗运动可算得是一种"诗体的大解放"。因为有了这一层诗体的解放，所以丰富的材料、精密的观察、高深的理想、复杂的感情，方才跑到诗里去了。[1]

我们之所以强调语言的重要性，强调诗歌是一种语言的艺术，正是因为语言对客体世界不是简单的复制和模仿，而是由语言创造出另一个世界，这是一个具有创造性的精神世界，在这个世界里体现着诗人和人类的寄托和幻想以及人类的奥秘。所以，评论家汪政说："对作家来说，语言观就是文学观，可以毫不夸张地说，一个作家的语言观包括了他的文学创作的所有秘密。"[2]

最后，诗歌语言独立性品质还表现在它的不可翻译性或曰抗译性特征上。关于同一语言或不同语言之间，诗歌是否具有可翻译性，在学理上是存在争论和分歧的。我们认为诗歌语言一般来说具有可翻译性但存在抗译性。正如美国诗人柯勒律治说："诗歌的语言是无法在同一语言内进行翻译而不损失其意义的。"法国文豪歌德、美国诗人罗伯特·弗洛斯特等均在他们的文章中有过论述诗歌语言的不可翻译性。这种不可翻译性既体现在不同语种之间，也体现在同一语种之内，所以，我们认为诗歌是免译的或抗译的。今天，我们阅读到的无论是外文诗译成中文诗，还是古代诗译成现代诗，即使

---

①胡适著，《谈新诗》，《胡适文集》第二卷，北京，北京大学出版社，1998年版。

②毕飞宇、汪政著，《语言的宿命》，《南方文坛》广州，2002年第4期。

是最精确、最精美的翻译，也是无法也不可能完整地体现原诗的神韵和风貌的。在我看来，对古代诗的翻译，最多达到的也只是原诗的释词串讲或大意的散文式的复述。前面我们已经阐述过了对诗歌的欣赏必须建立在原诗自己的语言结构体系上，只能朗诵、玩味、体悟，不能采用复述、转陈的方式来欣赏诗歌，否则将破坏原诗的语言结构体系和韵味。诗歌语言的不可翻译性或抗译性特征可以以 20 世纪意象派大师庞德的《汉诗译卷》为例来说明。庞德在偶然的机会读到中国古诗，便迷上它，并认为西方现代诗歌的出路就在于向中国古诗学习。于是，他亲自翻译了几十首古代诗歌，集为《汉诗译卷》。我们随便撷取其中的译诗就会发现译诗与原诗在诗意、韵味、结构等方面差异甚大，甚至诗味丧失殆尽。如李白的《送友人》有"浮云游子意，落日故人情"。

英译为：

Mind like a floating wide cloud,

Sunset like the parting of old acquaintances.

如果转译为汉语就是："心思像四处漂浮的云，落日像老朋友的临别。"

如果由李白原诗译成现代白话诗，其结果也大体如此。而李白原诗的精巧韵味，深厚意蕴也就丧失殆尽，惨不卒读了。

又如语言大师、著名翻译家吕叔湘译著的《英译唐人绝句百首》一书被翻译界公认为是不可多得的精品译作。但我们随便选取一首，将原诗与译作进行对比，就会发现不少问题。

如孟浩然的《春晓》：

春眠不觉晓，处处闻啼鸟。

夜来风雨声，花落知多少？

英译为：

I awake light-hearted this morning of spring,

Everywhere round me the singing of birds—

But now I remember the night, the storm,

And I wonder how many blossoms were broken.

又如柳宗元的《江雪》：

千山鸟飞绝，万径人踪灭。

孤舟蓑笠翁，独钓寒江雪。

英译为：

A hundred mountains and no bird,

A thousand paths without a foot print.

A little boat, a bamboo cloak,

An old man fishing in the cold river-snow.

下面我们再以李白的《玉阶怨》及它的英文译本为例进行分析。

玉阶生白露，夜久侵罗袜。

却下水晶帘，玲珑望秋月。

英文译本公认的最佳译文为：

On marble steps white dew grows,

Deep in the night, it soaks silk stockings,

Yet she lowers the crystal curtain

Glittering—to gaze at the autumn moon.

显然，李白的《玉阶怨》具有中国古典绝句特有的组织和张力，它来自于语言文字的巧妙组合，充分利用了规定文字格式以外的"空白"，给读者提供了一个意境空灵并有足够想象驰骋的天地，诗人借"有限之象"传达出

"无穷之意"。读者在涵咏之中能够体会到诗歌语言所描绘的秋夜澄澈轻寒的情致,以及因季节暗移而生的一丝丝薄愁和通体皎洁晶莹的意象。至于诗中的抒情主人公是谁?"玲珑"一词多义,指月还是指人或者还有其他含义?这一切都给诗歌带来了朦胧,也给读者带来了无穷的想象空间。而在英语译文中,中国古典诗歌在语言文字格律上的张力消失殆尽,原诗的魅力因此而失。译文中,由于"She"的增加,抒情主人公的形象确定了,诗歌的韵味大大减损,但在英语中,这个"She"又是语法要求上不可缺少的。译文中以"Glittering"对译"玲珑",原诗中阴柔清幽的氛围一扫而光,取而代之的是珠光宝气的逼人夺目。这种意境绝不是李白原诗的韵味,也不符合中国古典诗歌含蓄蕴藉典雅的主体风格。随之而来的是原诗中静夜里邈远的情思与玲珑幽雅的环境间的和谐也变了样,读者看到的是另一番图景,感受到的是另一种格调。"玲珑"作为《玉阶怨》的"诗眼"也不复存在,当然,作为统摄中国古典诗歌特有的张力也就无法显现出来了。此外,译文的韵律与原诗也不相同,原诗为双句仄韵,译文是对句韵。

为什么诗歌语言在不同语种之间具有抗译性呢?现代语言学理论告诉我们,汉语与英语(或其他语种)分别属于不同的语言体系,具有各自独立的语音、语法、结构、词义、表达方式等一系列的特性,尽管思维能力是全人类共同的,但语言是各民族不同的。加之,不同国家,不同民族长期以来形成的民族文化、民族心理、性格、习俗等差异,必然导致对同一首诗作的不同理解和发现。从语法结构上区分,汉语属于孤立语,它缺乏词形的变化,但对词序的要求严格,不能随意变动,词序的作用突出;同时,在语法上没有时态之分,但有主动、被动的语态之分;没有数格、词性之分,但强调词义的感情倾向,因此,汉语写作特别追求选词炼句,将最佳词性、最佳读音、最佳词义的词语放在最佳的位置,组成最佳的词序和层次,讲究一句之中语素、词汇的最佳配合,一段之中句与句的最佳配合。如古人所说:诗篇以炼意为上,炼意又须篇中炼句,句中炼字。而英语、俄语、德语、法语等曲折语是以词形的丰富变化来表示词与词的复杂关系。所以,不同语种的诗歌具有抗译性在学理上是有根据的。为什么同一语种的诗歌也具有抗译性呢?我们认为古代汉语与现代汉语尽管属于同一语种，但它们在字、词、句以及意义、语法、结构、表达方式等方面仍然是不同的两套体系，加之，古代与今天的社会、文化、风俗、情感、心理等诸多因素的变化，导致了古代诗歌与现代诗歌的不可互译。如徐放先生的《唐诗今译》，马世一编著《历代律诗三百首译析》可谓用心尽力，但确有得不偿失的遗憾。著名学者、诗人韦苇主编的《小学生必背古诗词》中的诗词译文也有此弊。对古代诗词的欣赏最多只能作字、词、句、篇章、结构、音韵、手法等方面的知识性与学理性的讲解，但其中的诗韵诗味是无法用现代白话加以传达，如陶渊明所说："此中有真意，欲辩已忘言"。这其中的韵味信息只能有读者用心去体会感悟，所以，对古代诗歌的欣赏的最佳方式就是熟读成诵，铭记在心，用心感悟，反复品味，方可得其真味和真谛。

诗歌作为文学艺术王冠上的明珠，以其特有的艺术魅力和美学追求，千百年来滋润着人们的心灵，随着时光的推移，诗歌艺术本身也在发生着不断地变化，诗歌语言作为其存在的形式和方式必然有其固有的规范和法则，这种语言的独立性品质在诗歌的诸形式因素中具有无可争辩的特殊地位。在读图时代的今天，诗意被放逐，韵味在流逝。现代技术日益强大的复制能力正扼杀并毁弃着艺术，它撕去了"存在"的面纱，一切都在"祛魅"。因此，认识、研究并把握这种独立性品质及其特性，无论对诗歌创作还是诗歌欣赏都具有十分重要的意义。

推而广之，其他文体的文学语言又何尝不是如此呢！

第二节 文学语言的创新

一、何谓创新

创新就是创新主体通过新发现、新发明、新创造、新设计，以更准确地把握客观世界，满足人类自身需求，实现人类社会发展的实践活动。

我们理解创新，要明白创新主体、创新形式、创新目的、创新方法以及创新性质等。为了加深理解，这里可以结合李白的《蜀道难》、陈子昂的《登幽州台歌》；李煜、欧阳修、秦观、贺铸、李清照等写"愁"的词来拓展和讨论。其实，在这个世界上，真正意义上的创新尤其是思想理论的是很难的。所以，荷尔德林感慨；人类至今，很多思想观念尚未超越"轴心时代"。因此，我常感慨：科学技术进步很快，人心智商进步很慢。诸君若不信，我们以陈子昂的《登幽州台歌》"前不见古人，后不见来者。念天地之悠悠，独怆然后涕下。"为标准，今天，又有几人做到了"前不见古人，后不见来者"？由此可见，真正意义上的创新，何其艰难！

请同学们比较下列写"愁"的几首诗词的异同，并指出它们各自的特点。

春花秋月何时了？往事知多少。小楼昨夜又东风，故国不堪回首月明中。　　雕栏玉砌应犹在，只是朱颜改。问君能有几多愁？恰似一江春水向东流。

——南唐·李煜《虞美人·春花秋月何时了》

庭院深深深几许，杨柳堆烟，帘幕无重数。玉勒雕鞍游冶处，楼高不见章台路。　　雨横风狂三月暮，门掩黄昏，无计留春住。泪眼问花花不语，乱红飞过秋千去。

——宋·欧阳修《蝶恋花·庭院深深深几许》

槛菊愁烟兰泣露，罗幕轻寒，燕子双飞去。明月不谙离恨苦，斜光到晓穿朱户。　　昨夜西风凋碧树，独上高楼，望尽天涯路。欲寄彩笺兼尺素，山长水阔知何处？

——宋·晏殊《蝶恋花·槛菊愁烟兰泣露》

梦后楼台高锁，酒醒帘幕低垂。去年春恨却来时。落花人独立，微雨燕双飞。　　记得小苹初见，两重心字罗衣。琵琶弦上说相思。当时明月在，曾照彩云归。

——宋·晏几道《临江仙·梦后楼台高锁》

水边沙外。城郭春寒退。花影乱，莺声碎。飘零疏酒盏，离别宽衣带。人不见，碧云暮合空相对。　　忆昔西池会。鹓鹭同飞盖。携手处，今谁在。日边清梦断，镜里朱颜改。春去也，飞红万点愁如海。

——宋·秦观《千秋岁·水边沙外》

寻寻觅觅，冷冷清清，凄凄惨惨戚戚。乍暖还寒时候，最难将息。三杯两盏淡酒，怎敌他、晚来风急！雁过也，正伤心，却是旧时相识。　　满地黄花堆积，憔悴损，如今有谁堪摘？守着窗儿，独自怎生得黑！梧桐更兼细雨，到黄昏、点点滴滴。这次第，怎一个愁字了得！

——宋·李清照《声声慢·寻寻觅觅》

凌波不过横塘路，但目送、芳尘去。锦瑟华年谁与度？月桥花院，琐窗朱户，只有春知处。　　飞云冉冉蘅皋暮，彩笔新题断肠句。试问闲情都几许？一川烟草，满城风絮，梅子黄时雨。

——宋·贺铸《青玉案·凌波不过横塘路》

……

二、为何创新

江泽民同志说："创新是一个民族进步的灵魂，是一个国家兴旺发达的不竭动力"。

建设创新型国家的思想战略在党的十六届五中全会中首次提出，国家创新体系的建立，到2020年建立创新型国家。为了实现进入创新型国家行列的奋斗目标，从国家层面倡导：（一）实施正确的指导方针，努力走中国特色自主创新道路；（二）坚持把提高自主创新能力摆在突出位置，大幅度提高国家竞争力；（三）深化体制改革，加快推进国家创新体系建设；（四）创造良好环境，培养造就富有创新精神的人才队伍；（五）发展创新文化，努力培育全社会的创新精神。建设创新型国家，核心就是把增强自主创新能力作为发展科学技术的战略基点，走出中国特色自主创新道路，推动科学技术的跨越式发展；就是把增强自主创新能力作为调整产业结构、转变增长方式的中心环节，建设资源节约型、环境友好型社会，推动国民经济又快又好发展；就是把增强自主创新能力作为国家战略，贯穿到现代化建设各个方面，激发全民族创新精神，培养高水平创新人才，形成有利于自主创新的体制机制，大力推进理论创新、制度创新、科技创新，不断巩固和发展中国特色社会主义伟大事业。习近平总书记《在中国科学院第二十次院士大会、中国工程院第十五次大会、中国科协第十次全国代表大会上的讲话》中指出："党的十九大确立了到 2035 年跻身创新型国家前列的战略目标，党的十九届五中全会提出了坚持创新在我国现代化建设全局中的核心地位，把科技自立自强作为国家发展的战略支撑。立足新发展阶段、贯彻新发展理念、构建新发展格局、推动高质量发展，必须深入实施科教兴国战略、人才强国战略、创新驱动发展战略，完善国家创新体系，加快建设科技强国，实现高水平科技自立自强。"[①]

在西方发达国家，有"创意国家"概念及其"创意战略"一说。

所有的创新，文化是魂。文学是一切艺术之母，是其他艺术创新的基础。文学的生命力在于创新。

文学的创新是一个民族创新精神和创新能力的重要体现。"文学的第一要素是语言。"因此，文学的创新最为显著的标志就是语言的创新。语言的创新其实就是文学的创新，因为语言与思想、情感、意念等融为一体无法分割的。高尔基的话道出语言在文学写作中的重要性。其实，其他文体的写作也不例外。我国当代著名作家汪曾祺在语言创新方面有过大量论述和创作实践并取得了巨大成功就是实例，莫言能成为中国第一位获得诺贝尔文学奖就是事例。因此，文学及其语言的创新是历史与现实的要求，是文学及语言发展的必然。

三、如何创新

本来应该从创作主体的生活积累、人格修炼和专业修养及具体操作四个

[①]习近平《在中国科学院第二十次院士大会、中国工程院第十五次大会、中国科协第十次全国代表大会上的讲话》，北京，《人民日报》2021 年 5 月 29 日。

方面加以讲解，但这里我们只从作家主体人格修炼和具体操作方法两个层面来讨论这个问题。其他问题留与课外自学解决。

（一）写作主体

何谓写作主体？即写作者。要写出好文章或创作出优秀作品，写作主体就应当自觉意识到在人格修炼、生活积累等方面加以注意的问题，主动作为，力求精进。在写作主体人格修炼方面，古今中外皆有不少论述，值得我们继承与借鉴。

孔子云："言之无文，行而不远。""情欲信，辞欲巧。"提出了"文质彬彬"的主张。

孟子曾在《孟子·万章》中说："颂其诗，读其书，不知其人可乎？"

孟子曾在《孟子·公孙丑》中提出"知言养气"说。孟子所谓养气其实就是作家的一种人格修炼。所谓"浩然之气"其实就是一种昂扬向上的精神状态，一种因相信自己的言行符合天地正义而产生的坚定自信，这是一种极高的人格修养的理想境界。这就是后来人们讨论的"为人与为文"的关系问题。所以，我们要求"为人贵直，为文贵曲"。

刘勰在《文心雕龙》中分别在《原道》《神思》《养气》等篇章中论述了作家思想情感、人格修养与创作的关系。

唐代韩愈在《答李翊书》、苏辙在《上枢密韩太尉书》、李贽在《焚书·童心说》等文章中也论及作家人格修养与作文的关系。比如，韩愈在《答李翊书》中认为"仁义之人，其言蔼如"。他认为作者的道德修养是根本，言辞文章是德行的外在表现，有什么样的道德修养工夫，就有什么样的文章表现。于是韩愈叮嘱后学要强根固本，修身养性，坚定信念。他说："气，水也；言，浮物也。水大而物之浮者大小毕浮；气之与言犹是也，气盛则言之短长与声之高下者皆宜。"（即"气盛言宜"说）。

"气"——作者的精神状态。

"气盛"——指对所言说的对象既要充满自信、情感强烈，有高屋建瓴之势，又经过作者深思熟虑，情思酣畅，沛然有余，便是所谓"气盛"。若具有此种精神状态，则遣词造句时声调之抑扬顿挫，句式之长短急缓，便自然合宜得体。

如何"气盛"？韩愈主张"不可以不养也，行之乎仁义之途，游之乎《诗》《书》之源"。

同时，韩愈主张务去陈言滥调。"唯陈言之无务去，嘎嘎乎其难哉！"要"自树立，不因循"。向先贤学习，"师其意而不师其辞"。

明代李贽《焚书·童心说》认为，具有童心，才是真人，才能写出真文。"天下之至文，未有不出于童心焉者也。"何谓"童心"？"夫童心者，绝假纯真，最初一念之本心也。"并且认为，作者性格不一，写出的作品风格不一。"性格清澈者，音调自然宣畅；性情舒徐者，音调自然舒缓；旷达者自然浩荡；雄迈者自然壮烈；沉郁者自然悲酸；古怪者自然奇绝。有是格便有是调，皆情性自然之谓也。"（《读律肤说》）

胡适1917年1月在《新青年》发表《文学改良刍议》提出"八事"主张：

1. 须言之有物；2. 不模仿古人；3. 须讲究文法；4. 不作无病之呻吟；5. 务去滥调套语；6. 不用典；7. 不讲对仗；8. 不避俗语俗字。

我国文学界在20世纪80年代以来，在反思的基础上，语言意识得以普遍觉醒，逐渐树立了语言是文学的第一要素和第一地位的语言观念。

特别是20世纪以来，西方文学界从现代语言观有关语言是人的生存方式的新认识出发，认为语言在文学中主要是创造意义的场所。因此，将语言的重要性提升到意义层面，具有划时代的意义。

比如海德格尔就说过，"语言是人类生存的家园"。

又比如英国美学家伊格尔顿曾说："想象一种语言就是一种完整的社会生活。"

（二）具体方法

1. 偏离语法常规

为了交际或交流，语法学为我们规定了一套组合逻辑，即词与词组合成词组或句子的规则。逻辑学规定了一套思维的形式及其规律。但是就汉语本身讲，它并不像语法学和逻辑学所认为的那样单一和简单，它是个庞大的系统，其中有的就是从形式与语法、逻辑的对立来显示它的特点的。这种与语法、逻辑对立的语言形态就是我们所讲的偏离常规语法语言，也就是陈望道先生在《修辞学发凡》中说的那种超脱寻常文字、寻常文法以及寻常逻辑而形成的新的语言形态。

汉语属于孤立语，在汉语语法里，形态学问题不多，而造句方法却相当灵活且多变。汉语和印欧语系不同，正像王力先生在《中国语法理论》中所讲，西洋的语法是"法治"的，汉语的语法是"人治"的。汉语最大的特点是注重功能、内容、意会。从这方面讲，汉语中的艺术化语言就比其他语言要丰富而且多变。在汉语中，符合语法规范的语言和对语法偏离的语言形成了一个辩证的统一体。就句子内部搭配看，语法要求主谓语不可随意搭配，但又可以使用比拟和比喻等手法超脱这种常规。创新语言就在这种对语法偏离的追求中显示它的无穷魅力和强大优势。我们知道，语言的组合和运用有其自身所遵循的语法规则，我们把这种规则叫作"定法"或"常法"。但是，创新语言不同，它所遵循的是"变法"或"活法"，它在句法与语法上常常形成相背离或偏离的态势，即具有对语法的偏离或违规。创新语言的创造往往遵循"定法"或"常法"而又必须超越"定法"或"常法"，常常是有法而又无定法。在"变法"或"活法"中去获得一种意外效果。这种"活法"的根源在于写作主题的"心活"，由"心活"而产生句法之活，形成语言之活。从而实现作家的审美追求和审美目标，使平常的语言文字富有弹性和张力。所以，语言之活在于作家的心灵与思维之活。因此，郎廷槐说："法在心头，泥古则死。"（郎廷槐《师友诗传录》）朱廷珍说："妙法活法，在吾方寸。"（朱廷珍《筱园诗话》）

比如李曙白的《高山人家》：

两三件／白云／挂在晾竿上／七八畦／韭菜／绿在山泉边／小鸡争米／啄进／松风半瓢／大碗劝酒／斟出／星斗一斛

在这首诗里，词语的配搭是不符合语法常规的，在语义上也是不符合事理逻辑的。但恰恰是这种偏离语法常规的配搭得到了一种特殊的效果，使诗歌富有特别的意味。（可以按词语常规搭配来对比讲授，看看效果如何？）

那么，我们在写作的时候，可以从那些方面偏离语法常规呢？

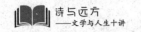
我们认为，可以主要通过词语的超常组合和变化词序来偏离语法常规。

（1）词语的超常组合。词语的组合搭配一般是约定俗成的，具有一定的稳定性，但在写作时，作者为了表达的需要，往往使词语之间的组合搭配超越语法常规。这种超常组合往往借助与各种修辞手法的成功运用来实现。

比如台湾诗人郑愁予的名篇《错误》：

我打江南走过 / 那等在季节里的容颜如莲花的开落 // 东风不来，三月的柳絮不飞 / 你的心如小小的寂寞的城 / 恰若青石的街道向晚 / 跫音不响，三月的春帷不揭 / 你的心是小小的窗扉紧掩 // 我达达的马蹄是个美丽的错误 / 我不是归人，是个过客

郑愁予的诗深得中国传统诗词的韵味。这首诗就有很浓的古代怨妇诗的韵味。一位可爱的少女在等"我"，等"我"重温旧梦。此诗最大亮点是最后一节异军突起，在"错误"前面冠以形容词"美丽"予以修饰，"错误"与"美丽"的组合，突生无穷韵味。这是全诗的要紧处。如果从正常的词与词的组合搭配讲，这是不规范的。然而诗人追求的是更高的与众不同的创新规范，表达的是难以言说之义，收获的是一种意想不到的效果，给读者的期待造成一种意外惊喜。

又如人民文学出版社 1962 年 10 月版的老舍的《骆驼祥子》第 25 页第二自然段这样写祥子死里逃生后感受：

看看身上的破衣，再看看身后的三匹脱毛的骆驼，他笑了笑。就凭四条这么不体面的人与牲口，他想，居然能逃出危险，能又朝着太阳走路，真透着奇怪！

简析：人的异化，人与动物等同，暗示社会的黑暗与生活的艰辛。也预示了祥子必然的悲剧命运。

（2）变化语序。变化语序，在写作中成了创新炼句的常用特殊手段。

汉语属于孤立语，在语法结构上有其自身的特点和规定。它缺乏词性与时态的变化，但对词序的要求很严格，词序的改变往往带来意义的巨大变化，可以收到意想不到的审美效果。比如：

轻轻的我走了，／正如我轻轻地来；／我轻轻地招手，／作别西天的云彩。

——徐志摩《再别康桥》

简析：诗人想表达的，是告别康桥时的"轻轻的"感受。于是，在第一个诗行中，"轻轻地"一词，作状语前置。作用有二：一是为了侧重，恰当地表达了诗人与康桥难以割舍的那种满蕴着温柔又微带着忧愁的离情别绪。二就音乐性而言，起到了节奏的匀称和均衡的作用。如果第一行改为"我轻轻地走了"，就失去了诗的情味与韵味。

在古诗词中，词序变化更为常见。比如：

春眠不觉晓，处处闻啼鸟。
夜来风雨声，花落知多少？

——唐·孟浩然《春晓》

去年元夜时，花市灯如昼。月上柳梢头，人约黄昏后。
今年元夜时，月与灯如旧。不见去年人，泪湿纯衫袖。

——宋·欧阳修《生查子·元夜》

在上列例子中，"花落知多少"本应是"知多少花落"，该句将语序变化，使其音韵和谐，读来朗朗上口。后者中的"人约黄昏后"本应是"约人黄昏后"或"黄昏后约人"。语序变化使得上下联对仗工整，满足律诗对格律的要求。

2. 悖逆普通逻辑

普通逻辑给我们规定了一套思维的形式和规则，我们说话、写文章就必须遵守这些逻辑常识。比如，可以说，我们吃饭。但不能说，饭吃我们。因为，前者符合常识，后者违背常识。但是，在写作过程中，作者经常运用修辞手法，对客观事物和社会现象的固有形态做出的无意或有意地改变。而这种改变在逻辑常理与理性认识看来是错误的，但是就情感审美认识来看却是非常有意味的。比如李白的"飞流直下三千尺，疑是银河落九天""白发三千丈，缘愁似个长。"杜甫的"感时花溅泪，恨别鸟惊心"。

写作语言的变形是一个十分复杂的问题。一般来讲，它与作者使用语言时的心理活动状态有较大的关系，也与作者的心理结构和人格气质都有着密切的关系。同时文学语言的创新与情感表现性质有关。那么，什么是情感表现性质呢？情感表现性质，在美学上称为"表现性""意味"和"第三性质"。所谓"第三性质"，是针对西方哲学家洛克提出的事物的第一性质和第二性质而言的。洛克认为，客体不以主体的心境和外界环境的变化而改变的性质，如数量、度量衡、体积等，这叫第一性质。他还认为，有的客体是依赖于人的直觉而存在着。如色彩的红绿、声音的高低、味道的酸甜苦辣等。他认为，这些性质都是由主体的感受形成的，在客观事物本身，它们只不过是某种磁波和某种化学元素，只有通过主体的感受，它们才被转变成红色、绿色、音高、音低和味道。他把这种特性叫作第二性质。针对这两种性质，鲍桑葵和桑特耶拉等人又提出了物质的"第三性质"，即情感表现性质。如人们看到红色的火焰，随即称这种火焰是愤怒的；看到灰暗的天空，随即称之为郁闷的。红色、灰色都是客体的第二性质，而愤怒、郁闷则是第三性质。这种第三性质往往是在人们感情强烈的时候才产生的。因此，没有主观情感性，就没有文学。贬低、取消主观情感因素在文学创作中的作用，就从根本上削弱或毁灭了文学。在我们看来，诗不在观，而在观感；歌不在听，而在听感；文学的旨趣不在世界本来是什么样子，而在世界看起来是什么样子或想起来是什么样子或感觉起来是什么样子或以为它是什么样子。

文学在本质上是非逻辑的或反逻辑的。所以，古人有所谓"无理而妙"的说法，"无理"就是对普通逻辑的悖逆，"妙"就是"无理"显示的更强烈的情感、更深入的体验、更彻底的主观化，一句话就是更醇的诗美意味，进入一种具有超越性、超验性的虚拟世界，从而获得一种更为真切、更深刻的心灵默契与应和。这种效果的获得必须借助一系列修辞手法来实现。

例如李白《独坐敬亭山》：

> 众鸟高飞尽，孤云独去闲。
> 相看两不厌，只有敬亭山。

又如李白的《夜宿山寺》：

> 危楼高百尺，手可摘星辰。
> 不敢高声语，恐惊天上人。

在感情的作用下，作家的大脑在语言信号的刺激下，会产生高度的兴奋，分析与综合的活动相当活跃。在这个时候，作家凭借灵感和直觉，可以简化思维过程而直接对事物进行判断和概括，这时候所用的语言，在形式上就是一种矛盾的变形体。比如有"甜蜜的忧伤""痛且快乐着""熟悉的陌生人""美丽的错误""丰富的痛苦""阳光发芽"等表述方式。

3. 超越常用词义

从语义学或词义学角度讲，词的意义具有静态的备用性和动态的运用性两大特点。从词的静态备用性看，汉语词的特点是音、形、义的统一；这说明词义是在民族历史发展过程中逐渐形成的，是集体积淀的产物，它具有民族性、历史积淀性和时代性等特点。而词的动态运用性则是作者和说话人结合具体的语境独出心裁、临时创造或赋予的。它往往是化常为异，灵活多变，是对汉语词法、词义加以突破，它的意义是作者在表达中或读者在欣赏时临时赋予的。这种词的动态运用性就给人们提供了广阔的挑选余地和想象空间，它在一定的语境里，往往是随文变通的，它具有语境性、灵活性和伸展性等特点。

语义的最小单位是义项，也叫义位，它是区别词与词之间意义的不同点和相互关系的最小单位。人们根据这些不同点和相互关系把词分成大大小小的不同的类，这就是词的语义场。文学语言的语义场一般可以分为聚集型和

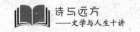
组合型两种。处于不同语义场中的词的意义会有所不同，这是受同一语义场中其他词的词义的制约和相互影响的结果。处于聚集场中的词义，往往表示比较概括的意义，有相对确定的指称范围，词语都较为有序地聚集在一起，词与词的组合比较规范、固定。尽管如此，每个词义仍然深藏有向其他意义转化的可能性。如法律条文中词语本是十分严密精确的处于聚集场中的词义，应该说词义的指称范围相对来说特别确定和稳定，但在司法过程中仍然会发生歧义。所以，全国人大常委会和最高人民法院往往以司法解释和复函的形式予以补充说明。而处于组合场中的词义，那就更不同了，它就显得灵活、多变、宽泛得多了。它不仅可以有相对确定的指称范围，也不仅可以有由概括向具体、由此义项向彼义项转化的可能性，而且由于受语义场的影响和制约，使词语动态的使用呈现千差万别、千姿百态、丰富多变的神奇风貌和游离性。一般来讲，文学语言的词的动态的运用更多地出现在组合型的语义场里。主要有三种方式：义项变异，词性活用和动词巧用。

（1）义项变异。语言作为一种表情达意的符号，在一般情况下，要求符号形式和符号内蕴相对应，这种对应是约定俗成的。义项变异又叫意指错位，它是指语义义项在特定的语言环境中打破约定俗成性的具体运用而产生的变化，也就是义项的超常规用法，这种用法往往能给读者带来一种陌生化和惊异感。文学创作中的比喻、借代、反语、反讽等就是由词语的义位变异而形成的修辞方式。

陌生化是与"自动化"相对立的，所谓自动化语言就是那种久用成"习惯"和习惯成自然的缺乏原创性和新鲜感的语言。而陌生化就是要力求运用各种方式使语言新鲜、新异，恢复读者对生活的感觉，使读者从对生活的漠然状态和麻木中惊醒起来，感奋起来。

比如谢蕾洪《楚人屈原》：

你愤然一跃／汨罗江／便有别于其他江河／中国，自此有一个／传统节日／／你把思想溶解在江里／任其源远流长／浇灌古老的土地／汨罗江无风时／也是一江皱纹／如你深刻的脸此诗想象奇妙，构思精到，用语独特，词义丰腴而让人警醒。"汨罗江无风时／也是一江皱纹／如你深刻的脸"诗人将波光粼粼的江水幻化成屈原忧国忧民的一脸皱纹。"波纹"与"皱纹"发生了奇妙的关系。欣赏这首诗时，同学们可以将它与诗人李元胜的新作《汨罗江边的屈原》比较一下。

乌云密布，一个读懂了万千雷霆的人／还能有什么别的命运／／楚国已到尽头，雷鸣声中／十万伏电流正经过他／／也许不止从天而降的不测／还有十万山鬼，十万少司命／／借过，借过，十万横世之水／曾经的日月星辰，也要经过他重回九天／／汨罗江就是在那一刻变轻的／它跃起，扑向他，成为他的一条支流

——李元胜《汨罗江边的屈原》

诗人安琪先生对此诗甚为欣赏，曾有如此评论文字：公元前278年农历五月初五，兼管内政外交大事的楚国三闾大夫屈原，因遭贵族排挤诽谤，被先后流放至汉北和沅湘流域，在获悉郢都被秦军攻破之后，自沉汨罗江，以身殉国。对后世而言，屈原的政治家身份在时光的冲刷下渐趋模糊，而他的另一重身份——诗人，却被时光淘洗得光芒万丈。苏东坡在《答孙志康书》一文写过："唯文字庶几不与草木同腐"，屈原因为诗、因为文字，而成为"中国文学家的老祖宗"（梁启超语），他和他所选择的归宿汨罗江由此建立起了命运共同体的关系，不断地迎来后世文人的凭吊和怀念，所产生的大量诗文歌赋为后继者的创作设置了极大的障碍，每一次对这个题材的书写，都是对既有文本的艰难挑战。在此背景下读李元胜《汨罗江边的屈原》，真是很佩服他切入这个旧题材的新角度，尤其最后一句，犹如晴空霹雳，令人先是心惊，继而回味不已——

"汨罗江就是在那一刻变轻的／它跃起，扑向他，成为他的一条支流。"本是屈原投江，却在诗人神圣的视野里转了一个个，变成汨罗江扑向屈原。汨罗江从被选择者转化成了选择者，仿佛它的存在就是为了等到屈原的到来，这是汨罗江的智慧，也是汨罗江的忠诚，它迫不及待跃起、扑向，犹如一只矫捷的豹子不放过自己选定的目标，是的，屈原就是它的目标、它的目

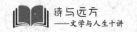
的地，它来到人世唯一的使命就是成为屈原的一部分。请注意，从现实的逻辑是屈原投入汨罗江成为汨罗江的一部分，但诗人有诗人的逻辑，他说，在永生的意义上，汨罗江才是屈原的一部分，对屈原这条伟大的河流而言，汨罗江只是他的"一条支流"！

现在让我们循着李元胜的笔触回溯屈原这条伟大的河流，这个窥破宇宙秘密的人（不窥破何以能发出天问？！）已经知道了自己最终的结局，他知道他为之呕心沥血的祖国即将覆没，悲伤和绝望使他战栗，仿佛亲身经历十万伏电流的击打，他不想也不忍见证山河的破碎、国君成囚徒，他要早日离开尘世，回到邈远的天庭，携带着同样窥破命运的秘密的山鬼和精怪，这些他笔下的神物，和他一样有情有义、有悲有欣。此时，一条河流一条名之为汨罗江的河流千里迢迢赶来相认，它纵身跃起，扑向屈原，支流就此汇入伟大的河流。诗人李元胜目击了这个瞬间并且用一首诗告诉了我们。

又如莫言《红高粱》：

孙五又割掉罗汉大爷另一只耳朵放进瓷盘。父亲看到两只耳朵在瓷盘里活泼地跳动，打击得瓷盘叮咚叮咚响……父亲看到大爷的耳朵苍白美丽。

……枪声沉闷，像雨夜中阴沉的狗叫。父亲眼见着我奶奶胸膛的衣服啪啪裂开两个洞。奶奶欢快地叫了一声，就一头栽倒……

（2）词性活用。文学语言无论在形式上、功能上还是在词义上或语法上，往往是弹性很大的。一般来讲，词都有一定的语法规则，词语要实现它的功能，就得遵循一定的语法规则。但为了表达的需要，在特定的语言环境中，临时改变了词的词性而转为另一种词性，语言中的词性活用就是由词性属类变异而形成的修辞方式。而词性属类变异往往会产生词义的变化，主要方式有名词动用、形容词动用以及动词巧用等。

黄梅时节家家雨，青草池塘处处蛙。

有约不来过夜半，闲敲棋子落灯花。

——宋·赵师秀《有约》

赵师秀的《有约》一诗，名词"雨"与"蛙"的动用，增添了诗歌的动态感和有声性，与夜半的寂静形成对比，把诗人那种悠然超脱的心境衬托了出来。再如：

> 这人不酒不烟，甚至也不诗了。
>
> ——杨牧（台湾）

又如鲁迅的《友邦惊诧论》

失去了东三省只有几个学生上几篇"呈文"，党国倒愈像一个国，可以博得"友邦人士"的夸奖，永远"国"下去一样。

> 京口瓜州一水间，钟山只隔数重山。
> 春风又绿江南岸，明月何时照我还？
>
> ——宋·王安石《泊船瓜洲》

据说，王安石名句"春风又绿江南岸"之"绿"字，诗人先后用过"到""过""入"和"满"等十余字，均不满意，最后才选定了"绿"字（洪迈《容斋诗话》）。形容词的"绿"活用为动词的"绿"，更加形象化地描绘出了春天万物生长的过程，再现了冬去春来满眼皆绿的春色，由此传达出诗人内心对自己未来命运的憧憬。

记得有人说过，语言中最活跃的是动词，一个动词用得好，可以让千万个形容词相形见绌。朱自清先生谙熟此道。他在描写荷塘上的月色时，既采用了层次法，先写月光，次写月影，后写光与影的和谐交汇。同时还大量运用了比喻、通感、正面与侧面等多种手法。而我认为特别精彩的是文中动词的妙用。写月光"如流水一般，静静的泻在这片叶子和花上"。正面描写，用一个贴切可感的比喻，一个生动准确的动词，将无形的静态的月光形象化、动态化，写出了月光的色彩，似水一般洁净，写出了月光的动态，如水

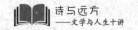
一样流泻，同时反衬出了荷叶的凝碧与柔滑。接着又侧面描写月光，"薄薄的青雾浮起在荷塘上，叶子与花仿佛在牛乳中洗过一样，又像笼着轻纱的梦。"这里仍然是借助形象比喻和准确的动词将无形无状的月光形象化、动态化、但又进了一步，作者运用通感手法，既写出了月光的柔和洁净，如白色的牛乳，又写出了月光的轻盈与飘逸，如漂浮的青雾，同时写出了月光与荷叶交映而产生的色彩变化以及月光下荷塘的朦胧与扑朔迷离。又如后面的月影，作者说它是"画在荷叶上。"一个"画"字，将月亮拟人化，将静态动态化，于是在作者笔下，一切自然之物都具有了盎然生机，动了起来，活了起来。最后在光和影的交汇中，才有着和谐的旋律，"如梵啊铃上奏着的名曲。"又是比喻，又是通感，将静态与动态结合起来，构成一种流动的动态感，形成一种旋律美，造成一种音响效果，这样无声无息的荷塘月色变得有声有色，越发反衬出月色下荷塘的清幽、空灵，惟妙惟肖地传达出作者当时的内心感情。

这种动词妙用的例子在朱自清先生散文中到处可见。如他在《温州踪迹·绿》一文中这样描写梅雨亭："这个亭踞在突出的一角的岩石上，上下都是空空的，仿佛一只苍鹰展着翼翅浮在天宇中一般。"这里作者用一"踞"一"浮"两个动词，以气势高远寥廓的苍穹为背景，用舒翼展翅，跃跃欲飞的苍鹰作比，生动形象地写出了梅雨亭静而欲动，动而欲飞，凌空而踞，形静神动的神韵，梅雨亭仿若浮雕兀现在梅雨瀑之上，也立现在读者的面前。

4. 变化词语色彩

一般来讲，词语都有它本身的固有意义和色彩，这个意义和色彩有它特定的使用场合。但是，当使用语境已经有了改变，那么词语的意义和色彩就将会发生变化。这样，它不仅不会影响词语的使用效果，而且会加强语言的表现力，给读者以特殊的审美效果。

作诗如同作画，色彩是十分重要的。这里所讲的色彩，具有两层含义，一是指客观景物的自然色彩，如日常所见的蓝天白云，绿草红花，青山绿水以及春绿夏翠，秋黄冬黑的四季色彩变化。一是指主观世界的感情色彩。如作者的思想感情，文章的抒情基调，写景状物时的心境状况以及自然色彩在主观世界上的反映与变化，所谓"感时花溅泪，恨别鸟惊心""朝如青丝暮成雪""不知明镜里，何处得秋霜"等是也。这两层含义，一主一客，相互影响，在文章中往往是水乳交融，浑然一体，主客难分的，主观感情色彩无形无影又变化多端，不易把握，似只可意会，无法言传；客观自然色彩有色无状而千千万万，不易把握，似曾相识，又觉陌生。王国维在《人间词话》中所谓"有我之境，以我观物，故物皆着我之色彩；无我之境，以物观物，故不知何者为我，何者为物"。下面我们以唐代诗人杜甫的诗歌创作为例予以说明。

可以说，杜诗中有画，而且色彩斑斓，绚丽多姿，美不胜收。由于诗人能够巧妙运用各种色彩组合，从而给诗歌带来了浓郁的画意和鲜明的节奏。比如：

两个黄鹂鸣翠柳，一行白鹭上青天。

窗含西岭千秋雪，门泊东吴万里船。

——唐·杜甫《绝句》

这是杜甫定居草堂后写成的诗。草堂周围多柳，柳枝刚抽嫩芽，新绿的柳枝上有成对的黄鹂在欢唱，一派愉悦景象；晴空万里，一碧如洗，蓝天上的白鹭在自由飞翔，白鹭在蓝天的映衬下，色彩极其鲜明，有声有色，构成了新鲜而优美的意境。诗中连用了黄、翠、白、青四种颜色，织成了一幅绚丽的场景，并且点缀得错落有致，由点到线，向着无限的空间延伸，画面静中有动，富有鲜明的立体节奏感。明丽的色彩组合，正是诗人舒展愉悦心境的外射。

再如：

茅檐低小，溪上青青草。醉里吴音相媚好，白发谁家翁媪？

大儿锄豆溪东，中儿正织鸡笼。最喜小儿无赖，溪头卧剥莲蓬。

——宋·辛弃疾《清平乐·茅檐低小》

词中"无赖"一词，贬义褒用，情感自然流露，极其生动有趣，极富生活气息，极其准确地写出了儿童的玩性特征。

在这些诗句里，我们已经无法十分确切地把主观与客观分开，这种主客相融的境界正是诗歌的魅力和追求，也是诗歌语言创新的标志。现代诗歌也不例外，它们更多地追求一种主观感情或情绪色彩。

有时候作者运用反讽或反语的手法来表达一种微妙的情感。如曹雪芹《红楼梦》第19回有这样一段文字：

宝玉道："我也歪着"。黛玉道："你就歪着"。宝玉道："没有枕头，咱们在一个枕头上吧！"黛玉听了，睁开眼，起身笑道："真真你就是我命中的魔星——请枕这一个！"说着将自己的枕头推给了宝玉，又起身将自己的再拿了一个来枕上，二人对着脸儿躺下。

简析："魔星"是黛玉对宝玉的昵称。在这看似贬斥的话里其实寄寓着深情，传达出黛玉对宝玉的无限柔情蜜意和黛玉的娇柔多情。其他如："我的冤家""我的死鬼""老不死的""挨刀的"等。

古人写景状物，托物言志，借景抒情，有所谓"心为物役""情随景迁"；有所谓"缘物体情""借景抒情"。前者以景为显，以情为隐；后者以景为次，以情为主。但无论是前者还是后者，景都是表，情才是核。朱自清先生的散文，尤其是抒情叙事散文，我们根据他的主观感情色彩的不同而体现出的不同色调，流露出的不同情韵，可以把他的散文大致分为两类：一类以《春》《绿》等为代表。作者的感情色彩较为明朗，因此，所描写的自然景物的色彩就显得明快简洁，富于亮色，犹如一幅幅空气清新、阳光明媚、风和日丽、春暖花开的青山绿水画，给人一种轻快舒畅、充满希望的感觉。另一类以《荷塘月色》《桨声灯影里的秦淮河》等为代表。作者的感情色彩较为暗淡，因此，所描写的自然景物的色彩也就相应地变得朦胧飘忽，呈现灰色，仿如一幅幅烟雨蒙蒙、虚无缥缈、云缠雾绕，若隐若现的南朝楼阁图，给人一种扑朔迷离、怅然若失的感觉。但是，它们又有相同之处，即作家所写之景与所状之物同作家欲抒之情的感情基调、心境状况相互联系，极其和谐。客观自然景物的色彩变化总是与主观感情的色彩变化相一致，此所谓"物皆着我之色彩也"。同时，主观感情色彩也因与客观景物色彩的契合而产生变化或得到慰藉，此所谓"心为物役""情随景迁"也。

《春》是一篇写景抒情散文名篇，作者以儿童般的情趣，富于色彩感的语言和轻松愉快的心情，描写了一幅生机勃勃，充满希望的春天景象，文章开头连用两个"盼望着，盼望着"，言简而意繁，语短而情长，作者对春天那种盼望之情，跃然纸上。文章的感情色彩由此而定，自然而显。古人云：春之精神写不出，以草木写之；山之精神写不出，以烟霞写之。接着，作者从风、水、山、太阳着笔，勾画出春景的轮廓，"东风来了，春天的脚步近了。""山朗润起来了，水涨起来了，太阳的脸红起来了。"一幅春景画油然而生。然后，作者细写春草、春花、春风、春雨以及春天的人用这五幅图画从各个方面表现春天的特色。其中，强调了春草的绿，春花的香，春风的柔，春雨的细以及人的希望和活力，并在一片嫩绿的背景下，突出了花的色彩，"红的像火，粉的像霞，白的像雪。"色彩的对比，绿的更绿，红的更红，白的更白，整个画面对立又和谐，多样又统一，这使我想起另外三个诗人的诗来，不妨抄引如下：

遍江北的野色都绿了。柳也绿了。麦子也绿了。细草也绿了。水也绿了。鸭尾巴也绿了。穷人的饿眼也绿了。和平的春里远燃着几团野火。

　　　　　　　　　　　　　　——康白情《和平的春里》

天是灰色的／路是灰色的／楼是灰色的／雨是灰色的／／在一片死灰之中／走过两个孩子／一个鲜红／一个淡绿

　　　　　　　　　　　　　　——顾城《感觉》

另一首是瑞典著名女诗人，1966年诺贝尔文学奖获得者让利·萨克斯的《在蓝色的远方》，诗的第一节是这样的：

那－溜红苹果树／正在蓝色的远方徜徉／——生根的脚攀缘天空／丝丝渗出／对深谷生命的思念

　　　　　　　　　　——引自张讴编译的《20世纪世界女诗人作品选》

这三位相同或不同时代和国度的诗人有如此惊人相似的色彩感受，在有人高叫破除传统，摒弃技巧的今天，它是否给我们这样一个启示：文学艺术无论是思想内容还是形式技巧都具有继承性和独立性，优秀的艺术传统和技巧是应该继承并且发扬光大的。

同样，在《温州踪迹·绿》一文中，色彩之美更是让人叫绝。梅雨瀑极其平常的绿色，在朱自清先生的笔下，变幻得那么丰富，多情而迷人。它有了亮度，是"闪闪的绿色"，它有了人性，在"招引我们"，它有了灵气，是"离合的神光"，以至于作者不得不开始追捉它，"揪着草、攀着乱石，小心探身下去，又鞠躬过了一个石穹门，才到了汪汪一碧的潭边了。"如此写来，尚欠神韵，作者继续写道，绿有了形体，所以"我想张开双臂抱住她。"它有了神态，"皱缬着，摇摆着。"它有了质感，"有鸡蛋清那么软，那么嫩，使人想着所曾触过的最嫩的皮肤。"同时，它似乎还有多种功用，可以裁为带，赠给那轻盈的舞女，让她临风飘举；可以挹为眼，赠给那善歌的盲妹，让她明眸善睐，这是怎样一种富于诗情画意的绿啊！朱自清先生以至于情不能自禁：

我舍不得你；我怎舍得你呢？我用手拍着你，抚摩着你，如同一个十二三岁的小姑娘。我又掬你入口，便是吻着她了。我送你一个名字，我从此叫你"女儿绿"，好么？

又如《温州踪迹——月朦胧，鸟朦胧，帘卷海棠红》是一则配画短文，色彩之美也让人叫绝。

上方的左角，斜着一卷绿色的帘子，稀疏而长；当纸的直处三分之一，横处三分之二。帘子中央，着一黄色的，茶壶嘴似的钩儿——就是所谓软金钩么？"钩弯"垂着双穗，石青色；丝缕微乱，若小曳于轻风中。纸右一圆月，淡淡的青光遍满纸上；月的纯净，柔软与平和，如一张睡美人的脸。从帘的上端向右斜伸而下，是一枝交缠的海棠花。花叶扶疏，上下错落着，共有五丛；或散或密，都玲珑有致。叶嫩绿色，仿佛掐得出水似的；在月光中掩映着，微微有浅深之别；花正盛开，红艳欲流；黄色的雄蕊历历的，闪闪的。衬托在丛绿之间，格外觉着妖娆了。枝欹斜而腾挪，如少女的一只臂膊。枝上歇着一对黑色的八哥，背着月光，向着帘里。

而另一类写景抒情散文，或因作者"心里颇不宁静"，或因作者"心里充满了幻灭的情思"，主观感情色彩的暗淡，内心世界的怅惘，笔下的自然景物的色彩或者朦胧如《荷塘月色》；或者暗淡如《桨声灯影里的秦淮河》。作者笔下的秦淮河本是南京城外的一大游览胜地，孔尚任的《桃花扇》故事就发生在那里。到朱自清先生游览秦淮河时，虽然昔日的游乐盛况依稀可见，但毕竟是今非昔比了。所以，作者以描写为主，叙述议论为辅，生动形象地展现了桨声灯影里的秦淮河的风采。秦淮河有比北京万生园以及西湖好的游船，坐在船头，躺在椅上，"可以谈天，可以远望，可以顾盼两岸的河房。"每当夜幕垂下，月亮升起的时候，秦淮河上的大小游船都点起了彩灯，于是秦淮河灯月交辉，光彩相映，一片朦胧，仿佛笼罩在一片雾霭之中，令人神往而入梦。作者的心情也为之悠然舒畅，恬然自得。所以，"我们这时模模糊糊地谈着明末的秦淮河的艳迹。""仿佛亲见那时华灯映水，画船凌波的光景了。"秦淮河的水是碧阴阴地，仿若六朝金粉，又如碧凝的翡翠，显得那么恬静而委婉；秦淮河的灯，照映在秦淮河上，闪烁着金黄的光芒，像是梦的眼睛；那潺潺的桨声夹杂着时断时续的歌声，悠扬而飘渺；而秦淮河的月儿，虽然瘦削了几分，但盈盈的爬上树梢，洒一派清辉，给游客以幽爽的享受；岸上的垂柳沐浴着月光，就像一支支美人的臂膊，月光又像小姑娘披着的头发；岸上的几株不知名的老树，在月光下俨然精神矍铄的老人；天上的云朵亮出了异彩，像是美丽的贝壳……"灯与月竟能并存着，交融着，使月成了缠绵的月，灯射着渺渺的灵辉。"如此美景的秦淮河。"这正是天之所以秦淮河，也正是天之所以厚我们了。"然而，这种悠然舒畅的游兴却被纠缠不休的歌妓破坏了，作者因心情乍变再也无兴以继游，不得已只好调转船头，孤独寂寞烦恼扫兴而归，"只有些月色冷清清的随着我们的归舟。我们竟没有个伴，秦淮河的夜正长哩！"所以，此时灯月交辉，

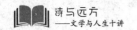
虽然桨声歌声人语声，声声入耳；月光水光电灯光，熠熠生辉，但是，它不但激不起作者的游兴，反而生出无穷的感慨："钟山脚下秦淮河，谁人悲苦谁人乐？"再加上，20年代的旧中国，国内军阀割据混战，国外列强虎视眈眈，我们正直善良的诗人的心情又如何能够平静而安然呢？秦淮河的美景吸引着诗人去游览，也勾引起诗人无限的惆怅与幻灭的情思，犹如晚唐诗人杜牧在《泊秦淮》一诗所书："烟笼寒水月笼纱，夜泊秦淮近酒家。商女不知亡国恨，隔江犹唱后庭花。"如此心情，如此感慨，作者满眼的景物霎时而变，于是灯光是"黄黄的"，河水是"冷冷的"，水波是"曲曲的"，夜色是"薄薄的"，月儿是"淡淡的"，树林是"阴阴地"，影子是"森森的"，人物是"憧憧的"，歌声是"扰扰的"，乐声是"凄厉的"，拒绝也是"灰色的"。一切都显得那么热烈和喧嚣，又显得那么冷清和寂寞。这些景物的或冷或热，或明或暗，这些调子的或高或低以及行文节奏的或快或慢都随着作者的主观感情色彩变化而变化，并显得那么自然而和谐。这充分显示了朱自清先生对艺术奥秘洞幽烛微的高超技艺。

5. 提纯日常口语（包括俗语、谚语、歇后语）

追求语言的朴素美与追求语言的口语化有密切的关系。上面在《别了，司徒雷登》一文中就已经有一些。这里我们专门来探讨一下这个问题。

口语不等于口水话。口语是相对于书面语而言，它具有接地气、富有生活气息、自然、生动、凝练、富含哲理等特点。

俗语，通俗并广泛流行的定型的语句，简练而形象化，大多数是劳动人民创造出来的，反映人民的生活经验和愿望。比如：天下无难事，只怕有心人。比如：不比不知道，一比吓一跳。比如：大船打烂三千钉，瘦死的骆驼比马大。比如：好事不扬名，坏事传千里。比如：路遥知马力，日久见人心。比如：酒逢知己千杯少，话不投机半句多。比如：有缘千里来相会，无缘对面不相识。比如：书本不常翻，犹如一块砖。比如：吃人家的嘴软，拿人家的手短。比如：人往高处走，水往低处流……

谚语，在群众中间流传的固定语句，用简单通俗的话反映出深刻的道理。比如：三个臭皮匠，赛过诸葛亮。比如：三百六十行，行行出状元。比如：东北有三宝：人参、貂皮、乌拉草。比如：早睡早起好，八十不觉老。

比如：病从口入，祸从口出。比如：不怕慢，就怕站。比如：台上三分钟，台下十年功。比如：内行看门道，外行看热闹。比如：细水长流，吃穿不愁。比如：好话一句三冬暖，恶语伤人六月寒。比如：大人不记小人过，宰相肚里能撑船……有时，谚语也称为俗语，两者之间没有特别严格的区别。

歇后语：由两个部分组成的一句话，前一部分像谜面，后一部分像谜底，通常只说前一部分，而本意在后一部分。比如：泥菩萨过河——自身难保。比如：外甥点灯笼——照旧（舅）。比如：肚脐儿放屁——腰（妖）里腰（妖）气。比如：进厕所不带手纸——想不开（揩）。比如：八仙过海——各显神通。比如：猪鼻子里插葱——装象。比如：小葱拌豆腐——一清二白。比如：孔夫子搬家——净是书。比如：和尚打伞——无法无天……

晚清著名诗人黄遵宪：我手写我口，古岂能拘牵？即今流俗语，我若登简编，五千年后人，惊为古烂斑。

朱自清就非常提倡用"真正的口语""活的口语"来写作。他在《论雅俗共赏》一文中说："用口语为的是求真化俗"，"所谓求真的真，一面是如实和直接的意思；在另一面，真又是自然的意思，自然才亲切，才让人容易懂，也就是更能收到化俗的功效"。口语体的语言，在表情达意中产生一种自然感，语言不事雕琢，平平道出，非常鲜活，犹如清水芙蓉，天然自成。

很多成功的作家都主张：你怎么想就怎么说，你怎么说就怎么写，怎么写就怎么说。这样，能把说与写统一起来，便可有效防止矫揉造作和滥用雕饰，使语言平易近人，质朴自然。而我们平时的口语中，有俗语，有谚语，非常形象生动。

著名作家、语言大师老舍在《和工人同志们谈写作》的第三章"怎样运用口语"中举了一些非常有趣的例子，大家来看一看。

我时常遇到这样的事：某同志已在工厂或部队生活过好几年，很想写出他所熟悉的生活，可是写不出来，据他们自己说，是因为缺乏字汇词汇。这使我很纳闷。难道在工厂或部队生活过好久，就不知道各种机器和各种武器的名称吗？就不知道工厂里部队里的日常用语吗？"迫击炮"就是"迫击炮"，并没有别的词汇可以代替呵。"计件工资"就是"计件工资"，也没有别的词汇可以代替呵。再说，既在工厂或部队里生活，每天都要劳动，办许多事情，难道不说话吗？至少，大家也得跟别人一样，有吃喝起居等等事情吧！那么，"吃饭"就是"吃饭"，难道因为作文章就须改为"进馔"么？您看，作家们不是时常下厂下部队去学习工人和战士的语言吗？假若工人和战士没有丰富的言语，作家们干什么去向他们讨教呢？毛病呵大概是在这儿——有的工人和战士有点轻看自己的语言。的确，一位工人或战士说不上来一位教授的话，可是工人或战士一时并不会去描写一位教授的生活。况且，一位大学教授也并不对学生们说："上课矣，尔辈其静听予言！"同志们，文字越现成越有力量，不要考虑什么文雅不文雅。"小三儿把衣裳弄脏了"比"小三儿将衣裳玷污了"要有劲的多。"汗流如浆"远不及"汗珠儿掉在地上裂八瓣"那么生动深刻。躲着生活中现成的词汇不用，而另换一套，是劳而无功的。

我们学习写作，先别光发愁字眼儿不够用，到处去找什么"潺潺"呵，"熊熊"呵，"涟漪"呵，有了这些半死不活的词汇并不能教咱们写出好文章；没有它们，我们还是能写出好文章来。最要紧的是把咱们知道的字眼都用得恰当合适。

在我的文章中，很少看到"愤怒的葡萄""原野""熊熊的火光"……这类的东西。

比方写一个长辈看到自己的一个晚辈有出息，当了干部回家来了，他拍着晚辈的肩说："小伙子，'搞'得不错嘛！"这地方我就用"搞"，你试用"做"，用"干"，准保没有"搞"字恰当、亲切。

"老李，说说，切莫冗长！"大概不如说"老李，说说，简单点！"后者现成，容易说，容易懂，虽然"冗长"是书面上常用的字。（《出口成章》）

在当代作家中，阿城小说对口语的运用很到位，建议大家去认真看看，仔细品味。

四、写作语言创新能力的养成

1. 养成途径

中国共产党人历来重视文学艺术工作，我们可以从党的几代领导人的讲话中得以窥见，并且从中吸取精神力量，提升自己的理论素质和理论修养，自觉将自己的文学创作和文学阅读与培养自己的创新意识、创新能力，重点解决文学为谁什么人的问题和如何为的问题，前者要求坚定立场站位，不忘初心，牢记使命，后者要求不断提升自己的专业水平，提高自己的创新能力。

毛泽东《在延安文艺座谈会上的讲话》中指出，人民生活"是一切文学艺术的取之不尽、用之不竭的唯一的源泉"。

邓小平曾精辟地阐明："人民是文艺工作者的母亲。一切进步文艺工作者的艺术生命，就在于他们同人民之间的血肉联系。忘记、忽略或是割断这种联系，艺术生命就会枯竭。人民需要艺术，艺术更需要人民。自觉地在人民的生活中汲取题材、主题、情节、语言、诗情和画意，用人民创造历史的奋发精神来哺育自己，这就是我们社会主义文艺事业兴旺发达的根本道路。"

江泽民指出："实现中华民族伟大复兴的时代，是需要伟大文艺作品的时代，也是能够产生伟大文艺作品的时代。广大文艺工作者要牢记自己的历史使命，投身改革和建设的实践，不断提高思想道德修养、科学文化素养和文学艺术学养，充分发挥主动性创造性，积极描绘人民奋斗的多姿多彩的图景，奏响祖国发展的昂扬高亢的乐章，创作出更多的反映时代精神和具有中国风格、中国气派的优秀作品，努力为建设有中国特色社会主义文化，实现中华民族的伟大复兴贡献力量。"

胡锦涛强调："人类文明进步的历史充分表明，没有先进文化的积极引领，没有人民精神世界的极大丰富，没有全民族创造精神的充分发挥，一个国家、一个民族不可能屹立于世界先进民族之林。""一切有理想有抱负的文艺工作者，都要密切同人民群众的血肉联系，积极反映人民心声。一切进步文艺，都源于人民、为了人民、属于人民。一切进步文艺工作者的艺术生命，都存在于同人民群众的血肉联系之中。""一切有理想有抱负的文艺工

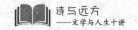

作者，都要大力发扬创新精神，积极开拓文艺的新天地。推进文化发展，基础在继承，关键在创新。继承和创新，是一个民族文化生生不息的两个重要轮子。古今中外，闻名于世的文艺大师，脍炙人口的传世之作，无一不是善于继承、勇于创新的结果。不朽的文艺经典，往往既渗透着历史积淀的体验和哲理、又蕴含着时代孕育的理想和精神，既延续着传统艺术的特点和优势、又创造着新颖鲜活的内容和形式。"

习近平在多个场合曾反复指出："艺术可以放飞想象的翅膀，但一定要脚踩坚实的大地。文艺创作方法有一百条、一千条，但最根本、最关键、最牢靠的办法是扎根人民、扎根生活。""人民是创作的源头活水，只有扎根人民，创作才能获得取之不尽、用之不竭的源泉。文化文艺工作者要走进实践深处，观照人民生活，表达人民心声，用心用情用功抒写人民、描绘人民、歌唱人民。""一切有价值、有意义的文艺创作和学术研究，都应该反映现实、观照现实，都应该有利于解决现实问题、回答现实课题。文艺创作要以扎根本土、深植时代为基础，提高作品的精神高度、文化内涵、艺术价值。"

我们将在《经典阅读的价值与实现途径》一讲中较为详细地阐述了阅读的价值。同学们可以参考，更应思考在全球化、新时代的语境下，当代大学生应当如何从经典阅读中汲取营养，丰富自己，提升自己。

"实践是检验真理的唯一标准。"《文学与人生》这门课程既重视知识的传授与理论的学习，但我们更重视更强调学以致用、知行合一，理论联系实际。我们这里倡导同学们海量阅读，坚持写作，大量训练，将自己此时此刻的状况记录下来，留此存照。否则，逝去的将永远失去，那是人生无法弥补的遗憾。作为接受过高等教育的人应该自觉拥有一种记录意识和写作能力。而这种意识和能力又可以在不断的写作实践中得以巩固和强化。

2. 培养方法

（1）营造环境，树立创新意识和创新观念。

（2）开阔视野，重视想象力和逆向思维的培养。

（3）强化训练，在实践中不断培养创新能力。

第三节　文学语言创新举隅

我们在第二节"文学语言的创新"中结合理论列举了大量语言创新的现象，在这一节中，我们将继续列举文学经典中的一些实例，以便强化前面学习过的基本理论。重要问题再讲一遍：文学语言的创新其实质是作家思维的创新，是创作主体创造力的体现。下面，我们分别就诗歌、散文、小说和剧本中的创新举一些例子供大家学习与参考。

一、诗歌举例

碧　潭
余光中

十六柄桂桨敲碎青琉璃／几则罗曼史躲在阳伞下／我的，没带来的，我的罗曼史／在河的下游／／如果碧潭再玻璃些／就可以照我忧伤的侧影／如果蚱蜢舟再蚱蜢些／我的忧伤就灭顶／／八点半。吊桥还未醒／暑假刚开始，夏正年轻／大二女生的笑声在水上飞／飞来蜻蜓，飞去蜻蜓／／飞来你。如果你栖在我船尾／这小舟该多轻／这双桨该忆起／谁是西施，谁是范蠡／／那就划去太湖，划去洞庭／听唐朝的猿啼／划去潺潺的天河／看你发，在神话里／／就覆舟。也是美丽的交通失事了／你在彼岸织你的锦／我在此岸弄我的笛／从上个七夕，到下个七夕①

简析：余光中的《碧潭》的意境是朦胧的，朦胧的文字里潜藏着的是掩饰不住的淡淡的愁和深深的爱。其创新表现在，诗人在诗中运用了大量古典诗词中的化用，融入神话传说以及一系列具体手法和表现方式的运用。比如大量的"水"的意象的运用；比如古诗词的化用，包括唐人李之仪、李白、宋人、秦观、李清照等人诗句诗意；比如牛郎织女的传说；比如西施与范蠡

---

①余光中著，《余光中精选集》，北京，北京燕山出版社，2008年版。

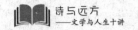
的故事；比如名词动用："如果碧潭再玻璃些"和"如果蚱蜢舟再蚱蜢些"等诗句中的"玻璃"和"蚱蜢"；比如悖逆逻辑："几则罗曼史躲在阳伞下""飞来你。如果你栖在我船尾／这小舟该多轻"；比如超常搭配："就可以照我忧伤的侧影""看你发，在神话里／就覆舟。也是美丽的交通失事了"等。

二、散文举例①

醉翁亭记
宋·欧阳修

　　环滁皆山也。其西南诸峰，林壑尤美，望之蔚然而深秀者，琅琊也。山行六七里，渐闻水声潺潺而泻出于两峰之间者，酿泉也。峰回路转，有亭翼然临于泉上者，醉翁亭也。作亭者谁？山之僧智仙也。名之者谁？太守自谓也。太守与客来饮于此，饮少辄醉，而年又最高，故自号曰醉翁也。醉翁之意不在酒，在乎山水之间也。山水之乐，得之心而寓之酒也。

　　若夫日出而林霏开，云归而岩穴暝，晦明变化者，山间之朝暮也。野芳发而幽香，佳木秀而繁阴，风霜高洁，水落而石出者，山间之四时也。朝而往，暮而归，四时之景不同，而乐亦无穷也。

　　至于负者歌于途，行者休于树，前者呼，后者应，伛偻提携，往来而不绝者，滁人游也。临溪而渔，溪深而鱼肥。酿泉为酒，泉香而酒冽；山肴野蔌，杂然而前陈者，太守宴也。宴酣之乐，非丝非竹，射者中，弈者胜，觥筹交错，起坐而喧哗者，众宾欢也。苍颜白发，颓然乎其间者，太守醉也。

　　已而夕阳在山，人影散乱，太守归而宾客从也。树林阴翳，鸣声上下，游人去而禽鸟乐也。然而禽鸟知山林之乐，而不知人之乐；人知从太守游而乐，而不知太守之乐其乐也。醉能同其乐，醒能述以文者，太守也。太守谓谁？庐陵欧阳修也。

---

　　①考虑到本书的容量问题，散文、小说和剧本的举例我们尽可能选取篇幅精短的作品或摘选部分作品，特此说明并致歉意。

简析：《醉翁亭记》大量运用骈偶句，并夹有散句，句法既整齐又富于变化，这不仅使文章越发显得音调铿锵，而且形成一种骈散结合的独特风格。文章通过描写醉翁亭的秀丽、自然风光和对游人之乐的叙述，勾勒出一幅官民同乐、寄情山水的太平图景，抒发了作者的政治理想和娱情山水以排遣抑郁的复杂感情。

　　文中有大量值得我们学习借鉴的地方。大而言之，作者的情怀。文章描写了滁州一带朝暮四季自然景物不同的幽深秀美，滁州百姓和平宁静的生活，特别是作者在山林中与民一齐游赏宴饮的乐趣。全文贯穿一个"乐"字，其中则包含着比较复杂曲折的内容。一则暗示出一个地方长官能"与民同乐"的情怀，一则在寄情山水背后隐藏着难言的苦衷。正当盛年却自号"醉翁"，而且经常出游，加上他那"饮少辄醉""颓然乎其间"的种种表现，都表明欧阳修是借山水之乐来排遣谪居生活的苦闷。作者醉在两处：一是陶醉于山水美景之中，而是陶醉于与民同乐之中。小而言之，文章的技法。在写法上以记述为主而兼有议论、抒情成分。记景目的往往在于抒发作者的情怀和抱负，阐述作者的某些观点。整个文章骈散结合，错落有致，富于变化。本文之中，大量虚词和词性活用如名词动用、名词作状语、形容词活用以及意动用法等，古今词义的差异变化，都为文章增色不少。比如：名词作状语的有："山行六七里""酿泉为酒""有亭翼然临于泉上者""杂然而前陈者"等句中的名词均作状语。比如："名之者谁""自号曰醉翁也""而不知太守之乐其乐也"等句中名词用作动词。其他具体的创新方法还有对比手法等。

三、小说举例

命运的无常与世态的悲凉
——沈从文《边城》悲剧性探析

　　沈从文在《边城》中以潺潺流动的诗意之笔，营造了一个清平透明而遗世独立的"湘西世界"，它使人忘掉了现实的战乱、纷争、压迫与虚伪等等一切不善的东西，其亲切质朴的语言，恬静平淡的风格，凄美悠远的意境，使无数读者在"边城世界"诗意的家园里驻足流连。边城的自然风景如诗如画，清新秀丽，造就了这里人情人性淳朴善良，正直真诚，生活犹如一首田园牧歌，体现了生命与自然合一的精神境界。这是一个完美而自足的世界，喜怒哀乐、生死聚散都是自然的、不经意的、由命运安排的，在这里一切人为的都是多余的。作品诠释了优美、自然而又不违背人性的人生形式，《边城》被誉为"人性美的赞美诗"，是人性至善的体现。所以，夏志清先生在《中国现代小说史》中说："计有玲珑剔透牧歌式的文体，里面的山水呼之欲出，这是沈从文最拿手的文体，而《边城》是最完善的代表作。"[1]然而作者曾说："你们能欣赏我故事的清新，照例那作品背后蕴藏的热情却忽略了；你们能欣赏我文字的朴实，照例那作品背后隐伏的悲痛也忽略了。"[2]沈从文一生孜孜不倦地致力于寓言式的悲剧创作，在一种悲且美的艺术氛围之中衍生出悲剧的深层意蕴，探讨人的生命价值意义之所在与人类的基本生存状态。因此《边城》在赞美故土清新的人事与自然时，就已包容着它独特的悲剧意蕴，即悲中蕴含着美，美中蕴含着悲，悲与美相协相融。《边城》处处展现出人性美、人情美，又时时透露着生命的无常和悲凉。

（一）真诚背后的隔膜

在《边城》依山傍水的"茶峒"小山城里，善良诚挚的平民百姓及古朴原始的生存状态，构成了一个令人神往的人间佳境，这里没有狡诈与欺瞒，没有敌意，表现出平等互爱的人伦关系及重信守约的人际关系。这里的人与自然息息相通，老船夫、翠翠与黄狗、渡船相依为命。主人公翠翠是沈从文刻画的一个纯善纯真少女的形象，天真活泼、纯朴善良，是自然化的人的典型；老船夫管理渡船兢兢业业，尽职尽责；小有家业的船总顺顺从不飞扬跋扈，而是慷慨洒脱，乐于助人；天保、傩送两兄弟都也都正直真诚，虽然同时爱上了翠翠，按风俗应有一场情敌间的决斗，但仍以手足情谊为重冷静处理；连吊脚楼上的妓女也那么信守本行规矩；老船夫死后，与翠翠毫无血缘

---

① 夏志清著，《中国现代小说史》，上海，复旦大学出版社，2005 年版。

② 王保生著，《沈从文评传》，重庆，重庆出版社，1995 年版。

关系的马夫杨马兵毅然搬到渡口和翠翠一起生活，照顾翠翠……作品中所塑造的人物形象从老船夫和孙女翠翠，到天保、傩送和顺顺，无不善良、正直、朴素，但里面的人物却并不幸福。因为在他们真诚的背后隐匿着深深的隔膜，翠翠与老船夫的隔膜，老船夫与大老的隔膜，老船夫与顺顺的隔膜，顺顺与二老的隔膜，二老与翠翠的隔膜，翠翠与整个世界的隔膜、甚至对她自己都是隔膜的……层层的隔膜，注定了一切都将在悲剧中了结，那是一种比啼哭与嚎叫深刻得多也深沉得多的悲剧。

翠翠爱情悲剧的原因，有虎视眈眈的碾坊主，有迷信愚昧的封建思想，有善意的误会和并非善意的传言，但其根本原因在于个人主体性微弱或者说是沉睡而引发了爱情悲剧，也就是说翠翠的爱情是自发的而不是自觉的，更不是自主的。翠翠与大老、二老之间隐约微妙的情感发生于端午节，翠翠在两年前的端午节与祖父失散，幸得二老傩送相助，顺利返回渡口。从此翠翠羞涩的心中平添了一件不能明言也无法明言的心事让她感到甜而美。"翠翠为了不能忘记那件事，上年一个端午又同祖父到城边河街去看了半天船。"这次不见二老却遇到了大老，大老还送了鸭子给祖孙俩。今年端午二老专门找人守船替翠翠留了好位置观看龙船，翠翠无意间听到的"碾坊陪嫁"的事扰乱了她的心绪，而老船夫却与杨马兵谈着大老与翠翠的事。祖父因不懂翠翠的心事，以为天保有意喜欢翠翠，便自以为是了。但翠翠心中却只有傩送的影子，少女朦胧的心事隐匿于心底似乎说不清道不明，于是当老船夫几次向翠翠谈起大老提亲的事都无结果后便"隐隐约约体会到一件事情——翠翠爱二老不爱大老。"然而祖孙俩谁也没说出来，开始出现了隔膜。大老为人厚道，爽快耿直，在听了媒人意见后先是选择了托媒走"车路"，老船夫既得不到翠翠明确的答复，又不便直接回绝，便只得将事情成否全推到翠翠身上去，且误将唱歌人"张冠李戴"，于是大老埋怨老船夫的口里犹如含着李子，说不明白，得不到想要的结果，老船夫和大老之间也出现了隔膜，当兄弟俩终于明白彼此都爱上了翠翠，便决定以自由平等的"走马路"的方式进行竞争。因天保自知不是兄弟的对手，失望之余驾船外出溺水而亡。大老的死导致二老和顺顺都与老船夫产生了隔膜，反感于老船夫做事不爽快，却毫不知晓其中缘由。顺顺因大老的死和"碾坊陪嫁"要求傩送娶王团总女儿，父子间也有了隔膜。傩送既不愿接受碾坊，又得不到翠翠的理会，两人之间也产生了隔膜。这一系列的隔膜，最终酿成了悲剧。直到故事结局作为中心人物的翠翠甚至不知道天保是因不能得到她的爱而出走落水身亡，不知道傩送是因为不能得到她的爱而离乡远行，也不知道爷爷突然离世全是由于替自己的幸福思虑奔忙而心力交瘁，这就是她对整个世界的隔膜，包括对自己的内心的隔膜。当这一切都已发生，陪伴她的杨马兵向她说明后，她才如梦初醒"哭了一个夜晚"，从此陷入遥遥无期的等待之中。整个悲剧事件发展中每个人都是真诚的、正直的、正确的，如果有错就错在缺乏主体的自主与自觉，造成彼此间隔膜，将事件和心灵的真实与美好掩盖了，使得误会无法澄清而酿成悲剧。正如亚里士多德说："悲剧是对于比一般人好的人的模仿"。①

（二）善良背后的冷漠

黑格尔认为，悲剧不是个人的偶然的因素造成的，它的根源在于两种实体性伦理力量的冲突，他们都是合理的但同时又都有道德上的片面性，从而导致悲剧必然发生。沈从文在《边城》中写道，这是一个"安静和平"的世界。在这个世界里，没有丑陋、仇恨、恶意、计谋、倾轧、尔虞我诈……这个世界清明、温馨。人人都是善良的，人人都有一副好脾气，好心肠，很少横眉怒对，剑拔弩张，绝无"一个个像乌眼鸡，恨不得你啄了我，我啄了你"的紧张与恐怖。"有人心中不安，抓了一把钱掷到船板上"，而"管渡船的必为一一拾起，依然塞到那人手心里去，俨然吵嘴里的认真神气：'我有了口粮，三斗米，七百钱，够了！谁要你这个？！'"老船夫请人喝酒，能把酒葫芦喝丢了。这边地即使是作妓女的，都"永远那么浑厚""守信自约"。透过这些牧歌谐趣、民俗欢歌，我们看到了一幕"善"的悲剧。正是这些无错与善良更显出了人性的冷漠与孤独，它直接导致老船夫郁闷而死，增添了翠翠的悲剧命运的凄怆。

作品用了很大篇幅表现翠翠和老船夫相依为命以及她的单纯可爱、乖巧懂事。表面上，爷爷悉心呵护着翠翠，边城人慷慨爽直地照顾她和爷爷，但

---

①亚里士多德著，《诗学》，北京，人民文学出版社，1982年版。

在翠翠和老船夫的心理经受着巨大的苦闷与痛苦时，边城人却一再表现出人性的冷漠与隔膜。随着年龄的增长，翠翠心中有些"薄薄的凄凉"，又有了"痛苦""悲伤"，多次莫名其妙地"哭"。翠翠为什么感到凄凉、痛苦、悲伤，还想哭？翠翠的身世是个悲剧，她的父母很久以前死于一场浓烈的爱情，如今的翠翠正在懵懂地憧憬着爱情，喜欢戴野花，听唱歌，一如当年的母亲，她甚至想到出走，去寻找她的爱情，她的梦。另一方面她又极其害怕，害怕失去唯一可依托的亲人爷爷，失去既有的平静的生活；更重要的是，她害怕失去爱情。当她发现黄昏的"温柔美丽宁静"慢慢消逝且必然要消逝，生命是那样难以捉摸，正在成熟中的她便有点落寞和凄凉，她必然想到生死，想到死于非命的可怜的母亲，她在快乐中忧愁，在忧愁中成长。这一切，年迈的老船夫无法体察和理解。翠翠喜欢二老，但碾坊陪嫁与大老攀亲的事重重地压在她心上，她又无法向二老倾诉。表面上周围的人似乎都在关爱着翠翠，可是在她对生活充满困惑，对爱情感到迷茫的时候，却无人走近她的心灵，去理解她的苦恼，给予她指点和安慰，哪怕是他最爱的爷爷和喜欢的二老。于是一个十五六岁无人倾诉的女孩儿，在她的内心世界渐趋丰富成熟的时候，她只能默默地独自承受着心灵的孤独和青春的苦闷，最终走向命运的悲剧。

这种孤独和苦闷在老船夫身上体现得尤甚。老船夫平日待人和气诚恳，周围的人们也同样善待他。然而老船夫心里装着永远的痛却是无人理会的，面对翠翠的长大，想起女儿的悲剧，他常觉心事重重。给翠翠找个好归宿，是他衰老的躯体得以支撑的精神力量。这种忧虑翠翠是毫不注意的也是无法理解的，"这小女孩子日里尽管玩着，工作着，也同时为一些很神秘的东西驰骋她那颗小小的心，但一到夜里，却甜甜的睡眠了"。天保淹死后，边城宁静和谐的局面打破了，边城人的宽厚、善良奏出了不谐之音。

祖父似乎在生谁的气，脸上笑容减少了，对于翠翠方面也不大注意了。翠翠像知道祖父已不很疼她，但又像不明白它真正的原因。但这并不是很久的事，日子一过去，也就好了。两人仍然划船过日子，一切依旧，惟对于生活，却仿佛什么地方有了看不见的缺口，始终无法填补起来。祖父过河街去仍然可以得到船总顺顺的款待，但很明显的事，那船总却并不忘掉死去者死亡的原因。

天保的死给了老船夫巨大的打击，船总顺顺一家以为这事故与老人做事不爽快有关，船总顺顺尽管照例款待老船夫，但神态冷冷的，也再不提翠翠的事，就连顺顺家族的人也对老船夫避而远之；最让老船夫难以忍受的是昔日乖巧机灵的二老一改往日热情的神态，不动感情地听他说话，认为"老头子倒会做作"，"为人弯弯曲曲，不索利，大老是他弄死的。"而老船夫却怀着深深的歉疚，仍然一如既往地为给翠翠找个值得托付的人做着努力。

他向各个过渡本地人打听二老父子的生活，关切他们如同自己家中人一样。他也古怪，因此他却怕见到那个船总同二老了。一见他们他就不知说些什么，只是老脾气把两只手搓来搓去，从容处完全消失了。二老父子皆明白他的意思；但那个死去的人，却用一个凄凉的印象，镶嵌到父子心中，两人便对于老船夫的意思，俨然全不明白似的，一同把日子打发下去。

从此，二老父子与老船夫之间的关系变得隔膜冷淡。当中寨人的话又一次在老船夫的心上扎实的戳了一下之后，面对周围的冷淡和误解，阅历丰富的老人感到了陌生和冰凉，仿佛整个边城人都成了老汉的对立。一个人最大的孤独莫过于在熟悉的人群中找不到说话的人，这远比独处孤岛更可怕。猜疑、误会继而冷漠、隔阂，终于击溃了老船夫最后的精神防线，他感到了恐惧、愤怒和彻底的绝望，在一个雷雨之夜溘然长逝。老船夫的心地是善良正直的，他阅尽人事、饱经风霜。"一切要来的都得来"。死前留给翠翠的这一句话，足以显出他的寂寞、困顿和创痛。老船夫的死让人想起鲁迅笔下的祥林嫂。祥林嫂两次嫁人两次守寡后回到鲁镇，遭遇了致命的嘲讽和冷漠，封建迷信、神权思想使祥林嫂怀着恐惧和孤独，在热闹的祝福声里寂然地死去。不能说边城人的人性就是鲁镇人的再现，但正是边城人的冷漠促成了老汉的速朽与死亡。

（三）淳朴背后的愚昧

鲁迅曾说："悲剧将有价值的东西毁灭给人看"[①]。沈从文笔下的边城世界充满了美与善。生长在茶峒山水旁的小镇居民们，伴着汩汩流淌的溪流，于旧世的隐匿夹缝里快活自在的生存着，再现了两千年前那个"无论魏晋，乃不知有汉"的桃源世界。这里有着淳朴的民风、秀美的女子，青翠的山峦、清澈的河水，一切的一切都浑然天成。老船夫、翠翠、傩送、天宝、杨马兵、顺顺以及茶峒地方上所有平常百姓都将善良和自在悠悠地带进日常的生活，淡淡地似乎不着痕迹。这一切仿佛回归到了人的原生状态——婴儿状态，有着朴实的天性，可爱的雅拙和迷人的纯情。这块偏僻的土地上有着原始乡村孕育下的超乎自然的朴素情感，每个人身上都遗留着代代延续的民俗淳风。正是这种"遵从古礼"的封建习俗在这块尚未开化的民风和谐、民情古朴的山村演绎了一个谁都没有错的人生悲剧。

"一切都是命，半点不由人"！边城这块纯洁的土地上笼罩着深沉的"天命"思想，它不仅障蔽了人们理性的觉醒，也耗尽了人们抵抗忧患的能力。老船夫这个忠实的劳动人民，善良、勤劳、朴实、憨厚，凡事求个心安理得，他总觉得翠翠母亲的死是不幸的，但仿佛又有无可奈何的天命的力量。当他终于明白翠翠爱二老不爱大老时，老船夫发现翠翠全像她母亲，隐约感觉到母女两个共同的命运。当天保不幸去世，傩送父子态度冷淡，中寨人谈及傩送决定要碾坊以及翠翠性格的倔强所有因素综合在一起时，"命运"终于彻底击垮了老人，在雷雨中悄然离世。

其次，处在原始自在状态的边城人的淳朴性情背后还隐藏着浓厚的封建迷信思想，并在言行中不可避免地暴露出来。他们对自己无法解释的祸患，都归咎于人的言行悖于常理，并对人的死赋予一种神秘的迷信因素。在对待大老死亡这件事情上，连船总顺顺这位慷慨洒脱，正直明理的商人和他热情大方、直率真诚的二儿子都因受到封建迷信思想的影响而对老船夫和翠翠有了新的看法和误解。正是他们处于人类生存的原始自然状态，才用愚昧的思想去看待偶然的事件，试图从中发现什么，从而导致了人与人之间的冷漠隔

[①]鲁迅著，《鲁迅全集》第一卷，北京，人民文学出版社，1981年版。

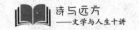
膜，造成人性的孤独和悲哀。

船总性情虽异常豪爽，可不愿意间接把第一个儿子弄死的女孩子，又来做第二个儿子的媳妇，这是很明白的事情。……但不知怎么的，老船夫对于这件事情的关心处，使二老父子对于老船夫反而有了一点误会。船总想起家庭间的近事，以为全与这老而好事的船夫有关，虽不见诸行色，心中却有个疙瘩。

最后，边城人在对待爱情和婚姻方面，表现出封建买卖婚姻和原始自由婚姻两种不同形式。一方面走"车路"或是走"马路"（托媒说亲与唱歌求爱），另一方面要"碾坊"或是要"渡船"（追求金钱和忠于爱情）。老船夫对于翠翠的婚事，认为"下棋有下棋规矩，车是车路，马是马路，各有走法。"这种依据礼法的婚姻形式使得翠翠无法与大老或二老直接交流，从而产生诸多误会，造成悲剧。船总顺顺对待儿子的婚事，尤其在面对碾坊和渡船时，明知二老喜欢翠翠却以封建家长的身份要求二老选择碾坊，最后二老只得赌气出走，留下可怜的翠翠孤独地等候着那个"也许永远不回来了，也许明天回来"的人。

作品最后写到碧溪岨关系着茶峒风水的白塔坍了，各处的村民忙着集资修建。这说明尽管象征"天命"的白塔坍塌了，可愚昧的思想观念仍然在人们的心中矗立着、延续着。

（四）祥和背后的凄凉

《边城》从表面看来，充溢着祥和宁静的田园情趣，优美得如同一首醉人的牧歌。然而，边城世界如果仅有美和善，就缺少内在的成分，故事流于单调和不真实，于是《边城》作者在对美的探索与塑捏中，在展现人与自然相得相融，优美和谐的同时，流露出对人生悲凉命运的无奈与困惑。他选择了以缺憾弥补唯美的空白，种种的"不凑巧"细微周到地弥合了由追求唯美而造成的审美缺憾——美丽的人和故事缓缓往下走，故事宁静平和，却始终有那么一个地方暗暗不如人意，牵动你身体的某一根弦，使人心里总也被隐隐地揪着不得放松。放下作品细细思量，让人有种说不清悲从何来的难过。

伴随着沉郁的痛苦和忧伤情绪，《边城》奏出了孤独凄凉的情调。这就是作者独特的悲剧审美意识——祥和背后透着凄凉。

朱光潜先生曾对沈从文作过很准确的断语说：沈从文在心灵的深处是一个孤独者。这种孤独感散发弥漫在《边城》的字里行间。《边城》，这"边"字，就有了一丝孤独。作品一开头："塔下住了一户单独的人家。这人家只一个老人，一个女孩子，一只黄狗。"这孤独便又深了一点。"黄昏来时，翠翠坐在家中屋后白塔下，看天空被夕阳烘成桃花色的薄云""听着渡口飘来那生意人杂乱的声音，心中有些儿薄薄的凄凉""代替了天，使他在日头升起时，感到生活的力量，当日头落下时，又不至于思量与日头同时死去的，是那个近在他身旁的女孩子。他唯一的伙伴是一只渡船和一只黄狗，唯一的亲人便只那个女孩子。"那独立山头的白塔，那类似于"夜渡无人舟自横"的渡口景象，那一幅幅黄昏与夜晚的凄清幽远的景色……无一莫把孤独凄凉托现出来。本应是圆满美好的家庭，在母亲与父亲私奔相聚不得志而相继离世后，翠翠便从小过着与爷爷相依为命的生活，他们的孤单与悲凉不时地涌入心头。更让我们感到不幸的是，作为"水鸭子"的大老却在水中淹死；那个在月下唱歌，使翠翠在睡梦里为歌声把灵魂轻轻浮起的傩送二老也离家出走；与翠翠朝夕相处、形影不离的爷爷，又在雷鸣夜晚中悄然离世……这一切的发生，犹如一块块巨石压抑着翠翠纯真的心灵。在《边城》结尾，作者想通过二老"也许明天回来"点燃翠翠心灵的一点希望。但"这个人也许永远不回来了"又给她了一种无限的困惑、迷茫。一个从小就遭受人生悲惨命运的心灵，本想寻得一处关爱、拯救的归宿，却一直得不到实现。在这个祥和宁静的边城世界里，人物都是孤独的：天保死了，老船夫去了，傩送走了，剩下翠翠一人开始遥遥无期并可能永无结果的等待，用她的青春，用她的生命，一天天消磨着年华。她已失去亲人，失去爱人，心灵无所依托，犹如汪洋中的小舟一样迷茫和失落。孤独的翠翠，孤独的等待，凄凉的余韵好像一支暗哑悠长的二胡，演奏着人世的苍凉和悲痛。

《边城》作品中寓含的悲剧感来自于作者对生命美好的易逝性、脆弱性的敏感、细微、丰富、深刻的洞悟，这种洞悟表面看是融合在温暖的人性美、人情美之中的，实质却是反映了原始状态下人性恶的一面以及人生无定、命运由天的天命思想，给作品所写的生命之美以一种凄凉感伤的色调。作品中每个平凡生命主体的沉浮飘忽，都折射出作家对人生命运的不可把握、偶然性和不可知性的深沉的忧虑和思索，使读者深切地领悟到他作品背后隐伏的深沉悲痛。所以恩格斯在评论拉萨尔的剧本《济金根》时曾说，悲剧是"历史的必然要求与这个要求的实际上不可能实现之间的悲剧性的冲突。"①《边城》构筑了独具特色的"湘西世界"和具有永久魅力的艺术乐园，引发人们对生命终极价值和意义的深入思考，对人生角色充满悲悯情怀，体现了其独特的深层悲剧意蕴，从而给田园牧歌的情调增添了一份沉郁厚重的悲剧感。

四、剧本举例（略）

思考与练习：

1. 结合实例，谈谈文学语言与科技语言、日常语言的特点。

2. 谈谈文学语言独立性品质。

3. 如何理解汪曾祺的"世界上没有没有语言的思想，也没有没有思想的语言。""写小说就是写语言。"

4. 如何理解维特根斯坦的"想象一种语言就是想象一种生活方式。"

5. 以时间为题材，分别创作自由体诗歌一首和散文一篇。

参考文献与延伸阅读：

1. 蒋德均著，《大师的诗意解读》，北京，大众文艺出版社，2010年版。

2. 葛红兵、许道军主编，《创意写作教程》，北京，高等教育出版社，2017年版。

3. 莎士比亚著，《莎士比亚四大悲剧》，上海，上海译文出版社，2006

---

① 马克思、恩格斯著，《马克思恩格斯选集》第四卷，北京，人民出版社，1972年版。

年版。

4. 歌德著《浮士德》，北京，人民文学出版社，1994 年版。

5. 林莽、蓝野主编，《三十位诗人的十年》，桂林，漓江出版社，2012 年版。

6. 孙玉石著，《新诗十讲》，北京，中信出版社，2015 年版。

7. 刘川鄂著，《张爱玲传》，北京，北京十月文艺出版社，2000 版。

8. 周勋初著，《李白评传》，南京，南京大学出版社，2005 年版。

9. 张大可著，《司马迁评传》，南京，南京大学出版社，1994 年版。

10. 公木著，《毛泽东诗词鉴赏》，长春，长春出版社，1994 年版。

11. 傅国涌著，《徐志摩传》，北京，北京十月文艺出版社，2000 版。

12. 黄仁宇著，《中国大历史》，北京，生活·读书·新知三联书店，2007 年版。

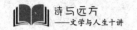

第六章　经典论：经典的价值与实现途径

本章提示：

一、知识教学目标：掌握与经典相关的基本概念。

二、能力教学目标：运用所学基础知识和基本理论鉴赏文学经典。

三、素质教学目标：养成阅读和鉴赏经典的习惯。

第一节　何谓经典

现在大家经常在说"经典"。那么究竟是什么"经典"？在我国古代是有所专指的，特指圣贤述作，尤指儒家经典。"经"是古籍的通称，凡带有原理原则性的著述，都可以称作"经"。"典"是一个会意字，从甲骨文字形看，上面是"册"，下面是"大"，合起来讲就是"大本大册的书"，即文献、典籍之意。因此，一般认为，那些经久不衰的具有奠基性、原创性、原理性的传世之作皆可称之为"经典"。

古今中外，各个知识领域中那些典范性、权威性的著作就是"经典"，尤其是那些具有重大原创性、奠基性的著作。比如儒家的"四书五经"。稍细论之，从本体特征来看，"经典"是原创性文本与独特性阐释的结合。"经典"通过个人独特的世界观和不可重复的创造，凸显出丰厚的文化积淀和人性内涵，提出了人类精神生活的根本性问题，它们与特定历史时期鲜活的时代感以及当下意识交融在一起，富有原创性和持久的震撼力，从而形成重要的思想文化传统。同时，"经典"又是阐释者与被阐释者文本之间互动的结果。其次，"经典"在存在形态上具有开放性、超越性和多元性的特征。"经典"作为人的精神个体和文化艺术原创世界的结晶，它诉诸人的主体性的发挥，是公众话语与个人言说、理性与感性以及意识与无意识相结合的产物。再次，从价值定位看，"经典"又是民族语言和思想的象征符号。如莎翁之于英国和英国文学，普希金之于俄罗斯与俄罗斯文学，"四书五经"之于中国与中国古代文化，鲁迅之于现代中国与中国现代文学等，他们的经典都远远超越了个人意义，上升成为一个民族、一个时代，乃至全人类的共同财富。

经典文学作品指具有典范性、权威性的经久不衰的传世之作，它们是经过历史选择出来的最有价值的、最具代表性的、最完美的文学作品。比如中国古代文学中的经典性作品，它们是世界文学宝库中令人瞩目的瑰宝，有诗歌、散文、小说以及词、赋、曲等多种表现形式，在各种文体中，又有多种多样的艺术表现手法，从而使中国古典文学呈现出多姿多彩、壮丽辉煌的图景。几千年来，中国传统文化养育了中国古典文学，中国古典文学又大大丰富了中国传统文化，使传统文化更具有深刻的影响力。中国现当代经典文学则指自五四新文化运动始，中国文学进入了现代时期。这时期的文学已成为自觉、独立而又面向整个社会的艺术。它以改变文学语言为突破口，对文学的形式、表现手法、内容，进行了全面深刻的变革，产生了不同于传统文学的诗歌、散文、小说和戏剧，还引进和创造了散文诗、报告文学、影视文学等新体裁，创作主体的个性风格、自我意识和描写对象社会化的深度和广度都得到了从未有过的强化与开拓。对于人的命运和人民、民族命运的关注，现代民主主义和社会主义思潮，成了文学主潮的思想基础。民族危机、知识分子的道路、农民的苦难、抗争与解放、武装斗争、改革开放、现代化建设等则是作品常见的题材和主题。作家与读者有了更广泛而亲切的交流，而且也更广泛地汲取了世界文学的营养。正是通过外来影响的民族化和传统文学的现代化，才创造出了新的民族文学，并成为现代世界文学的一部分。出现了鲁迅、郭沫若、茅盾、艾青、钱钟书、老舍、穆旦、王蒙、贾平凹、莫言、余光中等一批具有世界性影响的作家和作品。

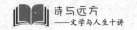

第二节　经典阅读的意义

一、经典阅读的当下意义

今天，大学教育在全球化、现代化浪潮冲击下，正面临着构建人类精神基础的人文价值情怀逐渐被侵蚀的困境。大学生疏离文学经典成为一种较为普遍的现象。由于经典本身深厚的内涵需要静下心来花费大量的时间、精力去阅读、感悟与理解，而网络、电影、电视、手机等大众传媒的思想深度虽然无法与经典媲美，但其阅读方式充满了轻松与随意，因此，大学生更倾向于以一种游戏、娱乐的心态接受快餐文化的熏陶而放弃对于文学经典盛宴的追求。据《光明日报》报道，中国阅读学研究会副会长、浙江工商大学人文学院梁春芳教授曾组织学生，对浙江大学、浙江工业大学、浙江工商大学、浙江传媒学院等杭州地区 16 所高校的大学生和研究生的阅读状况进行了调查。巧合的是，华南师范大学文学院余皓明教授也组织学生，对中山大学、华南理工大学、华南师范大学、广州中医药大学等 10 所高校的学生课外阅读情况做过问卷调查。这两份来自我国东南沿海城市的调查报告有着太多的相同之处，较为客观地反映了当代大学生的阅读状况。调查显示：大学生把大部分时间用于上网，上网时间超过了读书的时间；超过六成的大学生阅读的主要目的是满足兴趣爱好；他们喜欢阅读文学名著，认知阅读的重要性，但又困惑于不知道读什么书和怎么去读书。因此，专家呼吁，应从国家层面建立全民阅读的读书制度，形成全民阅读的环境，营造全民阅读的氛围，响应联合国教科文组织"世界读书日"设立我国的读书节；各个大学、社区、企事业单位也应有自己的读书节或读书月活动。

前面我们谈到，文学经典是一个国家、一个民族文化发展的重要标志，是经过了作家创作、读者阅读、批评家批判、历史检验之后的伟大作品。由于文学经典曾经参与过人类历史文明的建设，对社会及人类精神的发展产生过重大影响，并在不断阐释中传承并发挥其文化价值。阅读文学经典如同与智者对话，有助于现代人进一步了解传统文化，对于理性精神、人文素质的提高能够发挥重要的作用。因此，如何将文学经典引入大学教育，让各个专业的学生直接领略文学经典魅力便成为一个非常值得探讨的话题。当现代科学技术在天地间显出几乎无所不能的神通力量之时，包括一些现代高科技发达国家和地区的有识者却愈加明确而急切地指出，在人类迄今为止的全部发明中，没有什么比文字和图书更伟大更神奇。同时，有关统计资料也告诉我们，像美国这样的现代化文化传播手段快速发展、运用极广的国家，公民的读书购书情况依然可观。据1996年统计资料，美国的成年人每周人均购书2—6册，而且他们都真正是因阅读需要购买；而美国高中生的课外必读书目中，则包括从荷马史诗到莎士比亚剧作、从弥尔顿的《失乐园》到塞林格的《麦田守望者》、从《共产党宣言》到《美国独立宣言》等在内的世界经典名著共计20余种。在欧洲许多国家都有不少专门的读书俱乐部，在有关问卷上都将阅读列入业余生活最大乐趣，其中科学技术与物质生产相当发达的德国的公民更置阅读于首位。在亚洲，韩国在世界上率先设立了"读书节"；日本的各种机动车内，常有人专心致志地读书，形成了一种独特的"车内文化"现象。在动荡的中东，以色列人以阅读为荣，人均拥有的图书量和阅读量均居世界之最。据此我们可以想见，小小的以色列为何如此强大而且世界级大师人才辈出。

然而，在正处于发展中的中国，随着包括现代文化传媒在内的现代化事业的快速推进，特别是电视文化、网络文化的相对超前发展，也随着社会经济转型的到来，近年来出现了不期然而至的现象：阅读急剧衰落。这现象的悄然而至，扩展之速，波及之广，直至社会生活的各个领域，足以令人惊诧；而尤为不可小视的是，其扩展势头有增无减。我们所谓阅读的衰落，绝非简单地指当代国人接触文字出版物的统计数量，而主要是就阅读的品位、质量和境界而言。我们不得不承认现阶段文化消费时尚的负面效应：官能化、平庸化、功利化，主体精神的弱化，文化接受惰性滋长以至于文化心态更趋浮躁化等。今天的时尚阅读使人们与阅读的本义越走越远，甚至背道而驰，我们忘记了经典阅读的不可替代性，自从人类有自觉的文化意识起，即以多种形式创造着丰富的文化、文化传播方式及接受途径，如口头交流、雕刻、歌唱（音乐）、舞蹈、绘画、展演、文字传播等。随着现代工业文明和电子时代的到来，人类所能企及的物质空间极大地扩展，可触及的文化领域不断拓宽，文化传媒和传播方式也同时得到革命性的丰富和发展。但文化的价值绝不以表现形式和传播手段的不同或先进与否论高下，其存在的意义主要取决于对作为社会主体的人的智能的开启、精神世界的涵养以及对现实存在和终极指向的关怀。阅读是一种独特的文化接受方式：创作者借助文字符号将抽象的信息或自己的情怀表现出来，接受者通过阅读，将符号转化为形象，再将形象整合为特定的总体情境，这中间始终需要读者调动想象，需要悉心投入的再度创造，创造出每一阅读个体独有的另一种现实，那是一种任何现实存在都不可能替代的内在的现实。

二、经典阅读的普世意义

孔子在《论语》中曾将文学的作用归结为兴、观、群、怨、事父、事君、多识等方面，它涉及文学的认识价值、精神力量以及人伦意义，揭示了文学经典在人生中的独特意义。教育的目的就个人而言是培养身心健全的人，就社会而言是培养群体在生命意义、历史文化、价值观念等方面形成共识。故梁启超在《论小说与群治之关系》一文中说："欲新一国之民，不可不先新一国之小说。"他们都认为文学在社会生活中作用重大而独特。因此，文学经典在传承文化、塑造人格、涵养智慧、抚慰心灵等方面具有永久的普世意义。

文学经典是最能代表时代核心价值的文学作品，其中凝聚了这个时代最为优秀的人物关于社会、历史、未来、人生的思考。文学经典由于自身的典范性、包容性，在超越地域局限、穿越历史长河的过程中孕育了丰富的文化内涵：阅读《诗经》《楚辞》必然涉及先秦社会生活的方方面面；阅读汉赋《史记》必然涉及汉代经学与社会生活；阅读唐诗必然关注佛教；阅读宋诗必然谈到理学；阅读明清小说必然涉及当时世态万象。因此，对于文学经典的阅读需要在广阔的文化背景中展开，这个阅读过程即是使阅读者经历文化濡化的过程。大学生既是传统文化的接受者，也是传统文化的继承者，只有当学生沉醉于文化传统里，才能让他们在真正体会文学艺术等传统文化的不尽魅力和价值。

经典是建立在对人深刻理解的基础上的，"大学之道，在明明德，在亲民，在止于至善。"即体现了儒家理想人格模式。而文学经典相对于抽象的哲理论述而言，能更以感性直观的形式影响学生的人格气质。"盖西伯拘而演《周易》；仲尼厄而作《春秋》；屈原放逐，乃赋《离骚》；左丘失明，厥有《国语》；孙子膑脚，《兵法》修列；不韦迁蜀，世传《吕览》；韩非囚秦，《说难》《孤愤》；《诗》三百篇，大抵圣贤发愤之所为作也。此人皆意有所郁结，不得通其道，故述往事思来者。乃如左丘无目，孙子断足，终不可用，退而论书策，以舒其愤，思垂空文以自见。"当我们阅读司马迁在《报任安书》中提到的人物与文学经典时，能够真切地感受到这些非常之人发奋著书的背后都有着坚韧人格力量的支撑。正如高尔基所说，文学的目的就是帮助他人了解他自己，就是提高人的信心，激发他追求真理的要求；就是和人们中间的卑俗做斗争，并善于在人民中间找到好的东西；就是在人民的灵魂中唤起羞耻、愤怒和英勇，并想办法变得高尚有力，使他们能够以神圣尚美的精神鼓舞自己的生活。我们认为，经常让学生阅读经典，感受情感的荡涤，经历灵魂的洗礼，可以使学生自觉地进行自我人格的反省与完善。

文学经典中感性地呈现了丰富的人生智慧。阅读文学经典可让学生向智者学习如何做到宠辱不惊；如何追求公平与正义；如何处理个人与他人之间的关系；如何与自然和谐共处；如何平衡个体内心冲突等。而更重要的是让学生学会如何智慧地面对人生，在正确处理自身问题的基础上，理性地思考人类的前途与命运。整个大学阶段应着力于培养学生正确的世界观和思维思辨能力，但这些观念与能力最后都需要落实到生活与生命体验中。文学经典能够提供各种生命体验与生活情景，讨论不同的人生价值观带来的不同人生态度以及不同的人生困境处理方式，寻找到文学经典中蕴含的丰富人生智慧，从而养成高瞻远瞩、从容淡定、文质彬彬、温文尔雅的为人处世、待人接物的智慧人生与君子风范。

当今社会，由于生活压力的激增与中国传统文化的影响，很多人包括大学生在生理、心理方面都呈现出亚健康状态。研究表明，文学艺术具有激发或舒缓生理、心理情绪的作用。所以，国外和我国港台以及北京、上海等大城市在心理咨询方面都有文学、音乐等疗救方法。我们认为，经典阅读是提升个体生命质量的一种方式，是抚慰焦灼烦闷心灵的一剂良药。文学阅读对主体心态心境方面的特殊要求与主体进而在相适的阅读境界中的心性、气质的涵养，其正常的效应便构成人生建树特别是人文品格和精神方面的良性机制。其中最突出的效果即是涤除浅俗与燥气，使人的心态意绪获得宁静积蓄和独立伸展，直至渐次扩展汇通古今容纳天地的心胸气度。在当下的文化背景中尤其需要倡导经典阅读，以期借此消解些社会群体心态中颇为突出的浮躁之气。涤除躁气，沉静下来，获得一种健康的生活方式和良好的人文心态。形成阅读与心态的良性的互动，有益于思想的自由驰骋，身心的健康成长，而且可以在自己的精神世界中留出一块清凉而虚灵的绿荫地。所以，大学生不应将读书当作一种休闲的方式，更要变成一种生活的需要，不仅需要心灵的净化，需要远离功利主义的诱惑和形式主义的羁绊，更应培养自己的阅读情趣和雅志，营造浓郁的书香气、书卷气。人是需要知识修养的，而经典阅读确能使你感知生活的冷暖，感受生命的神圣和自然的敬畏，从而做一个身心健康和谐、积极向上、充满优雅情趣的人。

第三节　经典价值的实现途径

文学经典代表了一个民族文学的最高成就，是经过历代读者长期反复阅读鉴赏而筛选出来的精华。它们一般都以较为完美的形式充分体现了一个民族较为稳定的道德观念、价值取向、思想情感和审美理想。文学中那些表现强烈的爱国主义情感、崇高的理想追求、执着的生命意识、彻底的自由精神、深厚的人道主义情怀以及至善至美的亲情友情和爱情等往往具有人类情感的普遍性和共同性，能超越种族和地域的界限而成为全人类共同的精神财富。文学经典在立人方面有着诸多优势：与诉诸人的理性的政治宣传和道德说教相比，它用形象的情感的方式去"潜移默化"感染读者，具有"动天地、感鬼神"的特殊效果；与探求自然和社会规律之真的科学文化知识相比，它更强调追求合目性的善与真，对弘扬人性中高尚健康美好的一面，去除人性中卑劣病态丑恶的一面有着积极的意义；与同样用审美的方式去感化人、陶冶人的音乐、美术和影视等艺术作品相比，它具有形象的间接性、内容的广阔性和思想的深刻性以及体验的微妙性等特点，能最大限度地调动读者的想象力和思考力，使人在充分认识社会生活的多样性与复杂性，体验人类情感的丰富性与细致性，领悟思想认识的独特性与深刻性的同时，全面提升人的道德境界，完善人的个性品质，滋养人的思想情感，提高人的品位修养。

为达成这一目标，下列途径与方法，我们以为切实可行：

一、将经典阅读纳入全社会或国家层面的倡导计划，在全社会形成经典阅读的浓厚氛围和良好传统。

二、将文学经典阅读纳入学校教学计划，作为全校所有学生的课外选修课程，甚至课外必选课。

三、充分发挥课外阅读的作用，将经典阅读贯穿于学校教书育人的全过程，陶冶学生的情操，培养他们的志趣，提高他们的人文素质；同时针对青少年学生的特点，科学地设计相关的阅读内容，不同年级都应开列基本的文学经典必读书目和选读书目。同时，选配优秀的指导教师指导课外阅读活动。

四、创造良好的校园文化环境。校园文化是一种特殊的社会文化现象，良好的校园文化是一种不可忽视的教育力量和隐形课程，它以某种特有的潜在作用影响着学生文化素质的提高，滋润着学生的心灵，对学生形成正确的世界观、人生观和价值观、审美观发挥着重大作用。丰富多彩的校园文化活动形式有利于学生的自律和优秀品质的内化。

五、在写作实践中对学生进行文化素质、思想政治以及艺术修养教育，使学生养成热爱文学、爱好阅读和写作的良好习惯。

综上所述，如果我们充分认识并重视到了经典阅读尤其是文学经典阅读在人生成长中的独特价值，如果我们充分运用好了校内校外、课内课外即社会——学校——家庭这些独特的全时空阵地，那么，人生的修炼便有了无限的时空，养成"文质彬彬"的君子人格的目标也就能够实现了。

思考与练习：

1.何谓经典？经典有哪些基本特点和价值？

2. 如何理解经典阅读与人文情景的关系。

3. 如何理解经典阅读与个人精神成长的关系。

4. 请你选择一部文学经典并分析其艺术得失。

5. 调研大学生经典阅读情况，并撰写一份调研报告。

参考文献与延伸阅读：

1. 雅斯贝尔斯著，《什么是教育》，北京，生活·读书·新知三联书店，1991。

2. 李曼丽，通识教育著，《一种大学教育观》，北京，清华大学出版社，1999 年版。

3. 尤西林著，《经典文本导读在大学人文学科教学中的地位》，《高等教育研究》，2003，（3）。

4. 柴秀波，王爱民著，《"以人为本"内涵新探》，《理论观察》，2007（6）。

5. 蒋德均著，《诗歌语言艺术论》，北京，大众文艺出版社，2010 年版。

6. 司马迁著，《史记》，长沙，岳麓书社，1993 年版。

7. 南怀瑾著，《论语别裁》（上下），上海，复旦大学出版社，1990 年版。

8. 罗素著，《西方哲学史》（上下），北京，商务印书馆，1963 年版。

9. 葛兆光著，《中国经典十种》，北京，中华书局，2008 年版。

10. 莎士比亚著，《莎士比亚全集》（1—11），北京，人民文学出版社，1978 年版。

第七章　阅读论：阅读的视角

本章提示：

一、知识教学目标：掌握相关阅读理论与阅读视角知识。

二、能力教学目标：运用相关理论解读与指导文学经典阅读。

三、素质教学目标：为阅读习惯养成与指导阅读提供支撑。

第一节　何谓阅读

所谓阅读，有广义与狭义之分，在我们看来，广义的阅读即阅读主体对外界信息的接收。阅读是运用语言文字从视觉材料中获取信息，认识世界，发展思维，并获得审美体验的活动。阅读是一种主动的过程，是由阅读者根据不同的目的加以调节控制的，陶冶人们的情操，提升自我修养。阅读也是一种理解、领悟、吸收、鉴赏、评价和探究文章的思维过程。阅读并不一定改变命运，但一定能改变人的气质和心态。此处是狭义之义，包括两方面内容：一是阅读书面读物，同时关联着相应的阅读方式、阅读状态，即阅读是独立进行的、个性化的、怡情悦性的并能以文字符号为触导而使阅读主体展开想象、联想及再创造。二是阅读有品位的好书，阅读美文，特别是经典之作。因为无论其涉及哪一领域、哪一层面，经典都是智慧的闪现、精神的极品，而且能够并已经经历了时间长河的无情洗汰而见其超越时空的生命光彩。阅读这样的精神佳品是人类极富智慧的选择，也只有人类才能够拥有这种选择。应该特别指出的是，愈是富有独创性的、精神内涵丰富而深邃的经典之作，一般来说愈是不能够改编或不能够通过其他媒介方式来演绎。否

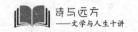
则，必然会造成或是对原作精神的损伤，或是得之皮毛而失之灵魂甚或偏离和歪曲原作，以至于谬之千里而产生贻害不浅的误导。这对于人文精神的提升而言不是建设而是破坏。比如，前些年，风行一时的影视剧戏说以及对古典名作的影视改编等都存在这些问题。

阅读也是一种消费，是一种精神之旅，心灵之旅，是一种特殊的消费，具有选择的自主性和增值与减值的特征。

阅读是一种习惯，一种愉悦，一种享受，一种境界。明代诗人于谦在《观书》一诗中写道："书卷多情似故人，晨昏忧乐每相亲。眼前直下三千字，胸次全无一点尘。活水源流随处满，东风花柳逐时新。金鞍玉勒寻芳客，未信我庐别有春。"经常阅读，自有一股缭绕身心的别致书香，就像不会枯竭的丰盛水源、盛开不败的鲜花绿柳。因此，阅读不能有太多的功利性，它是心灵的一种需要，是充实生活、引导灵魂前行的一种方式。北宋著名诗人、书法家黄庭坚说："士大夫三日不读书，则义理不交于胸中，对镜觉面目可憎，向人亦言语无味。"南宋著名诗人、理学家、教育家朱熹有诗《观书有感》（其一）："半亩方塘一鉴开，天光云影共徘徊。问渠那得清如许？为有源头活水来。"

由此可见，我们常说的阅读，主要是指人文方面的内容。个人的气质、品位，便取决于这种阅读。一个技术性的人才，如果没有专业之外的人文阅读，很难说他具有多高的文化修养与生活品位，在专业方面能做出杰出的更大贡献。

第二节　阅读的视角

一、阅读的特征

阅读行为作为人类社会特有的现象，在文化传承与创新，在社会文明进步、在国家安全稳定、在人际关系和谐、在个人素质修养等诸多方面都具有不可替代的独特性。根据学界的研究，阅读是人类特有的精神活动与精神现象，其主要特点有：

（一）阅读主体的自主性。真正有效的阅读，必须依靠阅读者全部的心智和情感意向活动，才能通过对书面符号的感知和理解，把握其所反映的客观事物及其意义，达到阅读的目的。这种具有很强的个性化的活动，决定了阅读只能是阅读者自己的事，任何人都无法越俎代庖。教师或其他指导者的职责只是营造一个有利于阅读者情绪感应的场，让阅读者直接面对文本，主动地去读，专注地去读，兴致勃勃地去读。阅读者的自主性越强，积极性越高，其所获就越多。

（二）阅读实践的探究性。书本上的东西提供的信息除了字面显示之外，常常还有更深层的信息和含义，这些隐含的潜在信息密码需要阅读者去发现、去破解、去感悟。而阅读者由于受到心智水平、认知经验、个人兴趣、审美追求等的限制，在发现、破解过程中还会遇到许多的疑难和困惑，尤其是当文本所表述的情感态度、价值观念与阅读者的阅读期待不一致或相矛盾时，其疑难和困惑就更为突出，成为阅读理解的障碍，必须对此来一番分析、推理和探究。在对问题的探究解决中，阅读者的人文素养、实践能力和创新精神也得到提升和发展。

（三）阅读过程的调控性。从心理学的角度看，阅读是一种从书面符号中获取意义的复杂的心理过程，要经历感知（看到文字，读出字音）——理解（把单词转化为意义）——反应（领会作者说的是什么）——综合（与实际联系的应用）四个阶段。这使得阅读者的阅读理解往往不能一步到位，还会产生认识的肤浅、偏差甚至谬误，需要在阅读过程中，及时、不断地加以监控和调节。从而把握自己的理解程度，判断与目标的差距，反思自己及他人见解的合理性、完善性和正确性，并采取各种帮助思考和增进理解的策略，最终实现对文本的全面、深入的理解和掌握。形象大于思想的情况在文学经典阅读中大量存在，很多时候恐怕连作者本人也意想不到。读不懂也是阅读尤其是文学阅读的常见现象。所谓懂与不懂都是相对的。

（四）阅读结果的差异性。阅读认知理论认为，阅读主体对于文本中的言语，只有在他的信息贮存中能够找到文本言语具有相似性的信息模块以后，才能进行相似匹配、相似激活，从而识别文本中的信息。由于阅读主体大脑贮存的相似模块各不相同，因而即使是阅读同一文本，也形成各自不同的相似选择与相似匹配，进而产生见仁见智的个性化理解。因此，可以说，

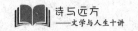
个性化阅读结果实质上是作为阅读主体的个人对阅读材料的一种带有强烈主观色彩的理解、感悟和体验，必然会存在一定的差异性。或者贬值，或者增值，这是阅读中的必然现象。误读也是阅读尤其是文学阅读的常态。所以，有人说，一部文学阅读史就是一部误读史。

二、阅读的视角

北宋大诗人苏轼有诗《题西林壁》云："横看成岭侧成峰，远近高低各不同。不识庐山真面目，只缘身在此山中。"对文学作品的鉴赏亦如此，我们可以取一个角度，也可以取多个角度，如果可能，也可以取全方位角度。同一部作品，不同的角度会有不同的视点，每一个视点都有特定的感受，不同的视点会获得不同的感受。一般来说，角度越多，感受越丰富越全面甚至越精准。

1. 时间视角：所谓时间角度，也就是我们欣赏文学作品时，将重心放在时代、年代、季节、时间等上面。因为，任何作品的产生和消费都有特定的时间。不同的时间具有不同的具体生活内容。在不同时间欣赏同一部作品会有不同的效果和含义。大家可以好好欣赏宋代词人蒋捷的《虞美人·听雨》。

少年听雨歌楼上，红烛昏罗帐。壮年听雨客舟中，江阔云低、断雁叫西风。　而今听雨僧庐下，鬓已星星也。悲欢离合总无情。一任阶前、点滴到天明。

这首词写出了少年、壮年和晚年三个不同时间段"听雨"的特殊感受，可谓言简意赅。它以"听雨"为媒介，将几十年大跨度的时间和空间相融合。少年的追欢逐笑享受陶醉；壮年的漂泊孤苦触景伤怀；老年的寂寞孤独，一生悲欢离合，尽在雨声中体现。词中潜隐着作者的亡国家破的深层愁情和身世之感。

2. 空间视角：这里的"空间"具有多重含义，既有地域空间，比如东西南北的差别，也有社会、历史文化的空间不同。我们欣赏文学作品时，将重心放在其间。所谓一方水土养一方人，典型环境中的典型人物，环境决定性格等等。所谓泰纳的"地域、人种、气候"论等等，皆蕴含着其中的道理。不同的空间会有不同的文化，不同的文化会孕育不同的文化主体，不同的文化主体会有不同的审美趣味和价值判断。因此，同一部作品在不同的空间里会有不同的审美效果和含义。这里我们可以选择元代诗人马致远的《天净沙·秋思》和北朝民歌《敕勒川》对比欣赏。

枯藤老树昏鸦，小桥流水人家，古道西风瘦马。夕阳西下，断肠人在天涯。

小令以多种景物并置的方式组合成一幅秋郊夕照图，让天涯游子骑一匹瘦马出现在一派凄凉的背景上，从中透出令人哀愁的情调，它抒发了一个飘零天涯的游子在秋天思念故乡、倦于漂泊的凄苦愁楚之情。小令句法别致，前三句全由名词性词组构成，一共列出九种景物，言简而意丰。语言极为凝练却容量巨大，意蕴深远，结构精巧，顿挫有致，被后人誉为"秋思之祖"。

敕勒川，阴山下，天似穹庐，笼盖四野。天苍苍，野茫茫，风吹草低见牛羊。

全诗寥寥二十余字，展现出我国古代牧民生活的壮丽图景。尤其最后三句"天苍苍，野茫茫，风吹草低见牛羊"，大气磅礴，粗犷雄放，苍茫辽阔，具有极大的艺术感染力。

3. 作者视角：所谓作者角度，也就是我们欣赏文学作品时，将重心放在创作主体作者本人身上。关注作者的出身、教育、经历以及哲学、文学、审美等人生观念以及心理与人格特征。所谓风格即人，所谓小说都是作家的自叙传，所谓"诵其诗，读其书，不知其人，可乎？"所谓"知人论世，以意逆志。"我们从事文学研究，一般要求重点关注作者的生平经历、个性气质、人格特征等，这是非常重要的。一般来说，对作者了解越多，对其作品的欣赏会越到位。但任何事物有利有弊，使用此角度时，要力求避免爱屋及乌以及因人废言等问题。所以，在现当代文学的作家作品研究中，有一种说

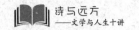
法是最让人深信也最让人怀疑的是四种人的成果——作者的家属、弟子和乡党以及论敌。

4. 作品视角：所谓作品角度，也就是我们欣赏文学作品时，将重心放在作品本身上，将作品视为一个独立自主的封闭世界，即就文本说文本，有的学者将此种方法叫作"文本细读法"。研究作品本身的结构、语言、情节、人物、细节、场景、意境、意象、修辞、文体、风格、音韵、节奏、技法、技巧等内部元素。这是典型的文本细读。对于读者提高文学素养极有帮助，对于作品解读极有好处。但须力求避免将一部作品肢解得七零八落的危险。

5. 读者视角：所谓读者角度，也就是我们欣赏文学作品时，将重心放在研究接受者上，从读者的接受角度出发，分析其接受心理、接受过程、接受效果等。按照接受美学理论，文学鉴赏只是文学活动过程的一个阶段或一个部分。文学活动一般由文学生产（作者）——文学运动（出版、发表）——文学消费（读者）组成。作者创造作品，赋予作品潜在价值，文学运动帮助作品实现潜质，读者消费实现价值。所以，在接受美学理论家眼里，读者对于文学作品的接受是尤其重要和关键的。每一位读者都有其"阅读期待"和"阅读视野"，都在寻找他想阅读的作品。俗话说，萝卜青菜，各有所爱。"一百个读者有一百个哈姆雷特。"就是这个道理。正是如此，文学欣赏中往往见仁见智，十分正常。

6. 年龄视角：所谓年龄角度就意味着不同年龄的人有不同的阅读需求与审美趣味；不同年龄的人对同部作品有不同的理解和判断；不同年龄的人对文体有不同的选择。生活中有代沟，审美也不例外。根据北京大学辜正坤教授的研究，以欣赏旧体诗歌为例，60 岁以上的读者与 30 岁以下的读者形成巨大反差。所以，俗话说，诗歌属于青年，小说属于中年，散文属于老年。这说明年龄的变化会极大地影响我们对文学作品的选择。

7. 性别视角：20 世纪在西方兴起的女性主义文学强调性别差异。过去男女之间是一种"看"与"被看"的关系。随着女性社会、文化、教育、经济等诸度方面的提高，女性自主意识的觉醒与高涨，加之，女性在文学艺术方面固有的天赋，女性对文学鉴赏的地位日渐突出。男女之别的存在，意味着他们在文学鉴赏方面的差异必然存在。倘若我们能从不同性别的角度去欣赏作品，那么，这将丰富我们的文学感受。一般来说，男性更喜欢豪放、崇高、哲理类作品，女性更偏爱婉约、优美、情感类作品。

8. 社会文化视角：所谓社会文化角度，就是将欣赏重点放在作品产生的社会、政治、经济、文化、历史等因素下审察。这是我们惯用的二分法——思想内容与艺术形式。需要注意的是将审美分析泛化与穿凿附会甚至断章取义，将文学艺术等同于现实生活，将艺术真实与生活真实混淆。

9. 阐释者视角：所谓阐释者视角是指专业性鉴赏角度。它一般包括评论家、文学教师、作家、诗人等。他们的鉴赏大多力求全面、客观介绍，较少个人爱好的张扬。各种鉴赏辞典的撰稿人大体属于此类。比如上海辞书出版社出版的"文学系列鉴赏辞典"。

10. 翻译者视角：所谓翻译者视角有两层含义。一是同一语种的翻译。比如古代汉语与现代汉语之间也即文言与白话之间的翻译。二是不同语种之间的翻译。对大多数中国读者来说，阅读外国文学作品，我们要借助翻译家的中文译本。不同语言文字之间可以翻译吗？翻译家是产婆还是产妇？译本能与原著闭合吗？因此，我们建议欣赏者自己尝试翻译，从中感知作品的原汁原味和独特魅力。下面我们可以欣赏比较一首英语小诗的几个译本并尝试翻译，做出选择。

English：

When You Are Old

William Butler Yeats

When you are old and grey and full of sleep,

And nodding by the fire,take down this book,

And slowly read,and dream of the soft look

Your eyes had once,and of their shadows deep;

How many loved your moments of glad grace,

And loved your beauty with love false or true,

But one man loved the pilgrim soul in you,

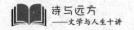

And loved the sorrows of your changing face;

And bending down beside the glowing bars,

Murmur,a little sadly,how love fled

And paced upon the mountains over head

And hid his face amid a crowd of stars.

中文：

（1）傅浩译《当你年老时》

当你年老，鬓斑，睡意昏沉，

在炉旁打盹时，取下这本书，

慢慢诵读，梦忆从前你双眸

神色柔和，眼波中倒影深深；

多少人爱你风韵妩媚的时光，

爱你的美丽出自假意或真情，

但唯有一人爱你灵魂的至诚，

爱你渐衰的脸上愁苦的风霜；

弯下身子，在炽红的壁炉边，

忧伤地低诉，爱神如何逃走，

在头顶上的群山巅漫步闲游，

把他的面孔隐没在繁星中间。

（2）袁可嘉译《当你老了》

当你老了，头白了，睡意昏沉，

炉火旁打盹，请取下这部诗歌，

慢慢读，回想你过去眼神的柔和，
回想它们昔日浓重的阴影；

多少人爱你青春欢畅的时辰，
爱慕你的美丽，假意或真心，
只有一个人爱你那朝圣者的灵魂，
爱你衰老了的脸上痛苦的皱纹；

垂下头来，在红光闪耀的炉子旁，
凄然地轻轻诉说那爱情的消逝，
在头顶的山上它缓缓踱着步子，
在一群星星中间隐藏着脸庞。

（3）LOVER 译《当年华已逝》

当年华已逝，你两鬓斑白，沉沉欲睡，
坐在炉边慢慢打盹，请取下我的这本诗集，
请缓缓读起，如梦一般，你会重温
你那脉脉眼波，她们是曾经那么的深情和柔美。

多少人曾爱过你容光焕发的楚楚魅力，
爱你的倾城容颜，或是真心，或是做戏，
但只有一个人！他爱的是你圣洁虔诚的心！
当你洗尽铅华，伤逝红颜的老去，他也依然深爱着你！

炉里的火焰温暖明亮，你轻轻低下头去，
带着淡淡的凄然，为了枯萎熄灭的爱情，喃喃低语，
此时他正在千山万壑之间独自游荡，
在那满天凝视你的繁星后面隐起了脸庞。

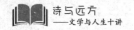

（4）陈黎（台湾）译《当你年老》

> 当你年老，花白，睡意正浓，
> 在火炉边打盹，取下这本书，
> 慢慢阅读，梦见你眼中一度
> 发出之柔光，以及深深暗影；
>
> 多少人爱你愉悦丰采的时光，
> 爱你的美，以或真或假之情，
> 只一个人爱你朝圣者的心灵，
> 爱你变化的容颜蕴藏的忧伤；
>
> 并且俯身红光闪闪的栏栅边，
> 带点哀伤，喃喃低语，爱怎样
> 逃逸，逡巡于头顶的高山上
> 且将他的脸隐匿于群星之间。

（5）裘小龙译《当你老了》

> 当你老了，头发灰白，满是睡意，
> 在炉火旁打盹，取下这一册书本，
> 缓缓地读，梦到你的眼睛曾经
> 有的那种柔情，和它们的深深影子；
>
> 多少人爱你欢乐美好的时光，
> 爱你的美貌，用或真或假的爱情，
> 但有一个人爱你那朝圣者的灵魂，
> 也爱你那衰老了的脸上的哀伤；

在燃烧的火炉旁边俯下身，
凄然地喃喃说，爱怎样离去了，
在头上的山峦中间独步踽踽，
把他的脸埋藏在一群星星中。

（6）杨牧译《当你老了》

　　当你老了，灰暗，沉沉欲眠，
　　在火炉边瞌睡，取下这本书，
　　慢慢读，梦回你眼睛曾经
　　有过的柔光，以及那深深波影；

　　多少人恋爱你喜悦雍容的时刻，
　　恋爱你的美以真以假的爱情，
　　有一个人爱你朝山的灵魂内心，
　　爱你变化的面容有那些怔忡错愕。

　　并且俯身闪烁发光的铁栏杆边，
　　嚅嗫，带些许忧伤，爱如何竟已
　　逸去了并且在头顶的高山踱蹀
　　复将他的脸藏在一群星星中间。

（7）飞白译《当你老了》

　　当你老了，白发苍苍，睡意蒙眬，
　　在炉前打盹，请取下这本诗篇，
　　慢慢吟诵，梦见你当年的双眼
　　那柔美的光芒与青幽的晕影；

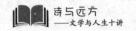

多少人真情假意，爱过你的美丽，
爱过你欢乐而迷人的青春，
唯独一人爱你朝圣者的心，
爱你日益凋谢的脸上的哀戚；

当你伛偻着，在灼热的炉栅边，
你将轻轻诉说，带着一丝伤感：
逝去的爱，如今已步上高山，
在密密星群里埋藏它的赧颜。

（8）冰心译《当你老了》

当你老了，头发花白，睡意沉沉，
倦坐在炉边，取下这本书来，
慢慢读着，追梦当年的眼神
那柔美的神采与深幽的晕影。
多少人爱过你青春的片影，
爱过你的美貌，以虚伪或是真情，
唯独一人爱你那朝圣者的心，
爱你哀戚的脸上岁月的留痕。
在炉栅边，你弯下了腰，
低语着，带着浅浅的伤感，
爱情是怎样逝去，又怎样步上群山，
怎样在繁星之间藏住了脸。

（9）艾梅译《当你老了》

当你老了，两鬓斑白，睡意沉沉，

倦坐在炉边时，取下这本书来，
慢慢读起，追忆那当年的眼神，
神色柔和，倒影深深。
多少人曾爱慕你青春妩媚的身影，
爱过你的美貌出自假意或者真情，
而唯独一人爱你那朝圣者的心，
爱你日渐衰老的满面风霜。

（10）樱宁译《汝将老去》

当汝老去，青丝染霜。独伴炉火，倦意浅漾。
请取此卷，曼声吟唱。

回思当年，汝之飞扬。眼波深邃，顾盼流光。
如花引蝶，众生倾狂。彼爱汝貌，非汝心肠。

唯吾一人，爱汝心香。知汝心灵，圣洁芬芳。
当汝老去，黯然神伤。唯吾一人，情意绵长。

跪伴炉火，私语细量。爱已飞翔，越过高岗。
爱已飞翔，遁入星光。

第三节　阅读赏析举隅

例一：

浑然的意境　悠然的情怀
——陶渊明《饮酒》（之五）赏析

结庐在人境，而无车马喧。

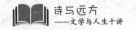

问君何能尔，心远地自偏。

采菊东篱下，悠然见南山。

山气日夕佳，飞鸟相与还。

此中有真意，欲辨已忘言。

陶渊明（约365—427）这首诗以其白描的手法，浅显的语言，精致的结构，浑然的意境，悠然的情怀，深蕴的哲理，历来为广大读者喜爱、传诵。

在诗中，诗人虽然把自己的住所建造在人来人往、熙熙攘攘的闹市环境中，但却看不见迎来送往的客套，也听不见车水马龙的喧闹。为什么能够做到这一步呢？诗人回答"心远地自偏"。因为诗人经历了"三仕三隐"的痛苦，最终决定与黑暗险恶的官场绝诀。"归去来兮，请息交以绝游。"（《归去来兮辞》）退出官场后，诗人获得一种"久在樊笼里，复得返自然"的放松与恬然（《归国田居》其一）。因此，诗人因超脱世俗的功名利禄精神，进人了一种淡然全足的境界。虽然身居闹市"而无车马喧"。这里既是实写，指诗人疏远了那些追名逐利的车马客；也是象征，指诗人因与追名逐利的世俗社会绝诀而进入一种淡远的精神状态。心因疏远名利而宁静，住所尽管处于闹市也变得僻静了。真所谓"小隐隐于林，大隐隐于市"，陶渊明真隐士也。这四句诗写得自然严密，浑然天成。第一句自然道出，第二句悄然转折，第三句承上发问，第四句回答作结。

那么，诗人在否定了现有的世俗价值体系后，又将建立一种什么样的人生哲学呢？

魏晋南北朝在我国历史上处于一个转折时期，或者说它是一个思想意识开始觉醒的时代。在哲学观念里便有了对永恒自然与有限人生的一种全新认识，即由过去的强调人与自然的对立、无限对有限的逼迫开始转向强调人与自然的和谐，无限对有限的相融。陶渊明的这首诗便体现了这种全新的人生观和自然现。于是，诗歌很自然地引出下面四句："采菊东篱下，悠然见南山。山气日夕佳，飞鸟相与还"。在诗人心中，人在本源上它属于自然，人源于自然，归于自然，是自然的有机组成部分。人要获得真实、完美的生命形态，就必须回归自然，与自然相融一致，和谐一体。所以，在诗人眼里，不仅人是悠然自得的，而且山也是悠然自得的，山中的飞鸟以及万物都是悠然自得的。正如骆玉明先生所言："这'悠然'不仅属于人，也属于山。人闲逸而自在，山静穆而高远，在那一刻，似乎有共同的旋律从人心和山峰中一起奏出，融为一支轻盈的乐曲"（《汉魏六朝诗鉴赏辞典》）。看，悠然的诗人在东边的篱墙处悠然地采摘着幽香淡溢的菊花。瞧，诗人在不经意的抬头中望见日暮的南山，岚气萦绕下的山峰，若隐若现；成群的鸟儿，结伴而飞，回归林间。在这里，人就是自然，自然就是人，人与自然相融一体，个体生命的律动与整个自然运动相与一体，和谐一致。

最后两句诗为全诗作结。诗人用《庄子·齐物论》中"辨也者，有不辨也，大辨不言"。《庄子·外物》中"言者所以在意也，得意而忘言"。这两句诗可译为：我从大自然得到启发，领悟到人生的真谛，感受到生命的律动。但这是无法用语言来表达的，也是无须用语言来表达的。它需要的是心悟，是感受，是体验，是心领神会。

同时，我以为这首诗不仅仅美在意境，妙在结构。在人的心灵空间越来越逼仄的今天，它似乎又具有了时代的新解。比如在旅游经济勃兴的目前，怎样保护自然生态的美？怎样构建人文社会的美？怎样保护环境？如何维持生态平衡？自然美与人文美如何协调？资源开发与可持续发展诸如此类的问题都值得各级主管部门，尤其是文化、旅游部门的高度重视。此外，它还给我们以人生哲理的启示，人生终极目标的思考。人生一世，草木一秋，究竟应该选择什么样的生存以及生活方式？人的个体价值的实现与整个人类社会及自然是一种什么样的关系？人的价值的实现与立功、立言、立德又是一种什么关系？如此等等的问题，都值得我们思考。也许，这就是陶渊明《饮酒》之五这首诗在理念和诗意上给我们的感悟和启迪！

下面，请欣赏当代诗人文生为陶渊明而创作的自由体诗《菊在南山》。

菊在南山是谁种下 / 荷锄提篮的诗人看风云变幻 / 一些云朵随风而去 / 一些云朵应声而落 / 唯有雨滴张开晶莹的翅膀 / 向着大地飞翔 / 那一朵朵菊在九月格外美丽 // 菊在九月一脸笑意 / 与风说过和云说过 / 同雨说过 / 诗人在一杯酒中安静 / 南山一片灿烂 / 敞开时间的心扉 / 鸟声跌落树尖 / 在酌满

- 187 -

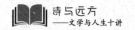
月光的夜晚／千百年来风流云散／唯有南山那一朵菊花／与时间同在与美同在／与诗歌同眠／／一朵菊花／淡泊了一个人的心志／淡泊了一个时代的尘埃／能否淡泊无常人间的阴霾／我／孤独的游魂／看见／秋风里的菊花朵朵／在南山依然容颜灿烂

例二：

孤篇横绝的诗中之诗
——张若虚《春江花月夜》赏析

春江潮水连海平，海上明月共潮生。

滟滟随波千万里，何处春江无月明！

江流宛转绕芳甸，月照花林皆似霰；

空里流霜不觉飞，汀上白沙看不见。

江天一色无纤尘，皎皎空中孤月轮。

江畔何人初见月？江月何年初照人？

人生代代无穷已，江月年年只相似。

不知江月待何人，但见长江送流水。

白云一片去悠悠，青枫浦上不胜愁。

谁家今夜扁舟子？何处相思明月楼？

可怜楼上月徘徊，应照离人妆镜台。

玉户帘中卷不去，捣衣砧上拂还来。

此时相望不相闻，愿逐月华流照君。

鸿雁长飞光不度，鱼龙潜跃水成文。

昨夜闲潭梦落花，可怜春半不还家。

江水流春去欲尽，江潭落月复西斜。

斜月沉沉藏海雾，碣石潇湘无限路。

不知乘月几人归，落月摇情满江树。

被闻一多先生誉为"诗中的诗，顶峰上的顶峰"（《宫体诗的自赎》）

的《春江花月夜》，一千多年来使无数读者为之倾倒。一生仅留下两首诗的张若虚，也因这一首诗，被清人王闿运评价"孤篇横绝，竟为大家"。

诗篇题目就令人心驰神往。春、江、花、月、夜，这五种事物集中体现了人生最动人的良辰美景，构成了诱人探寻的奇妙的艺术境界。

诗人入手擒题，一开篇便就题生发，勾勒出一幅春江月夜的壮丽画面：江潮连海，月共潮生。这里的"海"是虚指。江潮浩瀚无垠，仿佛和大海连在一起，气势宏伟。这时一轮明月随潮涌生，景象壮观。一个"生"字，就赋予了明月与潮水以活泼泼的生命。月光闪耀千万里之遥，哪一处春江不在明月朗照之中！江水曲曲弯弯地绕过花草遍生的春之原野，月色泻在花树上，像撒上了一层洁白的雪。诗人真可谓是丹青妙手，轻轻挥洒一笔，便点染出春江月夜中的奇异之"花"。同时，又巧妙地缴足了"春江花月夜"的题面。诗人对月光的观察极其精微：月光荡涤了世间万物的五光十色，将大千世界浸染成梦幻一样的银灰色。因而"流霜不觉飞""白沙看不见"，浑然只有皎洁明亮的月光存在。细腻的笔触，创造了一个神话般美妙的境界，使春江花月夜显得格外幽美恬静。这八句，由大到小，由远及近，笔墨逐渐凝聚在一轮孤月上了。

清明澄澈的天地宇宙，仿佛使人进入了一个纯净的世界，这就自然地引起了诗人的遐思冥想："江畔何人初见月？江月何年初照人？"诗人神思飞跃，但又紧紧联系着人生，探索着人生的哲理与宇宙的奥秘。这种探索，古人也已有之，如曹植《送应氏》："天地无终极，人命若朝霜"，阮籍《咏怀》："人生若尘露，天道邈悠悠"等等，但诗的主题多半是感慨宇宙永恒，人生短暂。张若虚在此处却别开生面，他的思想没有陷入前人窠臼，而是翻出了新意："人生代代无穷已，江月年年只相似。"个人的生命是短暂即逝的，而人类的存在则是绵延久长的，因之"代代无穷已"的人生就和"年年只相似"的明月得以共存。这是诗人从大自然的美景中感受到的一种欣慰。诗人虽有对人生短暂的感伤，但并不是颓废与绝望，而是缘于对人生的追求与热爱。全诗的基调是"哀而不伤"，使我们得以聆听到初盛唐时代之音的回响。

"不知江月待何人，但见长江送流水"，这是紧承上一句的"只相似"

而来的。人生代代相继，江月年年如此。一轮孤月徘徊中天，像是等待着什么人似的，却又永远不能如愿。月光下，只有大江急流，奔腾远去。随着江水的流动，诗篇遂生波澜，将诗情推向更深远的境界。江月有恨，流水无情，诗人自然地把笔触由上半篇的大自然景色转到了人生图像，引出下半篇男女相思的离愁别恨。

"白云"四句总写在春江花月夜中思妇与游子的两地思念之情。"白云""青枫浦"托物寓情。白云飘忽，象征"扁舟子"的行踪不定。"青枫浦"为地名，但"枫""浦"在诗中又常用为感别的景物、处所。"谁家""何处"二句互文见义，正因不止一家、一处有离愁别恨，诗人才提出这样的设问，一种相思，牵出两地离愁，一往一复，诗情荡漾，曲折有致。

以下"可怜"八句承"何处"句，写思妇对离人的怀念。然而诗人不直说思妇的悲和泪，而是用"月"来烘托她的怀念之情，悲泪自出。诗篇把"月"拟人化，"徘徊"二字极其传神：一是浮云游动，故光影明灭不定；二是月光怀着对思妇的怜悯之情，在楼上徘徊不忍去。它要和思妇做伴，为她解愁，因而把柔和的清辉洒在妆镜台上、玉户帘上、捣衣砧上。岂料思妇触景生情，反而思念尤甚。她想赶走这恼人的月色，可是月色"卷不去"，"拂还来"，真诚地依恋着她。这里"卷"和"拂"两个痴情的动作，生动地表现出思妇内心的惆怅和迷惘。月光引起的情思在深深地搅扰着她，此时此刻，月色不也照着远方的爱人吗？共望月光而无法相知，只好依托明月遥寄相思之情。望长空：鸿雁远飞，飞不出月的光影，飞也徒劳；看江面，鱼儿在深水里跃动，只是激起阵阵波纹，跃也无用。"尺素在鱼肠，寸心凭雁足"。向以传信为任的鱼雁，如今也无法传递音讯——该又平添几重愁苦！

最后八句写游子，诗人用落花、流水、残月来烘托他的思归之情。"扁舟子"连做梦也念念归家——花落幽潭，春光将老，人还远隔天涯，情何以堪！江水流春，流去的不仅是自然的春天，也是游子的青春、幸福和憧憬。江潭落月，更衬托出他凄苦的寞寞之情。沉沉的海雾隐遮了落月；碣石、潇湘，天各一方，道路是多么遥远。"沉沉"二字加重地渲染了他的孤寂；"无限路"也就无限地加深了他的乡思。他思忖：在这美好的春江花月之夜，不知有几人能乘月归回自己的家乡！他那无着无落的离情，伴着残月之光，洒满在江边的树林之上……

"落月摇情满江树"，这结句的"摇情"——不绝如缕的思念之情，将月光之情，游子之情，诗人之情交织成一片，洒落在江树上，也洒落在读者心上，情韵袅袅，摇曳生姿，令人心醉神迷。

《春江花月夜》在思想与艺术上都超越了以前那些单纯模山范水的景物诗，"羡宇宙之无穷，哀吾生之须臾"的哲理诗，抒儿女别情离绪的爱情诗。诗人将这些屡见不鲜的传统题材，注入了新的含义，融诗情、画意、哲理为一体，凭借对春江花月夜的描绘，尽情赞叹大自然的奇丽景色，讴歌人间纯洁的爱情，把对游子思妇的同情心扩大开来，与对人生哲理的追求、对宇宙奥秘的探索结合起来，从而汇成一种情、景、理水乳交融的幽美而邈远的意境。诗人将深邃美丽的艺术世界特意隐藏在惝恍迷离的艺术氛围之中，整首诗篇仿佛笼罩在一片空灵而迷茫的月色里，吸引着读者去探寻其中美的真谛。

全诗紧扣春、江、花、月、夜的背景来写，而又以月为主体。"月"是诗中情景兼融之物，它跳动着诗人的脉搏，在全诗中犹如一条生命纽带，通贯上下，触处生神，诗情随着月轮的生落而起伏曲折。月在一夜之间经历了升起——高悬——西斜——落下的过程。在月的照耀下，江水、沙滩、天空、原野、枫树、花林、飞霜、白云、扁舟、高楼、镜台、砧石、长飞的鸿雁、潜跃的鱼龙，不眠的思妇以及漂泊的游子，组成了完整的诗歌形象，展现出一幅充满人生哲理与生活情趣的画卷。这幅画卷在色调上是以淡寓浓，虽用水墨勾勒点染，但"墨分五彩"，从黑白相辅、虚实相生中显出绚烂多彩的艺术效果，宛如一幅淡雅的中国水墨画，体现出春江花月夜清幽的意境美。

该诗的韵律节奏也饶有特色。诗人灌注在诗中的感情旋律极其悲慨激荡，但那旋律既不是哀丝豪竹，也不是急管繁弦，而是像小提琴奏出的小夜曲或梦幻曲，含蕴，隽永。诗的内在感情是那样热烈、深沉，看来却是自然的、平和的，犹如脉搏跳动那样有规律，有节奏，而诗的韵律也相应地扬抑回旋。全诗共三十六句，四句一换韵，共换九韵。又平声庚韵起首，中间为仄声霰韵、平声真韵、仄声纸韵、平声尤韵、灰韵、文韵、麻韵，最后以仄声遇韵结束。诗人把阳辙韵与阴辙韵交互杂沓，高低音相间，依次为洪亮级

（庚、霰、真）——细微极（纸）——柔和级（尤、灰）——洪亮级（文、麻）——细微级（遇）。全诗随着韵脚的转换变化，平仄的交错运用，一唱三叹，前呼后应，既回环反复，又层出不穷，音乐节奏感强烈而优美。这种语音与韵味的变化，又是切合着诗情的起伏，可谓声情与文情丝丝入扣，宛转谐美。

阅读一首诗歌，到底怎样衡量其艺术价值的高低与工拙呢？明代谢榛《四溟诗话》有云："美的诗歌，诵要好（语言），听要好（音韵），观要好（形式），讲要好（内容），诵之行云流水，听之金声玉振，之明霞散绮，讲之独茧抽丝。"鲁迅先生也说"美的诗要求意美、形美、音美。意美以感人，形美以感目，音美以感耳。"

可以说，张若虚这首《春江花月夜》做到了三美合一。无论在文学上、美学上，还是在哲学上、科学上等都有独特的研究价值。凡读此诗的人，无不拍案叫绝。春美、江美、花美、月美、夜美、人美、情也美。可谓字字句句都释放出美的光辉，整首诗笼罩在春、月、江、花的朦胧、空灵中，吸引着我们去探寻其中的美的真谛。但是，我们对前人评价张若虚因该诗而成大家持审慎态度。

例三：

山河依旧在　气象随时移
——唐人题咏鹳雀楼诗欣赏

鹳雀楼，为唐代四大名楼之一，位于山西省永济市西南城上，楼高三层，面对中条山，下临黄河，因常有鹳雀栖息其上而得名，又因历代诗人吟咏而名播于世，为文人骚客登临胜地。据唐《河中府志》载：登临此楼，可以"俯视舜城，傍窥秦皇，紫气度关而西入。黄河触华而东汇。龙据虎视，下临八州。"由此可见。此处地势险要，景象壮观，视野开阔。宋人沈括在《梦溪笔谈》中曾经指出：唐人吟鹳雀楼诗甚众，"惟李益、王之涣、畅当三篇，能状其景"。今另择耿讳一篇，共计四篇，略加赏析，以飨读者。

一

白日依山尽，黄河入海流。

欲穷千里目，更上一层楼。

——王之涣《登鹳雀楼》

王之涣，字季凌，并州人。与其兄之咸、之贲皆有文名。天宝间，与王昌龄、崔国辅、郑旷联唱送和，名动一时。现存诗六首。《登鹳雀楼》是一首家喻户晓，长幼咸诵的五绝诗。前两句写登楼所见之景，写得景象壮阔，气势雄浑，既高度概括又极为形象地把广大无边的万里河山收入短短十个字组。首句写两望，一轮落日正向着地前一望无际、连绵起伏的群山西沉，在视野的尽头冉冉而没。这里是远方景，天空景。接句写目送流经楼下的黄河水，奔腾咆哮，滚滚而来，奔流而去，归向大海。两句诗由西边到东边，由地面到天空，由近望到远眺。短短十言，虚实结合，视野景与意中景结合，将东西上下、远近纳入笔端，容入诗中。意境广大而辽远，颇具缩万里于飓尺，使飓尺有万里之势的艺术效果。眼前的壮阔景象使诗人的精神境界得到升华，使他产生了一个强烈的欲望："欲穷千里目，更上一层楼。"两句即景生意的诗行，把这种看似平易的登楼叙述过程，却含意深远，哲理警人，耐人寻味。它既是诗人向上进取的精神和高瞻远瞩的胸怀的艺术表现，也是国运昌炽、国泰民安的盛唐气象的艺术写照。

二

迥临飞鸟上，高出世尘间。

山势围平野，河流入断山。

——畅当《登鹳雀楼》

唐代著名散文家李翰曾在他的《河中鹳雀楼集序》中记载，他曾与一群文人骚客在鹳雀楼上宴饮赋诗，而在这之前吟鹳雀楼诗已众。所以，他在序中写道："前辈畅当，题诗层上，名播前后。山河景象，备于一言。"可见畅当这首《登鹳雀楼》诗在唐代当世是颇有名气和影响的，后人曾把它与王

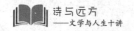

之涣的《登鹳雀楼》诗并称为咏鹳雀楼诗的双璧。据《全唐诗》载：畅当，"河东人。初以子弟被召从军。后登大历七年进士第，贞元初，为太常博士，终果州刺史。与弟畅诸皆有诗名。"

这首《登鹳雀楼》诗，前两句写登上楼后的感觉，一个最突出的印象便是高。高得使人有远离尘世，摆脱荣辱得失，烦嚣尽涤，神清气爽，心悦情畅之感；高得使人有羽化飞升，君临环宇，俯视万物，高瞻远瞩，心旷神仙，超凡脱俗之感。后两句写登楼所见，因为地势高，所以，所见便视野开阔，气势雄伟，一"围"一"入"，化静为动，将山川景物，概括而传神地凸现在读者面前，给人以广阔而奔动的艺术享受。这首诗写法平实，语言浅近，但却自有盛唐气象：雄阔浑厚，境界博大，使读者从另一个侧面欣赏到祖国河山名胜的壮美，体悟和感知到中华民族的传统诗歌所蕴含的特有的艺术魅力。

三

久客心常醉，高楼日渐低。
黄河经海内，华岳镇关西。
去远千帆小，来迟独鸟迷。
终年不得意，空觉负东溪。

——耿湋《登鹳雀楼》

据李翰《河中鹳雀楼集序》所记，他们当时的鹳雀楼聚会，名流甚众，并且都有诗作，但大多佚失了。其中也有偶尔留传下来的，如大历十才子之一的耿湋这一首五律《登鹳雀楼》便是，且颇具影响。据《全唐诗》载；耿湋，"字洪源，河东人、登宝应元年进士第，官右拾遗。工诗，与钱起、卢纶、司空曙、韩翃、吉中孚等人齐名，号大历十才子。其诗不深琢削，而风格自胜。"耿湋是"安史之乱"后才中举的进士，李唐王朝因"安史之乱"由盛而衰。加之，多年以来，耿湋仕途坎坷，官场失意，长期不得升迁。所以，他的《登鹳雀楼》诗在风格、情调、气象上与王之涣、畅当的诗迥然有别。回首联"久客心常醉，高楼日渐低。"诗人写自己长期羁留他乡，思念

家乡而借酒浇愁，时常酩酊大醉。登上那巍峨高大的鹳雀楼，那壮阔的美景
已引不起诗人的兴趣了，那轮日渐西落的太阳是否就是大唐王朝衰落的象征
呢？触景生情，你怎不叫人愁绪百结，感慨万千呢！颔联"黄河经海内，华
岳镇关西。"写出了滚滚黄河水，流经中原，奔腾东去，一泻千里的气势，
那大唐王朝的壮阔气象是否亦如眼前的流水一去永不返呢？险峻的华山高耸
入云，仿佛神威的将军镇守在关西，那威名远播的李唐王朝还有叱咤风云、
威震天下的人才在吗？颈联接着写道：极目远眺，千帆点点，逐渐消逝在诗
人的视野之外。远处，孤飞的鸟儿好像迷途的旅人，不知所踪。这里言外之
意异常丰富而含蓄。故在尾联中诗人顿生感慨：多少年来，仕途坎坷，官场
失意，流落他乡，只能梦回故园，自己难道不正是那迷途孤飞的倦鸟吗？于
是，诗人幡然悔悟，告诫自己：不应再迷恋官场了，否则就要辜负了故乡恬
静美好的自然风光了。诗中的"东溪"泛指归隐之所。所以，诗的结句有陶
潜"归去来兮，田园将芜胡不归！""羁鸟恋旧林，池鱼思故渊"之意，意
韵悠长，耐人寻思。与前两首诗相比，耿诗已失盛唐那种壮阔浑厚、奋发向
上的宏大气象，给人以厌世、疲倦、迷惘之感。这不正是李唐王朝经过"安
史之乱"由盛而衰的艺术写照吗？

四

鹳雀楼西百尺樯，汀洲云树共茫茫。

汉家箫鼓空流水，魏国山河半夕阳。

事去千年犹恨速，愁来一日即为长。

风烟并起思归望，远目非春亦自伤。

——李益《同崔邠登鹳雀楼》

李益，号君虞，陇西人，大历四年登进士第。初授郑县尉，后弃职漫
游燕赵之地，又漫游西北各处。曾任秘书少尉，官终礼部尚书。其诗以七
言绝句见长。清人曾评价说，李益为盛唐以下第一人，可与李太白、王昌
龄诗相匹。这是一首登临怀古，寄托诗人无限感慨的好诗。起句写鹳雀楼
及周边的自然景色；高楼巍峨，高耸入云；楼下树木成荫，野草成簇，远

远望去，云雾茫茫。诗人触景生情，很自然地过渡到承接句"汉家箫鼓空流水，魏国山河半夕阳。"这里颇有"思接千载"，"现通万里"之势。无限感慨和回忆油然而生：那威名远播，气象宏大，不可一世的汉家王朝就像那箫鼓之声一样消逝了，奔腾不息的黄河水啊空自东流；那曾是战国七雄之一的魏国河山已是西下夕阳，昨日黄花。往事不堪回首，尽管强盛的汉朝和强大的魏国距今已逾千年，但那一幕幕往事仿佛就在眼前，就在昨天，那么短促又那么清晰啊！睹物感情，触目生愁，在这国运日蹙，民不聊生的今天，诗人觉得真是度日如年，日长无边。这里既有对历史的追怀与反思，也有对现实的经历和感慨。所以，末联有"风烟并起思归望，远目非春亦自伤。""风烟"句与"汀洲云树共茫茫"照应，眼前之景触发了诗人思归的欲望。极目远眺，故乡何在？即使不是在那惹人感伤的春天，那茫茫云中树，那簇簇水中草，那奔流不息的黄河水，那渐渐西沉的夕阳……怎不叫人愁肠百结、思怀故乡？怎不让人叹烟感伤、愁绪萦怀？诗人登鹳雀楼远望，由怀古之情转而生出思乡之意。整首诗既有"思接千载、现通万里"的壮阔、深遣美，又给人以沧海桑田、人世变幻的感慨、忧伤美。虽写眼前景，实寓言外意，在情调、气势上与畅当、王之涣的诗大异其趣，与耿湋的诗有相似相通之处。

其他较为著名的还有同代诗人马戴、司马札、张乔、吴融等人的诗作，同学们可以在更为开阔的视野下进行比较阅读。

尧女西楼望，人怀太古时。

海波通禹凿，山木闭虞祠。

鸟道残虹挂，龙潭返照移。

行云如可驭，万里赴行期。

——马戴《鹳雀楼晴望》

楼中见千里，楼影入通津。

烟树遥分陕，山河曲向秦。

兴亡留白日，今古共红尘。

鹳雀飞何处？城隅草自春。

——司马札《登河中鹳雀楼》

高楼怀古动悲歌，鹳雀今无野燕过。

树隔五陵秋色早，水连三晋夕阳多。

渔人遗火成寒烧，牧笛吹风起夜波。

十载重来值摇落，天涯归计欲如何？

——张乔《题河中鹳雀楼》

鸟在林梢脚底看，夕阳无际戍烟残。

冻开河水奔浑急，雪洗条山错落寒。

始为一名抛故国，近因多难怕长安。

祖鞭掉折徒为尔，赢得云溪负钓竿。

——吴融《登鹳雀楼》

危楼高架沆瀣天，上相闲登立彩旒。

树色到京三百里，河流归汉几千年。

晴峰耸日当周道，秋谷垂花满舜田。

云路何人见高志，最看西面赤阑前。

——殷尧藩《和赵相公登鹳雀楼》

花时曾省杜陵游，闻下书帷不举头。

因过石城先访戴，欲朝金阙暂依刘。

征帆夜转鸬鹚穴，骋骑春辞鹳雀楼。

正把新诗望南浦，棹歌应是木兰舟。

——许浑《酬和杜侍御》

思考与练习：

1.谈谈经典阅读的基本特点。

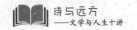
2. 结合实例，谈谈不同阅读视角的价值。

3. 任选一首诗歌或一篇散文或短篇（微型）小说，运用所学的阅读理论进行鉴赏。

4. 谈谈经典的价值与经典阅读的意义。

5. 为什么有人认为一部文学接受史就是一部误读史？

参考文献与延伸阅读：

1. 辜正坤主编，《世界名诗鉴赏辞典》，北京，北京大学出版社，1990年版。

2. 萧涤非等，《唐诗鉴赏辞典》，上海，上海辞书出版社，1983年版。

3. 唐圭璋主编，《唐宋词鉴赏辞典》，南京，江苏古籍出版社，1986年版。

4. 缪钺等，《宋诗鉴赏辞典》，上海，上海辞书出版社，1987年版。

5. 范文澜著，《文心雕龙注》，北京，人民文学出版社，1978年版。

6. 卡尔维诺著，黄灿然、李桂蜜译，《为什么读经典》，南京，译林出版社，2012版。

7. 韩少功著，《经典的形成与阅读》，《名作欣赏》，2017（7）。

8. 许结著，《经典阅读与人文情景》，《新华文摘》，2017（1）。

9. 詹福瑞著，《经典的魅力》，《新华文摘》，2017（3）。

10. 哈罗德·布鲁姆著、江宁康译，《西方正典》，南京，凤凰出版传媒集团，译林出版社，2005版。

11. 阿来著，《尘埃落定》，北京，人民文学出版社，1998年版。

12. 余秋雨著，《寻觅中华》，北京，作家出版社，2008年版。

第八章 实践论（一）：何以为生

本章提示：

一、知识教学目标：了解相关历史背景知识和史料。

二、能力教学目标：运用相关知识和理论分析历史史料和社会现象。

三、素质教学目标：从历史史料中寻找普遍性规律并获得启迪。

第一节 激变时代的纷乱世相

满人于 1644 年入主中原后，也曾经有过风光一时的所谓康熙、雍正、乾隆盛世，然而在极度发达的农业经济背后其实已经深藏着纷繁复杂的社会危机。在 1840 年首次与西方现代工业文明交冲时便一败涂地。自此，古旧的中国社会打破了往昔田园牧歌式的宁静，在近世中国发生了一系列悲喜交织的大大小小事件，也由此引发一系列可以预料又出乎意外的变化和变数。在这一纷乱变革过程中，引发出社会结构重心的急速挪动和思想观念的空前阵痛与裂变。

一、清末新政

始于 1901 年的清末新政是在老旧中国已经日薄西山、气息奄奄的残局下轰轰烈烈地进行的，然而这场变革对于沉疴已久病入膏肓的满清王朝却为时已晚。此时的中国社会，一股股强大的潜流在社会各阶层涌动、激荡、纠结，长久积累的社会矛盾与迟到的维新变革思想交缠在一起，在未死方生的新陈代谢过程中，演变为"官乱于上，民乱于下"的政治乱局与社会乱象，这种残局与乱世所触发的各种利益冲突汇成了晚清民初社会的惊涛巨浪，冲击着社会的每一个层面和角落。清朝最高统治者在"变亦变，不变亦变"（梁启超语）的危局下，不得不进行的一系列改革依然是"中学为体，西学为用"的皮相改革。然而，比之先前主要在一帮汉族开明官员推动下的洋务运动、戊戌变法等，清末新政尽管其变革的动力主要来自外部，但是它终究以诏书的形式颁布告示天下，其力度和速度远非洋务运动、百日维新所能比拟。它使古旧中国的"文物制度"在慌乱的变局中变得有些模糊不清甚至面目全非，其中学界一般认为，最为有效的变革措施有扩编新军、废除科举、育才兴学、筹备立宪、改革官制等。然而，新政十年，满清王朝的这场把那一代中国人拖进效法西法的自上而下的社会变革，却使国人尤其是一些接受了西方现代文明思想的仁人志士在无所归依、失去希望的同时，也看清了满清王朝的腐朽与虚伪，所谓立宪其实就是"皇族内阁"。新政变革的结果是"杂税日增，民心不安；科举全废，士心不安；[①]新学偏多，众心不安；官制屡变，官心不安；洋货争衡，商心不安"。失势者和得势者都不满意这场迟来而又急速的变革。于是，变革新政陷入了既无进路又无退路的困局，在武昌城里一声炮响中，历时二百七十余年的满清王朝便瞬间轰然坍塌了。不过在我看来，在这场清末新政中，影响最为深远和广泛的应是废除科举、兴学育才。自鸦片战争始，国人积中西交往数十年之创痛与物器改革之教训，深悟人才与观念之重要与关键，渐信"学校者，人才所有出，人才者，国势所由强"的道理。于是，即使在戊戌年间十法九废的新旧之争的惨烈情态下，兴学育才的法案仍得以保留，新政的推行，巩固并扩大了兴学育才的理念，满清王朝以国家机器的力量为新式教育助产，遂使天下新式学堂勃然昌兴。由是中国近代教育便有了真正现代意义上的一种规范与法度，影响所及，不可低估。

---

① 故宫博物院明清档案部编，《清末筹备立宪档案资料》上册，北京，中华书局，1979年版。

二、经济转型

1840 年的中西交锋，以老大帝国自居的满清王朝始品失败屈辱与苦味，富国强兵之想便在一些思想较为开明的官僚、士绅中因此萌生，进而演变成支配了几代中国人的社会思潮，中国人由此开始了备尝艰辛的近代化（现代化）历程。比如始于 19 世纪 60 年代以"器物"核心尤其是兵工业为重点的洋务运动；又比如 19 世纪 80 年代以"制度"为重心的仅存 103 天的"戊戌维新"以及历时十年之久的清末新政等。但这些似乎都没有也不可能真正涉及比如政治体制、文化观念、意识形态以及关乎广大民众的民生等核心问题。历史在这里形成了一个深刻的悖论：无论是洋务派还是维新派都以富国自强相号令，确也开办了不少现代工厂，发展了一些现代工业，然而每一次变革的结果都是民众赋税和国家积贫的加重，似乎都没有真正促进社会生产力的发展。生于 19 世纪 60 年代的孙中山等人则别有抱负，我以为，孙中山等人的"三民主义"思想别有价值，尤其是在革命完成结束帝制，建立共和后，民生主义的意义就特别显要和突出。由于认识到国家富强与社会民生脱节的病症，看到了人世间"贫富不均"的苍生百姓之苦，由此生发出孙中山一生提倡的民生主义。他说："当改良社会经济组织，核定天下地价，其现有之地价，仍属原主。所有革命后社会改良进步之增价，则归于国家，为国民所共享。制造社会的国家，俾家给人足，四海之内，无一夫不获其所。敢有垄断以制国民之生命者，与众弃之"。[①]所以，辛亥革命成功后，孙中山辞去临时大总统而四处宣讲实业富国救贫，在主张发展资本主义的同时又节制资本，均衡"利"与"义"关系。资本主义经济在近代中国社会的发展尽管曲折多变，但不可否定的事实是它给古旧的中国和它的儿女们带来了全新的价值观念和呈现出新的生产方式以及生产关系。新派文化人的应运而生与此社会思潮始重工商业文明和市场意识有着密切关系，他们发现通过著书立说、教授学生、开办实业、编辑期刊、出版书籍、游学讲学甚至卖字卖画可以养活自己和家人，获得一种经济的自足与人身的自由，同时也获得一种思

---

① 孙中山著，《孙中山全集》第一卷，北京，中华书局，1981 年版。

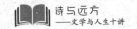
想的自由与人格的独立与尊严。而这一切变化最深刻的根源在于以动力革命为标志的工业文明的到来为文化的高效传播提供了基本条件。所以，阿英在论及晚清小说繁荣的原因时说："第一，当然是由于印刷事业的发达，没有此前那样刻书的困难；由于新闻事业的发达，在运用上需要多量生产。第二，是当时知识阶层受了西方文化影响，从社会意义上，认识了小说的重要性。第三，就是清室屡挫于外敌，政治上又极腐败，大家知道不足与有为，遂写作小说，以事抨击，并提倡维新与革命"。①我们认为，阿英在此看到的依然是一种事物存在的表象，其实晚清小说（文化）繁荣的最深层的原因应是生产力的发展并由此而生的新型生产关系的变化在文学等领域的体现。

三、世风转变

一时代有一时代的社会风气。就中国的传统教育考试制度而言它是与各级官员的选拔任用联系在一起的，当时力主新式教育的人们认识到，设学堂必自废科举始。为了给当时读书人以希望，他们设计"既予以科举之虚名，又重以职官之实利"的方案。但是，"朝廷皆明悬章程，以进士、举人、拔贡、优贡、岁贡分等差，奖励出身；并各授编修、检讨、庶吉士、主事、中书、知州、知县、州判、府经、主簿、教授、教谕、训导"。②在1905年科举既废后，士子们利禄之梦便移植到各级各类学堂，于是全国各地尤其是东南一带官办、私立学堂迅速发展。据1909年的教育统计图表载：学校已达58896所，在籍学生达1626720人。③同时，大批国人负笈海外，留洋之风日盛。无论进国内学堂还是放洋异国，这些学子们与传统士人相比，具有了不同的特质。所以，张謇曾说："学堂性质与书院全然不同，书院则人人意中皆功名利禄思想，学校则人人有生存竞争之思想；书院则人人意中有苟且依赖之思想，学校则人人意中有奋起独立之思想"。他们因求学而汇集，因汇聚而交游、呼应，逐渐形成了一个新的社会群体，积聚起新的社会影响力，

①阿英著，《晚清小说史》，北京，作家出版社，1955年版。

②朱有《中国近代学制史料》第二辑上册，上海，华东师大出版社，1987年版。

③朱有《中国近代学制史料》第二辑下册，上海，华东师大出版社，1987年版。

成为当时和后来不可忽视的社会力量，改变着社会风气，影响甚至左右着社会发展的进程。以至于朝廷不得不颁布"整顿学务"诏，劝导学生一心向学、不谈国事。"学潮"在20世纪中国自始至终是一道言之不尽、纷繁复杂的话题。那些源于学堂的风潮注定要漫过门墙，涌入已经动荡不安的社会，与整个时代思潮汇合、激荡，形成更大的滔滔巨浪，冲击、荡涤既存势力，成为与政府相对抗的一种新生力量。所以，梁启超在1902年《敬告当道者》中说："凡人之思想，莫患夫长困于本社会，苟使之入他社会而与之相习，则虽中下之材，其思想亦必一变，今吾青年之在海外者已千余人矣。拔十得五，则其力已足动全国之思想界而有余。"①我以为，很多时候因果是互为表里而不断演进的。因为求学，接受了新的思想，形成了新的观念，萌生出改革社会的欲望，由此必然与现实社会中既存的有形无形的势力相冲撞而对社会产生影响，牵扯现实生活，改变社会风俗。而社会风气的改变，又会左右更大范围的社会人群的思想观念的改变，推动社会风气的进一步变化。

四、观念蜕变

当因循的人们还以为中国民众顽暝不化、观念陈旧时，经过几十年的中西碰撞与交冲，其实世风早已渐变，甚有出人意料之虞。"近日民心已非三十年前之旧：羡外国之富，而鄙中土之贫；见外兵之强，而疾官军之懦；乐海关之公允，而怨厘局之刁难；夸租界之整肃，而苦胥吏之骚扰。于是民从洋教，商挂洋旗，士入洋籍，始也否隔，浸成涣散"。②这表明，中西交冲半个多世纪，中国人的眼界视野、思想观念、生活世界、处世态度、价值追求、民族心理等都已经发生了改变。自由、平等、国家、民主、民生、富国、强兵、人权、个性、博爱、竞争、权利、革命等西方"异端邪说"已经在中国的某些阶层甚至民众的心里扎根。当时有官员呈报云："各学堂中学生惑于平权自由诸邪说，致谋不轨，往往结党，自立社会，民间不肖少年踵

---

① 梁启超著，《饮冰室合集·文集之十一》，北京，中华书局，1936年版。

② 《清末筹备立宪档案资料》上册，北京，中华书局，1979年版。

而行之，上中下城，所在皆是"。①那么，当时人们的观念何以转变？学界认为，那主要得益于晚清以降，学校、报馆、杂志的大量出现，携此牵彼，相互影响。所以，有人说："学堂中的知识人接受思想，报馆中的知识人制造思想"。②新学的昌兴，报馆的涌现，知识的学习，文明的开化，通商的往来，留学的见识，孕育了清末民初具有世界视野与现代理念的新型"文化人"，他们开风气之先，领时代潮流。

在我国古代文人写作是没有稿酬之说的。尽管我们从一些史料上可知：古时一些文人的写作收益颇丰，比如"性灵"说的公安"三袁"，比如一生不仕靠著述印书为生的陈继儒。但那些都是一种带有酬谢性质的润格或润笔费，而没有形成一种官方制度。但到了清末民初，稿酬制度才逐渐形成。据栾梅健在《稿费制度的确立与职业作家的出现》中考证，近世最早的稿酬标准是徐念慈在1907年创办《小说林》时刊的募集启示上标明了稿酬标准："本社募集各种著译家庭、社会、教育、科学、理想、侦探、军事小说，篇幅不论长短，词句不论文言、白话，格式不论章回、笔记、传奇，不当选者可原本寄还，入选者分别等差，润笔从丰致送：甲等每千字五元；乙等每千字三元；丙等每千字二元"。③之后《小说月报》等杂志亦在醒目位置刊登征稿启事及稿酬支付标准。此时距我国第一部著作权法《大清著作权律》（1910年）的颁布还早三年，距"民国"北洋政府颁布的《著作权法》（1915年）和"南京民国政府"颁布的《著作权实施细则》（1928年）分别早了八年和二十一年。可见，当时著书立说的人们不再羞于言钱，支付作者稿酬已为社会公认或行业规矩，这完全有别于传统的文士著书立说是为"藏之名山，传之后世"的做派。

① 《杭州来函照录》，《苏报》，1908年5月23日。

② 杨国强著，《20世纪初年知识人的志士化与近代化》，《晚清的士人与世相》，上海，生活·读书·新知三联书店，2008年版。

③ 栾梅健著，《稿费制度的确立与职业作家的出现》，《二十世纪中国文学发生论》，桂林，广西师范大学出版社，2006年版。

第二节　文化生态的嬗变与"文人"出路的寻觅

一、风气开新与"士"途的阻断

中国自隋朝开科举选士以来，学而优则仕的功名思想便成为古代读书人的正途。一代又一代文人士子，通过寒窗苦读、金榜题名脱颖而出，成为不同等级的官员与士绅。即使清贫亦不愿意放下读书人的身段，"君子固穷"极端如鲁迅小说《孔乙己》中的孔乙己便是一例。但自近代中国开新之士首倡"近日立国，首在商战"，热衷功名的"文人士子"开始分化，早在1902年，维新派领袖之一梁启超在《敬告留学生诸君》一文里，嗟叹维新救亡人才的缺失，描写未来人才作用的情状，呼吁中国未来新型人才的出现。这些新型人才就具有后来"文化人"的某些特质。尤其是1905年科举废黜以来，学而优则仕的路径完全被阻断了，"文人士子"不得不重新审视自己的出路，寻找生计方式。于是，世风渐改，观念渐变，人们包括文人士子，睁眼看世界，不再羞于言商或从事其他行当或如鲁迅在《呐喊·自序》所言"走异路，逃异地，去寻求别样的人们"了。比如写小说、办报纸、出期刊、开书店、兴学堂、搞出版甚至作与文化无关的买卖等等都成了他们立足社会、谋取财富、参与发言、影响时尚的方式与途径。所以，从社会变革与现代化的角度来认识，西方有学者甚至把1905年科举制度的废除看得比1911年辛亥革命和1949年新中国建立还要重要。[①]同时，清末民初的社会乱局也为现代中国文化人提供了多种选择的自由，甚至在夹缝中形成了一些"危险"的自由生存空间。

二、"文人"向"文化人"的艰难转变

本文所谓"文人"一般与古代的"士"或"文士""士子"相通，特指那些以求仕为目的的读书人。而"文化人"则指那些从事与文化相关的事业的工作者。现代中国"文化人"源出于清末民初的一批"文士"，1905年科

---

①吉尔伯特·罗慈曼主编，《中国的现代化》，南京，江苏人民出版社，1988年版。

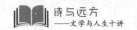
举的废弃，使他们不得不重新思考人生的出路和自身的定位。于是，一批较早脱离传统社会与文化母体的读书人，摆脱了"学而优则仕"的功名之累，亦摆脱了唯利是图的逐利之心，拥有了独立人格、自由思想，他们以文化创造和文化传播为己任，甚至以"天下兴亡，匹夫有责"相期许，主要从事教育教学、文学创作、编辑出版、游学讲学、学术研究甚至投身实业、社会活动等，他们从事的活动有别于传统读书人，一方面解决了"仕途"阻断后的生计和出路问题，一方面更多地在从事开启民众智慧、涵养民族精神、塑造民族灵魂甚至推翻清朝建立共和的革命活动等"启蒙"与"救亡"大业。

在 20 世纪初始，无论是新式学堂的学生还是放洋海外的学子，他们都是在清末新政中硕果仅存的社会变革和时代演进的见证，作为特定时代特定文化生态孵化出来的一群又一群汇入改造古旧中国的洪流中，总是自觉或不自觉在时代浪潮中激荡、沉浮。他们的出现，结束了中国上千年的士人的功名历史，他们在由传统"文人"向现代"文化人"的艰难转变的蜕变期间，伴随着时代的风风雨雨，书写了一幕幕悲喜剧。在这一过程中，失去科举功名的传统"文人"面对现实不得不逐步放弃清高的自我，在时代大潮的洗涤下，就近选择并接受梁启超等人的"小说界革命"一类理论和观念，为自己在传统修身养性齐家治国平天下的儒家文化与现实社会世俗生活之间寻找到新的切合点，也为自己养家活口、安身立命寻找到了出路，从而获得一种自我心理安慰和自我心理平衡，于是，写小说、办报纸、出期刊、开书店、兴学堂、搞出版、做代理、搞翻译等等，为世纪之交的清末民初的中国社会增添了一道道别样的风景。走在这道风景中的先驱有：魏源、王韬、容闳、康有为、梁启超、王国维、盛宣怀、胡雪岩、孙中山、黄兴、章太炎、张謇、蔡元培……

三、新兴读者（观众）群的形成与"文化人"的出现

中国社会生产力的演绎，至宋代已经出现了资本主义生产因素的萌芽，当时的汴京、扬州、杭州、益州、金陵等城市商贸发达，市民阶层兴起并不断壮大，市民文学开始出现。但由于异族入侵并入主中原，新兴而脆弱的商品经济被践踏而窒息欲死，发展极为缓慢。当西方列国在不断发现、开拓新大陆进行殖民扩张的时候，古老中国依然陶醉在天朝帝国自以为是的迷梦

中，不知秦汉和魏晋。1840年的中西大碰撞后，老大帝国开始摇摇欲坠，割地、赔款、开阜、通商……以及后来的互派使节、海关设立与租界划定、留学生放洋和迫于外在压力的"中体西用"的洋务运动、戊戌变革、清末新政等都给中国社会各阶层产生了深刻的影响并带来一系列的变化。其中，商品经济勃兴，人口流动速度加快，近代企业诞生，产业工人出现，城市市民增多，市民意识增强，城市活力复苏，文化需求激增，文化追求多元，中国人的生存境遇发生了巨大的变化等等，这些都为现代中国"文化人"的出现与登台表演提供了先决条件和后发空间。同时，近代工业的发展，文化的传播媒介和传播方式也在悄然发生变革，促使现代文化市场的发育与形成，为现代中国"文化人"提供了更大生存空间和施展才智的社会舞台。其实，任何事物在生长与演变的过程中，很多因素常常是互为因果相互交错的。清末民初文化市场的发育与形成，新型读者群的诞生与壮大为转型期的"文化人"提供了生存空间和施展才智的舞台，而现代中国"文化人"社会阶层的形成与扩容又为文化发展、建设与创造开拓出更大的市场天地和未知空间。

任何概念的命名都具有滞后性，根据陈明远先生《文化人的经济生活》的研究，"文化人"概念的正式公开使用是在1936年9月在上海发表的《中国文化界为争取演剧自由宣言》一文中，"文化人"称呼的出现旋即获得文化界的广泛认同。有不少人著文讨论、称赞，比如盛家伦写道："文化人追求真善美，是通过学问的实践追求真、通过道德的实践追求善、通过艺术的实践追求美。……今天，'真'的现代基础是自由的科学研究；'善'的现代基础是自由的社会民主；'美'的现代基础是自由的个性创造。"[①]因此，"文化人"的内涵与科学研究、民主自由、个性创造等密切相关的。以此为准，我们认为，现代中国"文化人"在晚清尤其是清末民初已经大批出现，形成了在某种程度上可以左右主流社会的不可忽视的社会阶层。比如康有为、梁启超、章太炎、严复、林纾、蔡元培、王国维、陈独秀、包天笑、张恨水、张元济、王云五、李大钊、鲁迅、郭沫若、茅盾、胡适、徐志摩、冰心、田汉、周作人、陈寅恪、赵元任、钱玄同、陆费逵、闻一多、叶圣陶、

---

①陈明远著，《文化人的经济生活》，西安，陕西人民出版社，2010年版。

朱自清、夏丏尊、丰子恺、吴宓、顾颉刚、余上沅、赵家璧、沈从文、巴金、夏衍、田汉等。这些人以各种不同的方式参与了20世纪中国文化创造、建设和传播并做出了贡献。根据陈明远先生的研究，其主要途径和方式有：一是以现代出版业为中心的出版社、书局、书店、报纸、杂志、图书等，关联的主要是作者、记者、编辑、译者、编者等以著述为主的文化人，传播对象主要是各类读者；二是以现代教育为中心的各类学校、研究院所、学术团体等，汇集的主要是教授、学者、研究员、教师等以教学和研究为主的文化人；接受对象主要是各类学生。三是现代影剧院为中心的演出阵地，聚集的主要是编剧、导演、演员、美术、音乐以及与影剧相关联的文化人，对象是广大观众。

思考与练习：

1. 结合史料，分析1840年以来，满清王朝改革的进程及其特点。

2. 查阅史料，梳理编写一份字数5000以上的清末民初华人留学简史。

3. 论述书院与学堂的关系。

4. 分析"中学为体，西学为用"的根源、内涵与演变及其意义。

5. 结合实例，阐述传统文人（士）与现代文化人（知识分子）的本质差异。

参考文献与延伸阅读：

1. 培根著、何新译，《培根人生随笔》，北京，人民日报出版社，1996年版。

2. 刘小川著，《品中国文人》（1—2），上海，上海文艺出版社，2008年版。

3. 李蒙著，《陶渊明》，北京，解放军出版社，2003年版。

4. 司马光编著，《资治通鉴》（1—4），北京，中华书局，2007年版。

5. 钱钟书著，《管锥编》（1—5），北京，中华书局，1986年版。

6. 李泽厚著，《华夏美学》，天津，天津社会科学出版社，2001年版。

7. 李泽厚著，《美的历程》，北京，文物出版社，1981年版。

8. 夏传才著，《十三经讲座》，桂林，广西师范大学出版社，2006 年版。

9. 洪子诚、刘登翰著，《中国当代新诗史》（修订版），北京，北京大学出版社，2005 年版。

10. 蒋廷黻著，《中国近代史常识》，北京，台海出版社，2019 年版。

11. 唐德刚著，《晚晴七十年》，长沙，岳麓书社。

12. 费正清等著，《剑桥中国史之晚清史、"中华民国史"》，北京，中国社会科学出版社。

第九章　实践论（二）：何以能生

本章提示：

一、知识教学目标：了解相关历史背景知识和主人公生平经历。

二、能力教学目标：运用相关知识和理论分析主人公的选择及其价值。

三、素质教学目标：从真实的人物与事实中寻找普遍性规律并获得启迪。

第一节　激变时期文化人的转型的路径探索

中国传统的"士人"一向不屑于或耻于谈利言钱，即使一贫如洗也信奉君子固穷一类的儒家古训。然而，现代中国文化人敢于言利谈钱，有的甚至善于赚钱，"君子爱财，取之有道"。所以，鲁迅早在1923年就在《娜拉走后怎样》的演讲中指出："梦是好的；否则，钱是要紧的。'钱'这个字很难听，或者要被高尚的君子们所非笑，但我总觉得……钱——高雅的说吧，就是经济，是最要紧的了。自由固不是钱所能买到的，但能为钱所卖掉……为准备不做傀儡起见，在目下的社会里，经济权就见得最要紧了"。①同样，作为中国共产党早期创始人和领导人的李大钊也特别关注经济权问题，他在《物质与精神》一文中说："物质上不受牵制，精神上才能独立。教育家为社会传播光明的种子，当然要有相当的物质，维持他们的生存。不然，饥寒所驱，必至于改业或兼业他务。久而久之，将丧失独立的人格。精神界的权

---

①鲁迅著，《鲁迅全集》第一卷，北京，人民文学出版社，1981年版。

威，也保不住了"。[1]著名的哲学家金岳霖亦著文《优秀分子与今日的社会》对优秀的文化人提出了极富理想和浪漫色彩的四个希望：一是成为独立进款、自食其力的人，"我开剃头店的进款比交通部秘书的进款独立多了，所以与其做官，不如开剃头店；与其在部里拍马，不如在水果摊上唱歌"。二是不做官，就是不把做官当职业，保持独立人身，自由思考。三是不发财，不做商业的工具、金钱的奴隶。四是能有一帮志同道合的朋友去监督政府改造社会。他认为，如此这般，中国就有希望了。[2]为了追求自由、民主尤其是言论自由、思想自由、学术自由与出版自由，文化人首先必须实现独立进款、经济自立，这是追求自由、坚持真理的物质基础和保障。为此，现代中国文化人进行了多方面探索与努力，并取得了让人艳羡的业绩，为我们提供了可资借鉴的经验并树立了学习的榜样。有了经济基础，方能做到周有光所言："自食其力，自行其是，自得其乐，独立精神"和白宗华所语："独立人格，独立思考，独立行为，自由达观"。我把现代中国文化人的经济活动概括为八个途径：

一、从事教育：以蔡元培（1868—1940）、胡适（1891—1962）为例

1917 年 1 月，蔡元培入掌北京大学，月薪 600 银圆（1 银圆折合 2009 年人民币为 60 元，共计 3.6 万元）。蔡元培以他丰富的人生阅历和求学奋斗的生活历练以及宏阔的世界视野，首倡"思想自由，兼容并包"的办学方针，成立进德会，倡导"不嫖、不赌、不纳妾、不当官僚、不做政客、不酗酒、不抽烟、不杀生"的"八戒"。北京大学风貌为之一新。蔡元培以他"爬格子"求生存的亲历，特别爱惜、敬重"爬格子"的人才，广延各种人才，新派如陈独秀、胡适、李大钊、钱玄同、周作人等，旧派如黄侃、刘师培、辜鸿铭、刘文典等。我以为，蔡元培之伟大不在学问之大，而在气魄之大、视野之大、人格之大。

1917 年，26 岁的胡适被聘为北京大学文科教授，月薪 260 银圆，旋即加

---

① 李大钊著，《物质与精神》，《新生活》，1919 年第 19 期。

② 金岳霖著，《优秀分子与今日的社会》，《晨报·副刊》，1922 年 12 月 4—5 日。

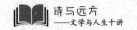

至 280 银圆，开始了他与北大的不解之缘。1930 年任北大文学院院长，月薪 600 银圆；1946 年任北大校长。除丰厚的教授薪俸外，胡适还有外出演讲、稿酬版税和其他社会兼职收入。仅 1928 年 12 月上海亚东图书馆给胡适送来的版税和稿酬就达 3 万银圆，折合人民币 180 万元。

二、埋头著述：以鲁迅（1881—1936）、顾颉刚（1893—1980）为例

鲁迅敢于从公务员到自由撰稿人，特别是 1926 年以后完全依靠自己的写作为生，而且其收入超过了作公务员的收入。从 1912—1936 年，依靠作公务员（245 银圆／月）、教书（417 银圆／月）、稿酬和版税（700 银圆／月），23 年总收入约 12 万银圆（其中 1922 年日记缺失），折合 2009 年人民币其收入 720 万元，年收入 31.3 万元，月收入 2.6 万元。有了坚实的经济基础，鲁迅便可以摆脱官的威势与压迫；有了坚实的经济基础，鲁迅便可以超越商的羁绊与诱惑，进行他的社会批评与文明批评，坚持他的自由思考和独立人格。

1920 年，27 岁的顾颉刚从北京大学毕业，他选择了薪俸较低（50 银圆／月）但有益于自己史学研究兴趣的图书管理员工作。1922 年出于研究需要他又到商务印书馆作专任编辑（100 银圆／月）。1924 年重回北大（100 银圆／月）。1926 先后在厦门大学和中山大学任教（280 银圆／月）。1929 年再回北平在燕京大学任教（320 银圆／月）。1935 年任北平研究院历史学组主任、研究员（400 银圆／月），组织"禹贡学会"，出版《禹贡》半月刊，同时兼任燕京大学教授领半薪（160 银圆／月），合计 560 银圆（折合 2009 年人民币约 3.36 万元）。他依靠自己在社会上的影响，过着平淡充实而安定的学者生活，培养了一大批学术新人，成为当时北平学术界三大老板之一。

三、文学创作：以张恨水（1895—1967）为例

据张恨水自己说，他在最忙的时候每天同时为四家报刊写稿。张氏终生勤奋，先后创作了 120 多部小说和大量散文、诗词、游记等近 4000 万字（一说 3000 万字），以 5 银圆／千字，可获稿酬 200 万银圆，折合 2009 年人民币为 12000 万元。丰厚的稿酬保障了张恨水住上大宅门四合院，过上了舒适

富裕的生活。其代表作有《春明外史》《金粉世家》《啼笑姻缘》《八十一梦》等。张恨水不仅是当时最多产的作家，而且是作品最畅销的作家，有"中国大仲马""民国第一写手""章回小说大师"等称誉，可见影响之大，鲁迅的母亲便是"张迷"。

四、投资实业：以康有为（1858—1927）为例

康有为在 1898 年戊戌维新失败后，遭到通缉，亡命海外 16 年，何以为生？何以能生？据陈明远的考证，康、梁早在戊戌维新前就涉足实业，经营出版（新民丛报社）、成立学会（强学会）、开办书店（广智书局）、投资房地产（先后在墨西哥城、上海等地作地产生意而且大赚）而且是以知识资本的方式用自己的文章作为股份入股。后来又在江苏茅山开办农场。所以，康有为先后在日本神户、中国香港、广州、上海、杭州、青岛等地均有别墅。

五、贩卖字画：以章太炎（1868—1936）为例

在鲁迅笔下，章太炎首先是一个革命者，其次才是一个大学问家。他一生张扬国粹，反抗一切权威和束缚，倡言个性的绝对自由。在文学、历史学、语言学等方面均有建树，颇多创获，一生著作约 400 万字。著述除刊入《章氏丛书》《续编》外，又有遗稿《章氏丛书三编》。章氏一生，耿介忠烈，其人生后期在上海主要以卖字画和讲学为生。他不事产业，亦不登广告，对金钱看得尤淡。其字画多由上海著名的"朵云轩"为其代理，每次书写数十件，他也只收 50 银圆／件。

六、经营书店（书局）：以陆费逵（1886—1941）为例

作为中华书局的创始人之一，陆费逵幼承家学，熟悉中国传统文化。但时移世变，他先后办过学堂，做过教师；开过书店，卖过《警世钟》等进步书籍；编过报纸，任过主笔；做过编辑，写过教材……丰富的人生阅历和激变的社会生活，使他意识到在现代社会生活中出版业的重要、教育事业与教科书的重要。所以，1912 年民国伊始，他便上书教育总长蔡元培，发表《敬

告民国教育总长》《教科书革命》等文章，呼唤进行现代国民意识教育，制定普通教育暂行管理办法和课程暂行标准。《中华书局宣言书》写道："立国根本不在乎教育，教育根本实在教科书。教育不革命，国基终无由巩固；教科书不革命，教育目的终不能达也"。[①]我们应永记中华书局的元勋陆费逵的告诫："我们希望国家社会进步，不能不希望教育进步；希望教育进步，不能不希望书业进步。我们书业虽然是较小的行业，但与国家社会的关系却比任何行业为大"。[②]同时，在中华书局经营困难的时候，陆费逵不领薪俸；经营情况好转并盈利丰厚后，他也从不拿最高薪水。

七、影剧演出：以田汉（1898—1968）、周璇（1918—1957）为例

田汉不仅是中国革命戏剧运动的奠基人和传统戏曲改革的先驱者，也是20世纪中国早期革命音乐、电影事业的卓越组织者和创造者。他毕生从事文艺事业，先后创作了话剧、歌剧60余部，电影剧本20余部，戏曲剧本24部，歌词和新旧体诗歌近2000首，其中《义勇军进行曲》被定为中华人民共和国国歌。先后创办了《南国》半月刊、《南国》特刊等，成立南国剧社，领导南国艺术运动，组织"鱼龙会"，开办小剧场，任教上海艺术大学，培养影剧人才等，所有的这些活动经费都是田汉自筹自支，始终坚持民间立场，独立自主，维护艺术的独立性。

周璇身世凄婉，1932年，周璇13岁就走红歌坛，成为上海明月歌舞团的当家歌手，但收入极低。1935年，加入艺华影片公司时月薪50银圆（折合2009年人民币为约3000元。）对此，周璇感到非常满意。她一生共出演了40多部影片，主唱过电影主题曲、插曲100多首，1937年，因主演《马路天使》而红遍天下，在影片中主唱的《四季歌》和《天涯歌女》更是传遍大江南北，家喻户晓，从而成为人们心中永远的银幕偶像，月薪涨至200银圆（折合2009年人民币为约12000元）从此成为影片公司的摇钱树。

---

① 《中华书局宣言书》，《申报》，1912年2月23日。

② 陈明远著，《文化人的经济生活》，西安，陕西人民出版社，2010年版。

八、游历讲学：以梁启超（1873—1929）为例

梁启超学术研究领域十分广泛，对哲学、文学、史学、经学、法学、伦理学、宗教学、社会学等均有建树，尤以史学研究成绩最显著。他一生勤奋，著述宏富，在政治活动占去大量时间的情况下，每年平均写作量仍达 40 余万字，总著述达 1500 多万字，以梁启超当时的名气和影响，一般人都 5—8 银圆／千字，但对他则在 10—20 银圆／千字，仅稿酬总收入就在 150—300 万银圆左右（折合 2009 年人民币为 1500—3000 万元）此处还未计算版税，当时的版税一般为 15%—20%，但对梁启超是 40%。

第二节 对当代大学生创业的启示

清末民初一批脱离传统社会与文化母体的读书人成了现代中国的"文化人"，他们摆脱了"学而优则仕"的功名之累，亦摆脱了唯利是图的逐利之心，拥有了独立人格、自由思想，他们以文化创造和文化传播为己任，主要从事教育教学、文学创作、编辑出版、游学讲学、学术研究甚至投身实业、社会活动等，他们从事的这些活动在解决自身和家庭生计、化解内在思想危机、获得丰俭不等的物质回报的同时，更多地为现代中国开启民众智慧、涵养民族精神、塑造民族灵魂等基础性工作做出无法估量的功德，同时也为现代中国"文化人"多样生存选择、多种生存方式、多元生活态度、多彩人生经历等都提供了可资借鉴的丰富资源和深刻启示。这不得不使我们思考一些问题：一是这些文化人的经济活动赖以进行的社会与文化生态；二是这些文化人经济活动的方式方法与策略选取；三是这些文化人经济活动与学术著述的相互关系；四是这些文化人在经济活动中的心理状态、精神世界与价值取向。

今天，我们该如何创业！其前提是在大学期间怎样为人生创业奠定坚实基础做好相应准备？

这个问题是一个宏大复杂的系统工程，我们可以从道器技或形而上的理论层面和性而下的操作层面展开论述。简而言之，结合清末民初文化人的创业经历和当下社会现实情况，我们建议如下，但不展开论述：

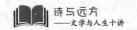
一、积极响应国家号召，主动适应社会发展形势，及时准确了解国家大政方针，将个人的前途命运与时代、国家、民族甚至人类社会发展有机结合起来。自国家提出"双创"战略后，中办和国办以及国务院各部委局先后出台了一系列指导意见和方针政策。

二、指定符合实际的四年或更长学业规划，修炼过硬的真本领，为创新创业奠定坚实基础。对此我在第一章和第二章有过详细的讲授。

三、核心能力与素养的修炼。具体可以参看教育部委托北京师范大学联合全国多所高校数百位专家历时三年完成的《中国学生发展核心素养》报告。学生发展核心素养指学生应具备的，能够适应终身发展和社会发展需要的必备品格和关键能力，是关于学生知识、技能、情感、态度、价值观等多方面要求的综合表现。核心素养以培养"全面发展的人"为核心，分为文化基础、自主发展、社会参与三个方面，综合表现为人文底蕴、科学精神、学会学习、健康生活、责任担当、实践创新六大素养，具体细化为人文积淀、人文情怀、审美情趣、理性思维、批判质疑、勇于探究、乐学善学、勤于反思、信息意识、珍爱生命、健全人格、自我管理、社会责任、国家认同、国际理解、劳动意识、问题解决和技术应用等 18 个基本要点。如果我们在走向社会的最后一站——大学，能够遵照核心素养的基本标准，达到它的要求，我们又何愁没有美好的未来和幸福的人生呢！

中国人曾经心心念念的铁饭碗是什么？那就是走到哪里都有饭吃，这就是最好的铁饭碗！

思考与练习：

1. 结合实例，分析清末民初文化人的经历对我们今天大学生的创业有何启示？

2. 谈谈你心中的"志存高远"与"脚踏实地"。

3. 谈谈你对当下"双创"的理解。

4. 谈谈你对人生价值及其实现路径的思考。

5. 何谓知识分子？如何理解知识分子的价值？

参考文献与延伸阅读：

1. 许寿裳著，《鲁迅传》，上海，东方出版社，2009 年 3 月版。

2. 解玺璋著，《梁启超传》，北京，化学工业出版社，2018 年版。

3. 顾颉刚著，《顾颉刚自传》，北京，北京大学出版社，2012 年版。

4. 白吉庵著，《胡适传》，北京，红旗出版社，2009 年。

5. 梁启超著，《康有为传》，北京，团结出版社，2004 年。

6. 解玺璋著，《张恨水传》，北京，北京十月文艺出版社，2018 年 3 月版。

7. 许寿裳著，《章太炎传》，天津，百花文艺出版社，2009 年 7 月版。

8. 董健著，《田汉传》，北京，北京十月文艺出版社，1996 年 12 月版。

9. 陆费逵著，《陆费逵自述》，合肥，安徽文艺出版社，2013 年 4 月版。

10. 陈明远著，《文化人的经济生活》，西安，陕西人民出版社，2010 年版。

11. 田中阳著，《百年文学与市民文化》，长沙，湖南教育出版社，2002 年版。

12. 赵鑫珊著，《贝多芬之魂》，上海，上海音乐出版社，1997 年版。

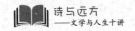

第十章 实践论（三）：巴金——奉献人生

本章提示：

一、知识教学目标：了解与巴金相关的文学知识。

二、能力教学目标：熟悉并阅读巴金的代表性作品。

三、素质教学目标：学习巴金的奉献精神以及学以致用、知行合一的品质。

第一节 文学大师巴金

在 20 世纪中国文学史上，那些著名的文学家们的身份几乎都是多重的，他们既有人们所熟知的文学大家的身份，又有不太为人所知的编辑出版家的身份。如鲁迅、叶圣陶、茅盾、巴金、沈从文、林语堂等都花费宝贵的时间和大量的心力来从事编辑出版工作，为 20 世纪中国文化在开拓阵地、传播思想、开启民智、重塑民魂、培养新人、积淀文化等方面做出了巨大贡献。然而，他们辉煌的文学创作成就遮蔽了他们默默奉献的编辑出版业绩。但是，他们在长期的编辑生涯和编辑实践中所形成的编辑出版思想以及所呈现出的精神光芒和所创造的精神财富，对于 20 世纪中国现代文学与文化和时代精神的渗透与影响，具有非常重要的意义，尤其对于我们当下正在进行的推进文化体制改革，创新文化发展理念，解放、激活和发展文化生产力与创造力，推动我国文化事业大繁荣、大发展具有现实的借鉴意义和参考价值。因此，作为文学大师的巴金，我们通过一个纪实短片《记忆：巴金 1931 年》予以呈现，故讲授从略。

巴金是我国 20 世纪享誉世界具有国际影响的著名作家，他一生奉献给中国和世界人民的除了"革命三部曲"（《新生》《灭亡》《死去的太阳》）、"激流三部曲"（《家》《春》《秋》）"生活三部曲"（《寒夜》《憩园》《第六病室》）等多部长篇巨著和《随想录》等影响巨大的散文随笔外，更重要的是他以大无畏的惊人气概对新中国成立以来发生在我国的各种错误思潮、观念和历史事件都进行了人性的反思和检讨，尤其是以极大的勇气忏悔、审视自己和国人的灵魂，为 20 世纪中国人灵魂的检视开启了先河，树立了榜样，尽管巴金的反思没有达到鲁迅的深刻和高度，也没有抵达鲁迅的辽远与缜密，然而巴金仍被人们视为 20 世纪"中国的良知"。作为编辑大家的巴金，我们给予重点讲授，希望大家可以从中获得些许人生感悟与启示。大家可以先欣赏一下当代诗人文生写给巴金的一首小诗《巴金》：

一个人的名字 / 其实就是一个符号 / 一个称谓 / 而您——巴金 / 对于我则是青春的诗 / 英雄的歌 / 人性良知的号角 / 是您 / 我有了对诗人、作家的理解 / 一种偶然与必然的际会 / 您的文字犹如激流奔涌 / 内心的火焰烧毁腐朽 / 追寻真理的眼睛忧郁而深沉 / 巴金是我一生的向往 / 正像我对阳光与内心宁静的渴望 / 想象一个时代 / 一个民族 / 一个人 / 失去言说内心的自由和自信 / 文字成为陷阱 / 一个人的命运凸显一个时代的悲剧 / 今天 / 站在您的面前 / 巴金先生 / 一个对语言文字膜拜的后生 / 向您表达对良知的忠诚 / 也一并向您倾诉内心的郁闷 / 因为一阵风吹过 / 一些乌云并未散去 / 一些沉渣又开始泛起……

第二节　编辑大家巴金

"生命的意义在于付出，在于给予"

——巴金

一般而言，人们往往知晓"人民作家"和"世纪良知"的巴金而忘记或忽略了作为编辑出版大家的巴金。其实，巴金在步入中国文坛之前便开始了书刊编辑实践活动。1949 年前，巴金编辑或参与编辑的期刊或丛书丛刊先后有《平民之声》《半月》《警群》《民声》《自由月刊》《时代前》《文学季刊》《水星》《文季月刊》《文丛月刊》《呐喊》周刊、《文学丛刊》《译文丛书》《文化生活丛刊》《新时代小说丛刊》《现代长篇小说丛书》《文学小丛刊》《文季丛刊》《烽火小丛书》等。20 世纪 50 年代初巴金在上海平民出版社工作两年并任总编辑。巴金还曾担任过《上海文学》的主编；1976 年以后，他一直担任大型纯文学《收获》杂志主编，为我国 20 世纪 80 年代以来文学的发展做出了独特贡献。

可以说，巴金的一生是创作、翻译与编辑出版相伴同行的一生，而且都硕果累累，贡献巨大，影响深远。其中，我以为就编辑出版而言，影响最大的有三：一是编辑出版延续时间长达 14 年之久的《文学丛刊》，前前后后共编辑出版 160 本之巨，囊括了中国现代文学史上 86 位作家的诗歌、散文、小说、戏剧等各种文体以及不同风格、流派的作品，这其中很多作家由此成名步入文坛，走入读者的视野，走进中国现代文学史，这对新文学创作队伍、人才培养而言，意义非凡。《文学丛刊》的编辑出版基本呈现了 20世纪三四十年代中国新文学创作的全景图，规模宏大、影响深远、蔚为壮观、实属罕见。二是编辑出版的《译文丛书》共计出版译著达 53 种之多，众多世界一流作家作品被译介给中国读者，很多后来名世的翻译家的处女作都源于“文生社”的《译文丛书》，这对我国翻译队伍、人才培养来说，其功甚伟，在中国现代翻译史上别有意义，值得大书特书。除此之外，巴金还主编或编辑了其他名目众多的各类丛书丛刊。三是长期主编大型纯文学期刊《收获》杂志，为中国当代文学尤其是新时期文学的发展做出了独特贡献。因此，文学史家司马长风在其著作《中国新文学史》中对巴金的编辑出版贡献甚为看重，评价甚高，他说：“巴金以文名太高，掩盖了他出版方面的贡献，其实后者对新文学的贡献远比前者重大。”①所以，巴金可谓创作、翻译、编辑出版“三栖”行家里手，而特别值得一提的是巴金在“文生社”的工作完全是不计任何报酬的义务劳动，他是在践行自己一生的信仰——正

① 司马长风著，《中国新文学史》（中卷），香港，香港昭明图书公司，1980 年版。

义、互助与奉献精神的安那其主义。巴金说："我在文化生活出版社工作了14年，写稿、看稿、编辑、校对，甚至补书，不是为了报酬，是因为人活着需要多做工作，需要发散、消耗自己的精力。我一生始终保持着这样一个信念：生命的意义在于付出，在于给予；而不是在于接受，也不是在于争取。所以做补书的工作我也感到乐趣，能够拿几本新出的书送给朋友，献给读者，我认为是莫大的快乐"[①]这是一种真精神，也是一种大境界。巴金的所历所为既坚守并拓展了新文学的阵地，培养了新文学队伍，又呈现了新文学图景，延传了新文学传统，还保存了新文学实绩，扩大了新文学影响。这些都是通过主持"文生社"编辑出版图书来实现的。

"为我们的国家、民族作一点文化积累的事情"

——巴金

一、编辑理想：编辑出版是实现文化理想与文化建设的途径

巴金信奉安那其主义的正义、互助与奉献精神[②]，早年积极投身社会改造活动，然而严酷的现实粉碎了他的梦想，于是转而从事文学创作和文学编辑出版工作，找到了他实现人生理想的岗位。"知行合一"是巴金等前辈知识分子精英的鲜明人格特征。巴金说："我们谈理想，是要努力把理想变成现实；我们要为理想脚踏实地地做些事情。"[③]"文生社"创办人之一吴朗

---

①巴金著，《上海文艺出版社三十年》，《随想录》，北京，作家出版社，2005年版。

②安那其主义（英文：Anarchism），即无政府主义。它的政治哲学思想特别复杂。其目的在于提升个人自由及废除政府当局与所有的政府管理机构。无政府主义包含了众多哲学体系和社会运动实践。它的基本立场是反对包括政府在内的一切统治和权威，提倡个体之间的自助关系，关注个体的自由和平等；其政治诉求是消除政府以及社会上或经济上的任何独裁统治关系。对大多数无政府主义者而言，"无政府"一词并不代表混乱、虚无，或道德沦丧的状态，而是一种由自由的个体自愿结合，以建立互助、自治、奉献、反独裁、否定一切暴力的和谐社会。

③田一文著，《我忆巴金》，成都，四川文艺出版社，1989年版。

西在《文化生活出版社的创建》一文中对此有过较为详细的介绍和记述，他们是把"文生社"作为理想追求的试验场和实现人生价值的岗位。由是观之，巴金等"文生社"的同仁从一开始就视文学创作和文学编辑出版为实现文化理想和文化建设的方式与途径，是为国家、民族做贡献的崇高事业。这种志存高远的情怀与境界远非一般出版商和编辑所能比拟。所以，李济生在评价"文生社"同仁们时指出，"文生社"的成立是几位留学归来的青年知识分子以集资的方式办起来的。他们办出版社是基于忧国忧民的爱国热忱，立志要在动荡的乱世时代为自己的祖国在文化建设和文化积累方面踏踏实实、真真切切地做一番事业，通过文学创作和编辑出版的方式来实现人生的价值与自己的理想。①这种理想追求，鼓舞、激励着巴金等人历尽艰险与苦难、实实在在地从事文学创作活动与编辑出版工作，在动荡不安的 20 世纪三四十年代干出了令人感佩的业绩。

二、编辑理念：视作者为朋友，为读者编好书

我们知道，经营刊物或出版社，有三个基本要素必须考虑：一是稿源，尤其是高质量的稿源；二是读者，书刊出版出来得有人买、有人看才行；三是经费。巴金和他的同仁们一开始就树立视作者为朋友，把读者当上帝的办社理念。巴金曾说："我过去搞出版工作，编丛书，就依靠两种人：作者和读者。得罪了作家我拿不到稿子；读者不买我编的书，我就无法编下去了。"②巴金还常开玩笑说："作家和读者都是我的衣食父母。"③由此看出巴金等人编辑出版理念的科学与务实，他始终攥住了人类社会活动中的核心问题——人的因素（作者、读者与编辑）。巴金的这种编辑理念具体表现在：

1. 与作者交朋友。巴金乃文学大师，深知创作甘苦，个中滋味。所以，在稿件的编辑过程中特别尊重作者和作者的劳动。他认为，可改可不改处最

①李济生著，《巴金与文化生活出版社》，上海，上海文艺出版社，2003 年版。

②巴金著，《上海文艺出版社三十年》，《随想录》，北京，作家出版社，2005 年版。

③巴金著，《上海文艺出版社三十年》，《随想录》，北京，作家出版社，2005 年版。

好不改或少改；稿件修改应征得作者同意，多与作者商量沟通；作品质量是刊物和出版社的生命，没有好稿子，刊物和出版社就不可能生存、发展，漏掉好稿子是编辑的过失，是对作者劳动的不尊重，也是对读者的不负责。巴金说："编辑是作家与读者之间的桥梁。作家无法把作品直接送到读者的手里，要靠编辑的介绍与推荐，没有这个助力，作家不一定能出来。"①这里既认识到编辑的作用又揭示了编辑的使命以及作家与编辑的相互关系。"作家和编辑应当成为诚意合作互相了解的好朋友。"②倘若编辑与作家之间建立起了相互信任的朋友关系，何愁没有高质量的好稿源！

2. 为文坛育新人。陈荒煤在评价巴金的编辑出版贡献时撰文说，他"一直是热衷于发现、培养、扶持青年作家的编辑和出版工作者，培养了一代又一代新人，为中国革命文学事业做出了不可磨灭的贡献。"③此乃实事求是的肺腑之言、中肯之论。我们知道，经巴金之手由"文生社"推出了何其芳、曹禺、萧乾、黄裳、师陀、周文、罗淑等一大批创作与翻译新人。巴金不仅推出文学创作新人，而且推出文学翻译新人，在当时，很多出版社都不出版不赚钱的翻译著作，但巴金坚持出版，由此造就了一大批翻译家。巴金的编辑理念是"编辑的成绩不在于发表名人的作品，而在于发现新的作家、推荐新的创作。"④拥有了这种兼容并包、奖掖后进、提携同道且不计回报的无私与奉献精神，何愁文坛后继无人！

3. 为读者出好书。巴金有句名言：把心交给读者！心中始终想着读者、装着读者！巴金在"文生社"策划主编《文学丛刊》确定并一直坚持了四大编辑出版原则：一要编选谨严，二要内容充实，三要印刷精良，四要定价低廉。秉承编辑出版是有益于国家民族文化建设与文化积累的"理想出版"宗旨，巴金等人希望通过长期的艰苦努力建立起民众阅读文库，让更多的读者买得起书，能读到好书，从而提高民众的素质，以实现文化普及和开启民智

---

① 巴金著，《致十月》，《随想录》，北京，作家出版社，2005 年版。

② 巴金著，《致十月》，《随想录》，北京，作家出版社，2005 年版。

③ 陈荒煤著，《心灵中仍然燃烧着希望之火》，北京，人民日报，1982 年 6 月 16 日。

④ 巴金著，《致十月》，《随想录》，北京，作家出版社，2005 年版。

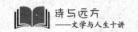

的作用。所以，巴金心中始终装着读者，坚持将书价定得很低而不以营利为目的，这在出版业竞争十分激烈的20世纪三四十年代是极有远见和胆识也是极冒风险的。有了这种想读者所想、急读者所急，为读者出好书，为好书找读者的思想，何愁编辑出版的图书卖不出去！

三、编辑方针：兼容并包与重组文学景象的宏大气魄

巴金在主持"文生社"编辑工作的14年中，打破地域之隔，破除门户之见，中西并举，创译并重，海纳百川，广结人缘，使各方面条件都不占先占优的"文生社"发展迅速，形成特色，积淀品牌，产生广泛影响。他先后主编《文学丛刊》与《译文丛书》等一系列大大小小的丛刊丛书，在这些丛刊丛书中收罗不同地域、背景、风格、流派的作家作品，使全国各地尤其是京沪两大重镇的作家作品一起登台亮相，展示其实况与实绩。这与巴金的编辑出版理念，即：不唯我独尊、不存门户之见、没有文人相轻的陋习而以高远宏阔兼容并包的气魄以及文化建设理想和重组并呈现中国现代新文学全景图、为我们的国家与民族的文化建设和文化积累做一些实实在在的事情的"理想出版"思想是息息相关的。巴金以他的宽广气度与真诚热情的人格魅力获得各方面作者的高度信任与尊重，所以"文生社"才有了源源不断的好稿子。巴金曾骄傲地说："尽管我所服务的那个出版社并不能提供优厚的条件，可是我仍然得到各方面的支持，不少有成就的作家送来他们的手稿，新出现的青年作家也让我编选他们的作品。我从未感到缺稿的恐慌。"[1]于是，中国作家的作品在"文生社"出版发行，世界文学名家大师的译作通过"文生社"与中国读者见面。不同国度、不同地域、不同年龄、不同背景、不同追求、不同流派、不同风格的作家、翻译家们在"文生社"汇集，使我国20世纪三四十年代的文学实绩得以集中展示和很好保存。

四、编辑精神：奉献理想的精神与务实求美的作风

我们知道，"文生社"是一个典型的同仁出版社，吴朗西、丽尼、柳

---

①巴金著，《上海文艺出版社三十年》，《随想录》，北京，作家出版社，2005年版。

静、陆蠡、巴金等人都是奉行"正义、互助和奉献精神"的安那其主义信仰者和践行者。他们是一批既有文学创作与翻译背景又有留学海外的经历，并且怀着满腔热血、立志为国家民族文化建设做一些实实在在事情的有志青年。他们一方面有追求理想和乐于奉献的精神，在"文生社"做事都是不拿一分报酬的义务劳动，有的人甚至为此献出了生命；另一方面他们又有脚踏实地与求真务实的严谨作风。在巴金等人看来，能够多编辑出版几本新书送给朋友，献给读者，这是一件特别令人高兴和开心的事情。所以，在资金缺乏、人手很少、时局动荡的情形下，为了降低成本、保证质量、多出好书，巴金在编辑出版的每一个环节都亲自严格把关，除了会作者、约稿子、写回信、看校样、跑印刷外，连图书的装帧设计、插图使用和版式确定他都要亲力亲为。他善于借鉴和创新，并有意识地大量查阅、收集国外期刊、图书在装帧设计方面的资料和样式来提高"文生社"图书的装帧质量和设计水平，力求尽善尽美，精益求精。尽管社里各有分工，但巴金有时也关心图书的宣传推销与经营情况，收集有关市场信息，并且亲自撰写极富文化韵味和文学色彩的图书内容介绍及广告宣传词，以扩大图书的影响和销路。正是巴金于每一个出书环节的精细把关与较高的审美意识和把心交给读者的编辑观念使"文生社"出版的书籍独具特色，质量优越，价廉书美，小小的"文生社"在短时间内便有了名气，创出了品牌，在中国现代编辑出版史上占有一席之地。巴金等人就是这样默默地坚守着编辑岗位认真地工作着并终于看到事业的开花结果。

第三节　巴金编辑人生的启示

今天，我们纪念巴金、学习巴金，就应该认认真真、实实在在继承他丰富的文化与文化遗产，学习他的思想品格和奉献精神，将他的文学、文化事业发扬光大，为社会主义文化、文学、出版事业做出实实在在的业绩，这才是对巴金最好的纪念与缅怀。

改革开放，特别是党的十七大以来，党和国家始终把文化建设放在全局工作重要战略地位，可谓目光远大，意义深远。按照中共中央十七届六中全会《关于深化文化体制改革，推动社会主义文化大发展大繁荣若干重大问题的决定》（以下简称《决定》）的战略部署，全国的期刊和出版单位都面临由事业单位转企改制、面向市场等一系列问题。从宏观上讲，它需要在国家层面首先建立健全与修改完善相关编辑出版的法律法规体系，确立奋斗目标、指导思想、方针政策、制度保障等；从行业内部层面讲它必须建立、健全行业自律条例以及科学、规范、高效的出版管理体系；其次从市场层面讲必须建立适应市场化、产业化要求的现代企业制度以及整套运行运作机制等等。这些宏大问题不是本文能够探讨的，我们仅从思想理念层面谈一谈巴金等"文生社"的编辑出版思想给我们当下出版改革与创新的有益启示和借鉴价值。

一、时代使命与文化理想：改革与创新内在动力

我们认为，文化体制无论怎样改革，但文化本身的精神性、基础性与公益性根本属性是无法改变的。因此，今日之文化出版需要牢固树立使命意识，追求文化理想，创作、编辑出版无愧于我们变革时代的文化艺术产品来更好地满足人民群众日益多元的精神需求、丰富人民群众日益丰富的精神世界、增强人民群众不断增长的精神力量、引领人民群众走向更加文明健康美好的生活天地，这是文化出版改革与创新强大而持续的内在动力源。

我们知道，文化是一个民族的血脉和精神家园，也是一个社会经济发展的内在灵魂，它在现代社会生活中的作用越来越突出、地位越来越重要。正如中共中央十七届六中全会《关于深化文化体制改革，推动社会主义文化大发展大繁荣若干重大问题的决定》（以下简称《决定》）所指出："当代中国进入了全面建设小康社会的关键时期和深化改革开放、加快转变经济发展方式的攻坚时期，文化越来越成为民族凝聚力和创造力的重要源泉、越来越成为综合国力竞争的重要因素、越来越成为经济社会发展的重要支撑，丰富精神文化生活越来越成为我国人民的热切愿望。"尽管"我国文化领域正在发生广泛而深刻的变革，推动文化大发展大繁荣既具备许多有利条件，也面临一系列新情况新问题。我国文化发展同经济社会发展和人民日益增长的精神文化需求还不完全适应。"形势逼人，改革势在必行。《决定》深刻指出："没有文化的积极引领，没有人民精神世界的极大丰富，没有全民族精

神力量的充分发挥，一个国家、一个民族不可能屹立于世界民族之林。物质贫乏不是社会主义，精神空虚也不是社会主义。没有社会主义文化繁荣发展，就没有社会主义现代化。"文化出版物的书刊作为文化载体之一，它是商品，然而它却是一种具有特殊性的商品，既有物质产品的属性，更有精神产品的属性。因此，作为一个合格的编辑出版工作者或文化出版单位，应该有自己的文化理想和精神品质，应该确立正确的价值取向，而这种文化理想、精神追求和价值取向应该具有将编辑出版工作视为提升国家综合国力和增强国家文化软实力、中华文化国际影响力的自觉意识，具有将文化出版单位的建设、发展与提升国家综合国力和增强国家文化软实力、中华文化国际影响力的战略目标结合起来的清醒认识，具有将编辑个人事业追求与文化出版单位的建设发展结合起来的清晰目标。同时，文化体制无论怎样改革，它作为文化的公益性质是无法改变的。我们的文化建设与改革必须将更好地满足人民精神需求、丰富人民精神世界、增强人民精神力量作为价值取向和奋斗目标。因此，必须正确处理社会效益与经济效益、长远效益与短期效益、民众效益与刊社效益等之间的关系，必须坚持社会主义先进文化前进方向，坚持把社会效益放在首位、社会效益和经济效益相统一，按照全面协调可持续的要求，推动文化产业跨越式发展，使之成为新的经济增长点、经济结构战略性调整的重要支点、转变经济发展方式的重要着力点，为推动科学发展提供重要支撑。巴金等"文生社"同仁的办社宗旨与经营理念尤其是追求为国家、民族进行文化积累与文化建设的"理想出版"思想更加值得我们学习、借鉴。今天，我们的文化出版单位、文化工作者应当树立"社会主义先进文化是马克思主义政党思想精神上的旗帜，文化建设是中国特色社会主义事业总体布局的重要组成部分。""在新的历史起点上深化文化体制改革、推动社会主义文化大发展大繁荣，关系实现全面建设小康社会奋斗目标，关系坚持和发展中国特色社会主义，关系实现中华民族伟大复兴。"的使命意识和文化理想。①

---

① 共中央十七届六中全会，《关于深化文化体制改革，推动社会主义文化大发展大繁荣若干重大问题的决定》，北京，新华社 2011 年 10 月 25 日电。

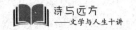

二、市场导向与读者本位：出版与市场良性互动

在市场经济的今天，只有树立市场导向与读者本位观念，才能使出版单位成为真正意义上的合格的市场主体，发挥市场在文化资源配置中的积极作用，以满足人民群众的精神文化的需求为宗旨，这是出版单位在市场经济条件下的生存之道与为谁服务、怎样服务的根本性问题。所以，《决定》要求我国出版单位必须"以建立现代企业制度为重点，加快推进经营性文化单位改革，培育合格市场主体。"这一工作可以说是任重道远。出版单位一旦树立起市场导向与读者本位观念，成为合格市场主体，表明两者之间形成良性互动。巴金等"文生社"同仁在没有政府拨款扶持和财团资金支持的情况下，几位志同道合者，凭借理想，通力合作，艰苦打拼，能够在短时间内站稳市场、赢得读者、形成品牌，拓展业务，壮大事业，靠的是什么？秘诀在哪里？值得我们研究、总结、学习、实践。巴金对此的体会是出版社要生存、发展，一靠作者写出或译出高质量的好稿件，二靠读者喜欢购买或阅读你编辑出版的图书，作者和读者都是出版社的衣食父母。这里就有一个出版导向与民众需求的双向互动问题，其中蕴含着复杂的市场观念与经营理念以及运作模式。如果说巴金等前辈在他们那个年代在编辑出版与具体经营过程中更多的是追求作家创作与"引进来"翻译的话，那么，今天的市场远比巴金等人的时代广阔得多，我们不仅要培育好国内市场，更要走向国际大舞台并培育好国际市场，实行"引进来"（翻译国外的）与"走出去"（译介中国的）的战略，在壮大作为市场主体的出版企业的同时，以增强扩大中华文化的国际影响力。正如《决定》所指出，"推动中华文化走向世界。开展多渠道多形式多层次对外文化交流，广泛参与世界文明对话，促进文化相互借鉴，增强中华文化在世界上的感召力和影响力，共同维护文化多样性。"所有的这些都要求我们要牢固树立市场导向与读者本位的观念，具有面向世界的国际视野、人类情怀与改革创新精神，才可能真正实现出版与市场的双向良性互动，将我们的文化出版单位练就成为能够经受市场各种风浪考验合格的市场主体。

三、文化出版核心竞争力：改革精神与创新能力

在市场经济全球化浪潮一浪高过一浪的条件下，文化出版单位只有"把创新精神贯穿文化创作生产全过程。""健全以企业为主体、市场为导向、产学研相结合的文化技术创新体系，培育一批特色鲜明、创新能力强的文化科技企业。"提高我国出版、印刷、传媒的技术装备水平，增强出版企业核心竞争力，才能立于不败之地。它必须处理好几个关系：个性与特色，定位与目标，专业性与综合性，短期行为与长期目标，自律与监督，公益效益与利润，传统工艺的承转与新兴技术的运用等，这里的核心问题是敢于改革和善于创新。改革与创新的核心是思想观念的解放。解放思想、转变观念是改革的前提和动力，只有思想解放，才有尝试改革的胆识；只有观念转变，才有尝试改革的决心；只有不断尝试，才有事业创新发展的可能；只有不断创新发展，作为市场主体的文化出版单位才可能生存下来、发展壮大。巴金及"文生社"的同仁们勇于以国家民族文化建设与积累为己任，敢于编辑出版一般出版社认为不赚钱的图书，采取低价位图书定价销售策略，不断推出各种大型丛刊丛书，敢于吃螃蟹的改革精神，倘若没有创新意识和远见卓识恐怕是绝对做不到的。其实，敏锐的市场意识与不断创新的精神，这是民国时期众多民营出版机构的共有特性，只是它们各自采取的策略和路径不同而已。比如商务印书馆、中华书局、生活书店、泰东图书局、北新书局等无不具有敏锐的市场意识和创新精神。

四、文化出版最大资本：人气凝聚与人才魅力

要搞好文化出版工作，编辑队伍是基础，凝聚人才是关键。因此必须实施人才兴业战略，牢固树立人才是第一生产力的思想，培养一支德才兼备、锐意创新、结构合理、规模适度的编辑出版与经营管理队伍。市场竞争其实就是人才的比拼、观念的竞争。《决定》指出，出版单位要"培养善于开拓文化新领域的拔尖创新人才、掌握现代传媒技术的专门人才、懂经营善管理的复合型人才、适应文化走出去需要的国际化人才。"巴金及"文生社"的同仁们可以说是志同道合、同心同德、各司其职、相互支持、患难与共，有的为了事业甚至献出了生命，比如陆蠡。同时，巴金等"文生社"同仁都是

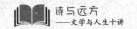
留学海外、学贯中西、精通外语、谙熟创作、熟悉前沿的知识分子精英，其中巴金作为出版社的总编辑，以他的热情宽容、真诚友好、谙习创作、精通业务和互助奉献的人格魅力，获得了各方面文化人士的认同、支持和友谊，为"文生社"的生存、发展和壮大以及出版风格的形成与品牌塑造都做出了不可估量的贡献。因此，文化出版单位既要千方百计加强专业编辑工作队伍建设，又要想方设法加强善于经营文化的企业家队伍建设，造就一批有理想、有追求、品格高、业务精、能创作、人缘好、善管理、懂经营，富于人格魅力的编辑出版家，以他们独特的人文魅力聚集人气，开拓业务，形成核心，塑造品牌，这是文化出版单位最大的无形资产。我认为，鼓励、支持作家学者从事文化出版事业不失为一种战略选择。其中，高层次的领军人物和文化名家、编辑大家尤为珍贵。所以，《决定》指出："高层次领军人物和专业文化工作者是社会主义文化建设的中坚力量。要继续实施'四个一批'人才培养工程和文化名家工程，建立重大文化项目首席专家制度，造就一批人民喜爱、有国际影响力的名家大师和民族文化代表人物。"我以为这里的"领军人物""名家大师"自然包括编辑出版名家大师在内。

思考与练习：

1. 分析作为文学大师的巴金对中国 20 世纪文学的贡献。

2. 谈谈作为编辑大家的巴金对中国 20 世纪文学的贡献。

3. 谈谈巴金编辑出版思想对我们文化出版业改革的启示。

4. 阅读巴金的《随想录》并写下不少于 3000 字的读书笔记。

5. 如何正确认识无政府主义的基本主张。

参考文献与延伸阅读：

1. 巴金著，《家》《寒夜》《随想录》等，北京，人民文学出版社或作家出版社。

2. 陈丹晨著，《巴金全传》，北京，中国青年出版社，2003 年版。

3. 李存光著，《巴金传》，北京，北京十月文艺出版社，1994 年版。

4. 李济生著，《巴金与文化生活出版社》，上海，上海文艺出版社，

2003 版。

5. 田一文著，《我忆巴金》，成都，四川文艺出版社，1989 年版。

6. 巴金著，《巴金自传》，南京，江苏文艺出版社，1995 年版。

7. 陈明远著，《文化名人的个性》，西安，陕西人民出版社，2010 年版。

8. 金梅著，《傅雷传》，长沙，湖南文艺出版社，1993 年版。

9. 季羡林著，《我这一生》，北京，中国青年出版社，2008 年版。

10. 博克著、侯定凯等译，《回归大学之道》，上海，华东师范大学出版社，2008 年版。

11. 韩石山著，《民国文人风骨》，西安，陕西人民出版社，2009 年版。

12. 孙玉祥著，《现代文人的隐与痛》，北京，中国友谊出版社，2010 年版。

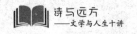

余论：读书的方法与境界

一、读书的方法

知道了读书的多多益处之后，我们还应了解读书方法，掌握读书技巧。自然，每一个人都不应该生搬硬套他人或古人的读书方法或技巧。他人或古人之言是他们的读书心得与感悟，我们应从自己的实际出发，寻找到一套适合于自己的读书方法和技巧。它山之石，可以攻玉。清代金缨在《格言联璧》中有此妙语：

> 读书有四个字最要紧，曰阙疑好问；
> 做人有四个字最要紧，曰务实耐久。

因此，我们在谈论读书方法与技巧时，仍然不能忘了读书的根本：读书即做人。做人须修身养性。古人读书是为了博取功名，所谓修齐治平。用今天的话来说，教育的目的是立德树人，培养国家民族所需要的合格的建设者和接班人。《格言联璧》对"功名富贵，道德文章"作了极为精辟的概括："有补于天地曰功，有关于世教曰名，有学问曰富，有廉耻曰贵，是谓功名富贵。无为曰道，无欲曰德，无习于鄙陋曰文，无近于暧昧曰章，是谓道德文章。"

古今中外圣贤对读书与人生亦多有总结。如金缨在《格言联璧》中有妙联告之：

（一）眼界要阔，遍历名山大川。度量要宏，熟读五经诸史。

（二）理以心德为精，故当沉潜。事以典故为据，故当博洽。

（三）读经传则根底厚，看史鉴则文论伟，观万物则眼界宽，去嗜欲则胸次净。

其他如：

1. 读书即未成名，究竟人高品雅。

   修德不期获报，自然梦稳心安。

2. 聪明用于正路，愈聪明愈好，而文学功名益成其美。

   聪明用于邪路，愈聪明愈谬，而文学功名适逢其奸。

3. 勿吐无益身心之语，勿为无益身心之事，勿近无益身心之人，勿入无益身心之境，勿展无益身心之书。

4. 壮年正勤学之日，而人以为养安之日。

   科第本逍遥之根，而人以为长进之根。

   做官乃造福之地，而人以为享福之地。

5. 看书求理，须令自家胸中点头。

   与人谈理，须令人家胸中点头。

6. 多静坐以收心，寡酒色以清心，去嗜欲以养心，玩古训以警心，悟至理以明心。

7. 观天地生物气象，学圣贤克己工夫。

   下手处是自强不息，成就处是至诚无息。

8. 案上不可多书，心中不可少书。鱼离水则鳞枯，心离书则神索。

9. 心不妄念，身不妄动，口不妄言，君子所以存诚。内不欺己，外不欺人，上不欺天，君子所以慎独。不愧父母，不悔兄弟，不愧妻子，君子所以宜家。不负天子，不负生民，不负所学，君子所以用世。

10. 贫不足羞，可羞是贫而无志。贱不足恶，可恶是贱而不能。老不足叹，可叹是老而无成。死不足悲，可悲是死而无补。

11. 莫轻此身，三才在此六尺。

    莫轻此生，千古在此一日。

12. 花繁柳密处拔得开，方见手段。

    狂风骤雨时立得定，才是脚跟。

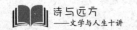
13. 吉凶祸福是天主张，毁誉予夺是人主张，立身修己是我主张。

14. 养德宜操琴；炼智宜下棋；遣怀宜赋诗；辅氛宜酌酒；解事宜谈史；

    得意宜临书；体物宜展画；涉趣宜观鱼；淡味宜掬泉；独立宜望山；

    愁怀宜伫月；大悟宜对雪；避寒宜映日；疲累宜观云；谈道宜访友；

    福后宜积德。

15. 论人当节取其长，曲谅其短。

    做事当先审其害，后计其利。

16. 眼界要阔，遍历名山大川。

    度量要宏，熟读五经诸史。

    ……

　　又如孔子在《论语·公冶长》中云："敏而好学，不耻下问。"《论语·为政》中云："诲汝知之乎！知之为知之，不知为不知，是知也。""学而不思则罔，思而不学则殆。"

　　如杜甫在《戏为之绝句》中有云：

<blockquote>
未及前贤更勿疑，递相祖述复先谁？

别裁伪体亲风雅，转益多师是汝师。
</blockquote>

　　再如朱熹在《训学斋规》中要求学生："读书有三到：谓心到、眼到、口到。心不在此，则眼不看细，心眼既不专一，却只慢浪诵读，决不能记，记不能久也。三到之中，心到最急。心既到矣，眼口岂不到乎？"朱子在《观书有感》中云：

<blockquote>
其一

半亩方塘一鉴开，天光云影共徘徊。

问渠那得清如许？为有源头活水来。

其二

昨夜江边春水生，艨艟巨舰一毛轻。

向来枉费推移力，此日中流自在行。
</blockquote>

宋人黄庭坚《书赠韩琼秀才》一文中说："读书欲精不欲博，用心欲纯不欲杂。读书务博，常不尽意；用心不纯，讫无全功。治经之法，不独玩其文章，谈说义理而已；一言一句，皆以养心治情，事亲从政，取友接物，得失忧乐，一考之于书，然后长古人之糟粕而知味。"

清人曾国藩在《曾国藩家书》中总结读书之法说："盖士人读书，第一要有志，第二要有识，第三要有恒。有志则断不敢为下流；有识则知学问无尽，不敢以一得自足，如河伯之观海，如井蛙之窥天，皆无识者也；有恒则断无不成之事。此三者，缺一不可。"

又如英国戏剧家莎士比亚说："书籍是全世界的营养品。生活里没有书籍，就好像没有阳光；智慧里没有书籍，就好像鸟儿没有翅膀。"

法国散文家蒙田有云："我需要三件东西：爱情、友谊和图书。然而这三者之间何其相通！炽热的爱情可以充实图书的内容，图书又是人们最忠实的朋友。"

俄国科学家门捷列夫说："天才就是这样，终身劳动，便成天才。"

博尔赫斯说过一句名言："这世上如果有天堂，天堂应该是图书馆的模样。"

……

这些有关读书治学方法的名言警句还很多，市面上有关这些方面的书籍也不少。如果我们能够持之以恒，一生以书为伴，以书为友，那么，我们必然会成为于人于己于社会有益有用的人，度过一个充实幸福的人生，最终成就我们的梦想，正如王国维在《人间词话》中所言：

古今之成大事业、大学问者，必经过三种境界："昨夜西风凋碧树。独上西楼，望尽天涯路。"此第一境界也。"衣带渐宽终不悔，为君消得人憔悴。"此第二境界也。"众里寻他千百度，蓦然回首，那人却在灯火阑珊处。"此第三境界也。

子云：学而时习之，不亦乐乎？有朋自远方来，不亦说乎？人不知而不愠，不亦君子乎？

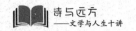

二、阅读的境界

朋友，读书吧！诗书为伴，青春常在！

人类文明的经典召唤着我们的良心，犹如诸神照耀着我们的一颗成长健康的心灵，同时它也需要人类的期待、虔诚和执着。人就在这个过程中成为历史同时也成为永恒，成为我们自己。无论何时何地，当阅读成为我们的一种生活方式和生活态度，那是诗意栖居的一种召唤，也是人生幸福的一种见证。书籍是宇宙间的一种天籁之音。这种天籁之音的召唤在人的内心激荡回旋，能使我们自觉担当责任与义务，追求纯真和善良，充满爱心和希望。天空清明，大地苍茫，人在生存，神作尺度。阅读的过程就是神灵和智慧照亮人类的天空，擦亮我们双眼，温暖我们内心过程。

季羡林先生曾将古人读书之乐概括为"四时读书乐"。同时，他给我们描绘了古人读书的三种境界和趣味：其一是"红袖添香夜读书"。有红颜知己相伴，挑灯夜读，把盏品茗，美人养眼，美文养性，其乐融融，其情怡悦，令人艳羡。其二是"绿满窗前草不除"。因醉心于读书，沉迷书中，忘记了时光流逝和季节更替，四季轮回，窗外已是绿草茵茵而不知。这是一种聚精会神，专心致志，忘我忘物的读书境界，令人敬佩。其三是"雪夜闭门读禁书"。这种读书的情趣与前面所言又有不同，天寒地冻，大雪纷纷，四周静寂，独自一人，闭门读书，而且读的是禁书，可以想见读书的心情之切，阅读的放松与惬意，此景此情，乐在其中，味在其里，不足与局外人道也。

此乃古人读书境界，然而，我以为读书还有一种景象和乐趣值得一提，那就是"独自孤灯夜读书。"一灯如豆，仅此一人，一卷在手，人与灯与书相伴，忘却红尘，滤去杂念，自由自在，这种与孤独为伴，与诗书为伴的读书之乐，真真让人神往和羡煞。

在我看来，真正的读书不是为稻粱谋或扬名于当世，而是我们心灵的渴求和精神的寄托。所以，历尽困苦而自得自适。于是有王国维在《人间词话》中提到的读书治学"三境界"。其一曰：昨夜西风凋碧树，独上西楼，望尽天涯路。言其读书之艰辛；其二曰：为伊消得人憔悴，衣带渐宽终不悔。言其读书之执着；其三曰：众里寻他千百度，蓦然回首，那人却在灯火阑珊处。言其阅读之收获。

试想，一个人，坐拥书城，怀揽书香，身居陋室，心安神宁，读书为乐，岂不快哉！记得陆游曾撰《书巢记》有云："吾室之内，或栖于椟，或陈于案，或枕藉于床，俯仰四顾，无非书者。吾饮食起居，疾痛呻吟，悲忧愤叹，未尝不与书俱。"南宋诗人尤袤则说，读书"饥读之以当肉，寒读之以当裘，孤寂而读之以当朋友；幽忧而读之以当金石琴瑟也。"正是如斯，陶渊明才在《五柳先生传》中说："好读书，不求甚解，每有会意，便欣然忘食。"可见，对于真正的读书人来说，读书之乐难以言说；读书之味如饮甘泉；读书之趣无穷无尽。书是灵魂的居所；书是精神的家园；书是深情的朋友；书是疗伤的良药。

谈到读书的妙处与方法，我以为孔子在《论语》中提出的读书之道更为精妙。它妙就妙在孔子将读书治学与修身养性结合了起来，我们亦可将其概括为孔子的读书治学"三境界"。其一云：学而时习之，不亦乐乎？其二云：有朋自远方来，不亦说乎？其三云：人不知而不愠，不亦君子乎？孔子在这里提出的读书治学之道有以下特点：一是读书与实践相结合，故曰：学而时习之。"习"不仅仅是温习，而且更是实习、复习、实践，在实践中学习、巩固和提高。二是读书与交流相结合，故曰：有朋自远方来，不亦说乎？古人云：独学而无友，不是最好的学习方法。学习的最佳方法之一就是与志同道合的朋友切磋、交流、探讨，让思想的火花在同道的交流中产生碰撞、形成燎原之势，这是一种令人爽心悦目的乐事。其三在孔子看来，学习不是仅仅为了治国平天下的经世致用，更是个体的修身养性，心灵充盈，精神愉悦。所以，有了学识、本领而不为世人所重视和认同，不为当政者所重用，依然能够其乐融融，孜孜以求，以达治学之境，以至人生之景，这才是真正的大度、大气的君子之风和读书之道。故云：人不知而不愠，不亦君子乎？说白了，读书的终极所指不是为了学好文武艺，售与帝王家；相反，读书学习是个体安身立命的基础和方式，读书不在于结果而重于过程，不在于仅仅为了致世实用，更在于滋养个体的灵魂、涵养个体的精神，如孟子所言：养浩然之气。所以，孔子的读书治学"三境界"说要比王国维的"三境界"说内涵更加丰厚和高妙，值得我们每一位读书人珍惜！

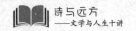

后记：我们为什么活着

记得当初读到英国哲学家罗素的短文《我为什么而活着？》，一种"海内存知己，天涯若比邻"的感觉让我激动得彻夜不眠，真有一种穿越时空的对话之感。时至今日，每当我重读此文时依然兴奋不已、感慨良多。这说明很多问题，一是我的感觉还活着，二是我仍然不成熟，三是作者的短文实在太美。为了让读者朋友分享我的阅读愉悦，今不惜冒做文抄公之嫌，将罗素大人的文章中英文对比全录于此，与诸君共享之。

三种单纯然而极其强烈的激情支配着我的一生。那就是对于爱情的渴望，对于知识的追求，以及对于人类苦难痛彻肺腑的悲悯。这些激情犹如狂风，把我抛到绝望边缘的深深的苦海上东倒西歪，使我的生活没有定向。

我追求爱情，首先因为它叫我销魂。爱情使人销魂的魅力使我常常乐意为了片刻这样的快乐而牺牲生活中的其他一切。我追求爱情，又因为它减轻孤独感——那种一个颤抖的灵魂望着世界边缘之外冰冷而无生命的无底深渊时所感到的极度可怕的孤独。

我追求爱情，还因为爱的结合使我在一种神秘的缩影中提前看到了圣者和诗人曾经想象过的天堂。这就是我所追求的，尽管人的生活似乎还不配享有它，但它毕竟是我终于追寻到的东西。

我以同样的热情追求知识，我想理解人类的心灵，我想了解星辰为何灿烂，我还试图弄懂毕达哥拉斯学说的力量何在，是这种力量使我在无常之上高踞主宰地位。我在这方面略有成就，但远远不够。

爱情和知识只要存在，总是把我们引向天堂。但是，悲悯又总是把我带回人间。痛苦的呼喊在我心中反响回荡，孩子们遭受饥荒煎熬，无辜者遭遇压迫折磨，孤弱无助的老人在自己的儿子眼中变成可恶的累赘，以及世上触目皆是的孤独、贫困和痛苦——这些都是对人类应该享有的生活的嘲弄。我渴望能够减少人世的罪恶，可我无能为力，于是我感到痛苦万分。

这就是我的一生。我觉得这一生是值得活的，如果真有可能再给我一次机会，我将欣然再重活一次。

What I have lived for?
——*Written by Bertrand Russell*

Three passions, simple but overwhelmingly strong, have governed my life: the longing for love, the search for knowledge, and unbearable pity for the suffering of mankind. These passions, like great winds, have blown me hither and thither, in a wayward course, over a great ocean of anguish, reaching to the very verge of despair.

I have sought love, first, because it brings ecstasy-ecstasy so great that I would often have sacrificed all the rest of life for a few hours of this joy. I have sought it, next, because it relieves loneliness-that terrible loneliness in which one shivering consciousness looks over the rim of the world into the cold unfathomable lifeless abyss. I have sought it finally, because in the union of love I have seen, in a mystic miniature, the prefiguring vision of the heaven that saints and poets have imagined. This is what I sought, and though it might seem too good for human life, this is what-at last-I have found.

With equal passion I have sought knowledge. I have wished to understand the hearts of men. I have wished to know why the stars shine. And I have tried to apprehend the Pythagorean power by which number holds sway above the flux. A little of this, but not much, I have achieved.

Love and knowledge, so far as they were possible, led upward toward the heavens. But always pity brought me back to earth. Echoes of cries of pain

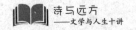

reverberate in my heart. Children in famine, victims tortured by oppressors, helpless old people a burden to their sons, and the whole world of loneliness, poverty, and pain make a mockery of what human life should be. I long to alleviate this evil, but I cannot, and I too suffer.

This has been my life. I have found it worth living, and would gladly live it again if the chance were offered me.

人生在世，草木一秋，倘得有如此透彻人性真实的美文相伴，抚慰我们不安的灵魂，还有何求！享受之余，我总是胡思乱想，钦羡古人"三不朽"的人生追求与道德境界。像我辈半老头，日过中天，"立功"已不可能。"立德"乃圣贤之境，我等凡夫俗子、一介书生只可望其项背，心存敬畏而向往之。思之再三，唯"立言"尚可勉力为之，故茕茕经年，孜孜以求，摇动秃笔，绞尽心思，本乎自然，率性而为，写下这些让人高兴或不高兴的文字，亦算人生一搏，生命留痕。

知我者，谓我心忧！不知我者，谓我何求？

这些所谓学术文章或高头讲义，是我多年来阅读与思考的结果。得学生和读者厚爱，受宠若惊，不胜惶惑，纰漏不少，偏激之言，老套之语，问题多多，还望同行和学生批评指正，以期缓进。